序

考古學的に乃至歴史的にのみ研究されて居た、我が神聖なる「三種神器」の、哲學的宗教的意義を闡明して、皇國の精華を發揚し奉らむとしたのが本書であります。

最初は論文として世に公にする考でしたが、多少興味を以て讀まれんことを望む爲めに、小說的に記述して見ました。

世界的不朽の名著たるプラトーンの「理想國」、ルソーの「エミール」等が小說的に書かれてゐるのにヒントを得たとも見られますが、根が純文藝的のものでないから、文藝の作品として見て頂く考は著者には毛頭ございません。

元來著者は「天津金木學」といふ、未だ嘗て世間に發表されたことの無い、珍らしい日本固有の皇學を專攻してゐる關係上終生の事業として斯學の大成を志して居る者でありまするが、「天津金木學」は頗る難解の學術でありますから、專門的の著述を公にする前に、本書を斯樣な體裁で出すことに致したのも一つの目的であつたのであります。

拙著「日本國教原義」をお讀みになつた方は、必ず該書の奥底を爲す所の「天津金木學」とは如何なるものぞやとの疑問やら、乃至研究して見たいとの熱望やらを抱いて居らるる方があらうと存じます。左樣な方々に對しては、本書が恐らく多大の滿足を與へ得るものと、著者は深く信じてゐるのであります。

併し本書の如く小說的に書いたものでは、純學術としての體系を握る上に於て、多少の遺憾は免れないのでありませうが、著者が至難な學術を解し易からしむべく、如何に努力したかは、充分同情して戴けるものと存じて居ます。

著者は他日專門的な「天津金木學」を著はして、日本皇學の眞價を世界に紹介し、同時に本書の讀者に對して、更に一層系統的な組織立つた「皇學」に接して頂かうと決心致してゐる次第であります。

但し日本國には斯樣な奇しき皇學が存在し、偉大尊嚴なる大思想を包藏する神聖なる「神寶」

の御解釋が出來るといふ事を紹介する丈けでも本書が偉大なる價値を保つてゐるものであらうと思ひます。

本書は著者が血液を以て記した、著者の全生命の表現であります。併し我が皇國に世界無比なる大思想の原質があればこそ、斯様な著書も出たのでありますから、あるべきもの丶あり、出づべきもの丶出たといふ點から申せば、著者の努力の如きは全く數にもならぬものでありますあります。

星霜四ケ年謹んで筆を執つた畏き著述の公にされる光榮を、唯今私は只管拜謝して居るのみであります。

冀くば本書の普く全國に普及され其眞價の發揚されんことを――

昭和二年四月

著者

白す

三種の神器

草薙劔篇

水谷 清

【一】

恒例に由り天爵先生は數名の弟子を引率れて、今年も一月一日午前一時に「熱田神宮」に參拜されたのであつた。型の如く神前で參拜を畢へた一行は、次で「八劍宮」を參拜すべく參道を南へ進んで二十五町橋の西に架けてある小橋を渡ると、川に添つた兩岸の土手に、高張提灯がずらりと立て聯ねられて、舊年と新年とに跨つて灯つてゐる蠟燭の火が、提灯に描いてある紋章をくつきりと透き出して居た。

「先生！」と

突然一人の弟子が立止つて、提灯を見上げながら、叫んだ。

「先生、この提灯に描いてある紋章が、これが熱田神宮の御紋章なんでせうか。」

一同が足を止めて提灯を見上げると、成程どの提灯にも「桐に笹」の附いた紋章が描《カ》いてあるのであつた。

「今まで屢々參拜したが、誰も氣が着かなかつたのは不思議だね。成程々々」と弟子達の驚く顔を、

第一圖

天爵先生はゑましげに打ち眺めながら、

「さうだよ。この御紋章が熱田神宮の御紋章だよ。草薙劍の外輪……まあ覆ひ嚢の形と見たら宜からうな」と謂はれたので、弟子等は一層希《ケ》見《ゲン》な顔をして、

「この御紋章が草薙劍の覆ひ嚢の形」

「桐に笹の葉が草薙劍の覆ひ嚢」などと口々に呟《ツブ》やくのであつた。

「どうしてでせう先生」と最初に御紋章を見附けた弟子が先生に尋ねると、先生は眞白い長い顋髯《アゴヒゲ》を撫でながら、

「それを研究せるのが諸君等の研究ぢやないか。人に聽いて知るのは研究者の恥辱だと常々話してゐるぢやないか」

「ですけれど……」と一人が謂ひかけたが、忽ち思ひ返したらしく「あゝさうでした〳〵」と幾度も頭を小さく前後に振るのであつた。

「我々で出來る事なんでせうか」と更に他の一人が先生に問ひかけたが、もう問題は濟んだと云はぬばかりに先生はせつせと歩み出して行つてしまふので、弟子等も餘義なく先生の後を逐ふのであつた。

乙「君にこの研究が出來るかい」

乙「到底出來ないよ。君は出來る考かい」

甲「出來るとすれば出來るよ。出來ないとすれば當然出來ないことさ」

丙「それは解つた事さ。しかし好い問題と僕は思ふね。恐らく斯様な問題は日本國中で一人も與へら

れたものは無いだらうからね」

乙「日本國中はおろか、世界中で一人として斯樣な問題に接したものはあるまいよ。實に趣味滲々たる問題だ」

甲「趣味滲々は宜いが、程度不相應な問題だね。尋常一年生が代數の方程式を與へられたような」

丁「しかし出された問題を解き得ないのは我々の大なる恥辱だと先生も謂つたでないか。出來得る限り我々はこの難問に答へて見ねばならぬと僕は思ふ」

甲乙「それは當然さ」

丙「精神一到何事かだ――」

こんなことを語らひながら歩んでゐる中に、「八劍宮」に到着したので、先生を始め一同は身を清め姿を正して、神前で恭々しく禮拜するのであつた。

【二】

天爵先生は今年七十八歳の高齢に達せられたが、白髪童顔矍鑠として壯者を凌ぐの元氣がある。今日も朝から書齋で一心に「天津《アマツ》金木《カナギ》」を所狹《トコロセ》きまでに置き並べて、何か深い思索に耽つて居られるのであつた。「天津《アマツ》金木《カナギ》」と云ふのは、彼の「大祓祝詞《オホハラヒノリト》」の中に「大中臣天津金木《オホナカトミアマツカナギ》を本打切《モトウチキ》り末打《スヱウ》ち斷《タ》ちて千坐置坐《チクラオキクラ》に置足《オキタラ》はして云々」とあるその「天津《アマツ》金木《カナギ》」で、四分角二寸の方柱の檜で作り、其の方柱の四面には青‖赤‖黃‖白‖(又は綠)の四色が夫々の面に施してあり、切口の末《スヱ》の方には朱を施し、本《モト》の切口には墨を施して本‖末‖を明したもので、此の方柱を幾本も幾本も種々なる形狀に排列して「皇典《クワウテン》古事記《コジキ》」を讀んで行く神具であるさうな。

「普通の方法で「古事記《コジキ》」を讀んだだけでは、文章上の意義は解せられるけれども、所謂文底《モンテイ》の秘《ヒ》義《ギ》とも云ふべき密義は解せられ無い。「天津《アマツ》金木《カナギ》」を使用すれば、文章の奧底に潛む深遠なる意義が明確に解せられるから、「古事記」を讀むには「天津《アマツ》金木《カナギ》」がなくてはいけないのだ」と先生は毎時《イツモ》謂つて居られる。

「文底の秘義とはどんなやうな事柄ですか」と尋ねて見ると、

「夫は所謂秘義だから說明は出來ない。あの眞言密教《シンゴンミツケウ》の僧侶が指で色々な印相を結んだり、易者《エキシヤ》が算木《サンギ》を使つて色々な秘密の義を探ると同樣な意義なもので、謂はゞ皇典を詮鑿せる密教的の神具と云つたやうなものさ」と答へられる。

「然らば「天津金木《アマツカナギ》」は何《ド》うして出來たものですか」と更に尋ねて見ると、

「夫には色々深しい事柄のある事で、一朝一夕には話されないが、まあとつて早く謂ふなら「伊勢大神宮の心御柱《シンノミハシラ》」から出たものと謂つたら良いだらうな」と謂はれる。「伊勢神宮の心御柱《シンノミハシラ》……何だか尊さうな事柄ですが、その伊勢神宮の心御柱といふのはどんな御姿なものでせうか、夫は承れないものでせうか」誰でも斯麼《コンナ》順序で尋ねて行く時に、先生は

「さればさ、あなた方には精しい事はお解《ワカ》りになるまいが、「伊勢神宮御鎭座記」といふ書物に、『心《シンノ》御柱《ミハシラ》一名天御柱《アメノミハシラ》亦名は忌柱《イミハシラ》亦名は天御量柱《アメノミハカリバシラ》、徑四寸長五尺の御柱に坐《マ》す。五色の絁《キヌ》を以て之を纏ひ奉り、八重榊《ヤヘサカキ》を以て之を飾り奉る。是れ則ち伊弉諾《イザナギ》、伊弉冊尊《イザナミノミコト》の鎭府に則る。陰陽變通の本基、諸神化生の心臺也』とあつて、徑四寸長さ五尺の柱を二千五百分一にすれば、丁度四分角二寸の柱

となるだらう。五色の絁《キヌ》を以て纒ひ奉るとあるので、中の柱が四面に色彩が施してある事が判《ワカ》る譯さ、それ以上は一寸說明が出來ないよ」と謂つて大笑せられる。

先生の「天津金木」には一から四までの數が配《クバ》られてあるやうですが、伊勢神宮の「心御柱《シンノミハシラ》」も矢

第二圖

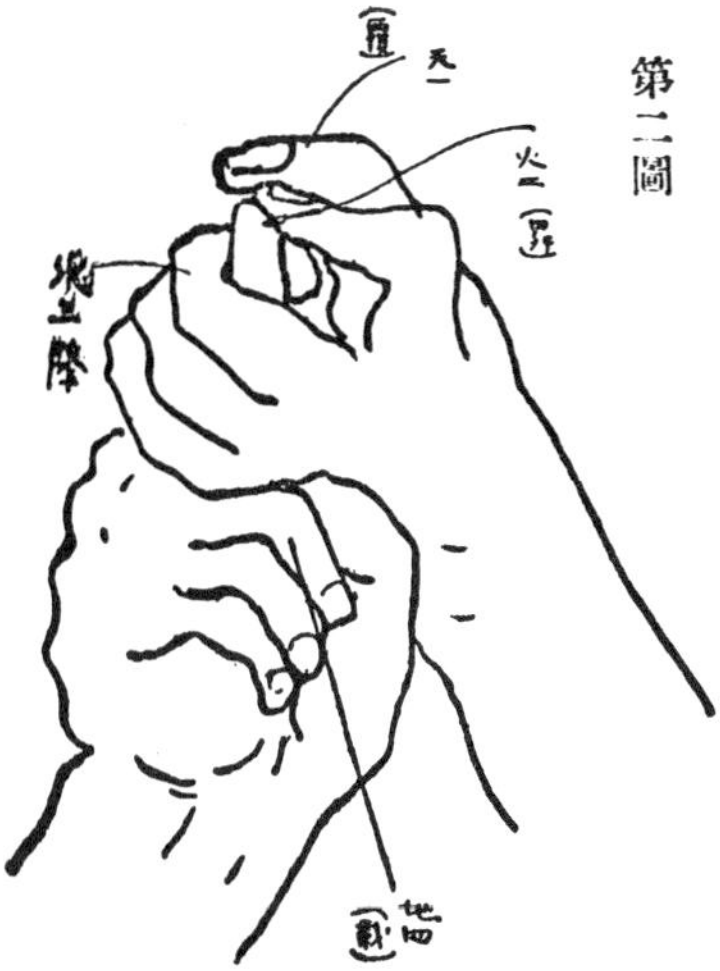

張さう成つて居るのですか」と聽いて見ると、

「いや、それは研究してから後で無いと判《ワカ》らないのだ」と答へられる。問ふ者は尙ほ根强く、

「其の一から四までの數は何を意味するのですか」と尋ねて見ると、

「夫は「天津金木學」を研究せねば精しい事は勿論解らないのだが、眞言の僧侶が斯ういふ印相を作る事のあるのを見た事がお有りでせう」と謂つて作つて見せて、

「この「印相」は大層深遠な印相だが、一等上の拇指は天の象で覆ふといふ姿、即ち天は一で、次

に食指二本で出來たのが火の象で昇る姿、即ち火は二で、次に三本の指が食指を卷いて下る象を爲してゐるのが水で三、次に拇指を握り込んだ堅さうに見える四本の指は地で載すといふ象だ。「天津金木」も粗ぼ同様に心得て大差はないのだ」と答へられる。

「少々其の「天津金木學」の御傳授が願はれないものでせうか」と尋ねると、

「遣《ヤ》つて御覽なさいよ。「天津金木」には傳授といふ事は無いのだ、銘々の力次第に深くも淺くも使用されるもので、哲學や宗敎の素養の無い人々には猫に小判と云つたやうな譯のものだが……」と更に大聲に笑はれる。

【三】

先生が「天津金木學」の整理を熱心に爲て居られる所へ、一月一日熱田參拜の御供をした五人の弟子が訪ねて來た。先生は喜んで、

「今日はお揃ひでよくこそ……」と愛想よく出迎へられたので、

「御研究中をお邪魔致しまして御迷惑でございましたでせうに……」と一同は恭々しく頭をさげるのであつた。先生は徐にふり向ひて、

「熱田神宮の御紋章の意義が明瞭したので、今日はその報告にお出かな」と一同を見廻しながら口を切られると、

甲「いえ……その實は……その熱心に研究は致して見たのですが……その實は薩張《サッパリ》方角が附きませんものですから……その……」と口籠る。

先生「皆さんが出來ないのですか」

乙「はい……いえその研究は致して見たのですが、幼稚園生が二次方程式を與へられたやうなもので毫も齒が立たないものですから、一そ先生にこれは御教授を受けたが善からうと思ひまして……實はその……」

丙「どうか御教授がお願ひ致したいので……出ましたやうな次第で……」

先生は頭ばかりペコ〳〵下げる一同を暫く眺めて居るのであつたが、さも憐れむが如き面持をして、

「あ――」と歎息し「あゝあなた方こそ眞の研究者だと思つて居たのに。今は其の始末かいな。判《ワカ》らなかれば一年でも二年でも研究したら良いではないか。それをまだ一週間ばかりしか經《タ》たないのに、到底解らないから御教授を願ふなんか謂つて來るやうでは最早や駄目ぢやて。その時も謂つて置いた通り、他人に研究の結果をとつてり早く聽かうといふのは研究者の耻辱だと、あなた方は耻辱を耻辱と思はないのぢや。出來るまで掛つてやれ良い、何時までに出來ねばならぬといふ問題では無い。幼稚園生が二次方程式を出されたからつて……しかもそれを一週間の研究で出來ないと謂つて投げ出すのは、皆さんの平素にも似氣ない事ではないか。私の謂ふ事が無理か皆さんの謂ふ所が道理か、善く一つ考へて貰ひたいものだ……さうぢやないか皆さん」

叱られたので、一同は痛く恐縮し、頭を下げて無言で居たが、深く感ずる所があるらしく、弟子等は

「全く私共が惡うございました。非常な心得違ひを致して居りました」

「どうも非常に惡うございました」

「全く先生の仰しやる通りでございます」

「必ず幾年經つても此の問題を自己の力で解決致して御覽に入れます」

「吃度致して御覽に入れます」

なぞ口々に詫びたり、誓つたりするので、先生も笑顔になり、

「さうなくてはならぬ事ぢや、大に研究して各自の力でこの問題を解決して戴きたいものですな」

とやさしく謂はれるので
「必ず解決してお目に懸けます」と一同は確い決心を固めて先生の宅を辭し去るのであつた。

【四】

先生に叱られた五人の弟子は、一室に會合して盛に論じ合ふのであつた。

甲「草薙劍は八岐大蛇《ヤマタノヲロチ》の尾から出たものではないか。第一大蛇の尾から出たものに嚢がかぶせてあつたかどうかが疑問でないか。」

乙「それは覆《カブ》せてあつたと見ても善し、後で覆《カブ》せたものと見ても善い譯さ、先生は草薙劍の外輪と謂

つて、つまり覆ひ嚢の形と云はれたのだから、それは嚢でないかも知れない」

丙「嚢で無いとしても、嚢であるとしても、僕は草薙劒の形狀があの桐と笹の葉の紋章のようなものでなくてならぬと思ふが、諸君はどう考へ給ふか」

甲「だつて劒は細長いものでないか、然るに彼の紋章は先づ圓形と見て善い程の形でないか、僕はその說は不賛成だ」

丁「いや、僕は丙君の說に賛成する、中に細長い劒が這入つて居たからつて、細長く必ずしも鞘を造る必要は無いからね」

甲「いや夫はいけない。外包物は必ず內容物に先づ大體一致すべきが當然だ。況や嚢ではなくて外輪とすれば一層さうでないか」

戊「僕は甲君の說に賛成だ。そしてあの紋章の形は一本の劒でなくて幾本かの――まあ五本か……否八本の劒を束ねたものと思ふがどうだらう」

甲「それはさうかも知れない、して見るとあの紋章を八つに割つた一つが草薙劒の形狀となる譯だが、さて何《ド》う八つに割つたものだらう」

戊「夫は色々に遣《ヤ》つて見たら判《ワカ》るかも知れない。」

乙「いやそれは見當違ひだよ、僕はあの紋章の姿は、八岐《ヤマタ》大蛇《ヲロチ》の姿であつて、あの中に草薙劍がある のだと見るのが善いと考へる」

丁「それも善い説だ――がしかし我々の説には一つも確固たる論據が無いね、何か論據を先へ立てゝ置いて、つまり正當な研究の結果から推論せねば空論に終るだらうと僕は思ふ」

甲「尤も々々その通りだ、甲論乙駁は善いが、要するに愚論だね矢張皇典の研究から割り出さねば、いつまで論じた所で解決はつかないよ」

丙「だつて皇典の研究はまだ我々は幼稚園でないか、幼稚園が威張つたからつて、矢張駄目だよ」

甲「幼稚園だから研究せるのさ。研究に基かない論は一切空論だ」

乙「だつてくだらぬ事でも論じ合ふのが、是亦一種の研究でないか。空論の中からヒントを得る事は幾らもあるからね」

戊「ヒヤ〳〵、大に同感だ」
甲「馬鹿らしい」
乙「そんなに怒るなよ、怒つたからとて解決は就かないから」
怒つたとて解決は着かず、笑つたとて解決は着かず、論じ合つたとて解決は着かず、結局は空論に終つて散解したのは、怒るべく笑ふべく論ずべき限りのものでなかつた。

【五】

弟子の中の一人は近頃非常に「天津金木學」に興味を感じ出して居た。彼は天爵先生の講義を大切に書き綴り、毎日出來る丈けの餘暇を偸んでは、精讀に精讀を重ね、又た深い思索に耽つたりなぞして居た。彼の姓を宮地と謂つた。

×　×　×　×　×

宇宙は天御中主神《アメノミナカヌシノカミ》の表現界である。天御中主神《アメノミナカヌシノカミ》は、無始無終にして無邊周遍の御身である。この宇宙の實在《ジツザイ》にまします「天御中主神《アメノミナカヌシノカミ》」が、止むに止まれぬ法樂の至情發露としてタカァマハラと鳴り出で給ひしが故に、一切萬有の現象が現はれ出でたのである。言ひ換へれば天地が初めて發《オコ》つたと謂ふことは「天御中主神《アメノミナカヌシノカミ》」が自然にタカァマハラとお成《ナ》り遊ばされたるが故で、一切萬有の現象が卽ち「天《アメノ》御中主神《ミナカヌシノカミ》」の御自體の發露である、皇典古事記に「天地初發之時《アメツチハジメオコルノトキ》、於高天原成神名天之御中主神《タカアマハラニナリマセルカミノミナアメノミナカヌシノカミ》」とあるがこれである。」彼は此處まで讀んだ時、「大層むつかしい事柄だが、自分だけには概要判つてゐるのだ」と獨言するのであつた。

「古來の學者は高天原《タカアマノハラ》といふ處があつて、其所へ「天御中主神《アメノミナカヌシノカミ》」が鎭坐ましたとか、降臨ましたとか解して居たのだが、夫は大なる誤で、高天原《タカアマハラ》に成《ナ》りますといふ事はタカァマハラに鳴《ナ》ります、又は成《ナ》りますといふ事柄であつて、高天原《タカアマハラ》とは高い天上でも無ければ地上の地名でも無い。「大日本百科辭典」には七種の「高天原說」を掲げてゐるが、七種共正解と見るべきものが無い、高天原は古事記に訓《ンデ》二高下《ノ》天《ノヲ》一云《フ》二阿麻《アマト》一下效《フ》レ此《ニ》と註してある通り、タカァマハラ Thak-arma, Hara. と訓むべきものであるのに、本居平田兩大人さへ其の訓方《ヨミカタ》を誤つてタカマノハラと訓んでゐる。斯樣な有樣であるからタカァマハラの本義の判らう筈が無いのだ―なぞとも彼はつぶやくのであつた。「タカァマハラ」とはとまた次を讀み初めたが、彼はもう一度今讀んだ所へ還つて見て、

「タカァマハラにナリマスといふナリマスを鳴りますとしたり成りますとしたりするのは鳴りますはタカァマハラを宇宙創成の至元が語言音聲なりと見る場合であつて、成りますとするのは宇宙構成の根本形式を形態的に見る場合である。鳴りますとして萬有表現の由來を研究するのが「日本言《ニッポンコト》靈學《ダマガク》」を爲し、成りますとして萬有發現の基型を探るのが「天津《アマツ》金木《カナギ》學《ガク》」を爲すのである。」

と念を押すやうに唱へて見て、次へ目を移し。

「タカァマハラとは萬有が發現する根本の種子であつて、この根本種子から萬神萬生萬有が發現するのである。故にタカァマハラを解せねば天地間の何事も解せられなのである。」と讀み行くのであつた。

【六】

「タカアマハラは假名《カナ》で書けば六文字だが、其實四語の合成語である。」

タカアマハラ

タカア
タアマ
カアマ
ハラ

これである。

タカアは光明遍照の義、中心から發射する遠心力的神力であり、

タアマは攝取堅縛の義、中心へ凝聚する求心力的神力であり、

カアマは圓融無碍の義、中心より外方へ出る神力と、外方より中心へ集る神力の交流的神力であり、

ハラは旋廻的神力、又た晴明の義、無量迅速の義がある。

このハラの一語は、常に前三神力に附隨して働く神力なるが故にタカアマハラは

タカァ、ハラ＝發射的旋廻神力又は旋廻的發射神力。
タァマ、ハラ＝求心的旋廻神力又は旋廻的凝聚神力。
カァマ、ハラ＝交流的旋廻神力又は旋廻的交流神力。

となるのである。此の三大神力は宇宙の根本神力であつて、彼の法華經に「如來秘密神通之力」と云ふのも、此三大神力に外ならぬものである。萬神萬生萬有はこの三大神力に基いて發現するのでタカァマハラは萬神萬生萬有の種子であり、發生の根元である。三大神力はハラ旋廻してゐるのであるから、萬有の一切は盡く廻轉し螺動し、天地間には直線といふものは皆無である。水の一雫を見てさへ、其形狀が球形を爲してゐるではないか。太陽の附近を通過せる光線が歪《ユガ》んで居るのも、太陽の周圍の空間が歪んで居る證據であつて、皇典の研究が將來如何に發展し偉大なる效果を擧ぐるに至るべきや計るべからざるものがある」讀み來つた時、「あゝ」と彼は無限の感慨に撃たれざるを得なかつたので、暫く瞑想に耽つて居たが、「アインシユタインの（相對性原理）なぞも皇典の研究が今少し進んで居たら、日本人が發見したかも知れないに眞に殘念な事だつた」と獨言を言ふのであつた。

【七】

彼は更に次を辿つた。

「タカアマハラ」には順流と逆流とがある。タカアマハラと上から下へ讀むのは順流で、ラハマアカタと下から上へ逆讀するのが逆流である。順流が四語の合成語なると同じく、逆流も亦四語の合成語である。

ラハマアカタ
ラハ　マアカ　マアタ　カタ

これである。

ラハは螺波《ヲハ》の漢字が良く當る即ち螺狀した波形である。

マアカは全、大、多、勝、等の義があつて梵語の摩訶《マカ》と全く同義である。

マアタは殳《マタ》であり、股、支、枝、部、分、等の義がある。

カタは片《カタ》であつて、半、全體を二分した一の義である。

順流タカア　タアマ　カアマ　ハラは神力であるが、逆流のラハ　マアカ　マアタ　カタは形狀である。

順流は精神力（靈力）であつて、逆流は物質的構成の力である。

順流の靈力と、逆流の體力との相互に交錯し、相互に牽制する所に、複雜無限の精神作用、自然現象等が發現して、宇宙の萬象が顯現し旋廻するのである。

彼の法華經に如是《ニヨゼ》性、如是相、如是體、如是力、如是作、如是因、如是緣、如是果、如是報、如是本末究竟と謂つてゐる所謂「十如是」もこの關係を云つたものに外ならぬものであり、哲學者や心理學者等が「物質精神の關係」を種々に說いて居るが、是のタカアマハラ順逆の根本に立脚せねば、到底徹底的解決に達せぬことを忘れてはならぬ。」大層むつかしいと彼は呟きながら、更に次を讀み行く唯心論も一面の眞理にしか當らない。唯物論も亦同然である。物心二元論もまだ徹底したものでなく、靈力の逆流が卽ち體力であるといふ「靈體一如」の上に相互の關係を發見する皇典の「天津金木學」に基かねば、哲學も心理學も枝葉の議論にのみ畢るべきである。斯様な議論を稱してマアタ卽ち部分的の說明、カタ卽ち一方面の議論と判定するのである。マアカ研究はタカアマハラ順逆の全相から出發して、千《チ》坐《クラ》置《オキ》坐《クラ》に置《オ》き足《タ》らはすの方式に據るべきである。皇典の「天津《アマツ》金木《カナギ》學《ガク》」「日本《ニツポン》言靈《コトダマ》學《ガク》」は宇宙の根本學術であつて、世界の一切の學術を包容し、更に之を一統すべき權威を保つものである。世界統一の神具として「天津金木」が我邦に傳はつてゐる事が、神國たるの立證ともなり、乃至日本民族の使命の奈邊に存在して居るかを知るの表徴ともなるべきものである。」讀みつゝ考へつゝ彼は「あゝ何たる貴い事であらう、我等は誠心誠意斯《コ》の學の爲めに盡さねばならぬ」と深く心に誓ふのであつた。

【八】

「タカァマハラ」の順流をタカァを以て代表せしめ、「タカァマハラ」の逆流をマァカを以て代表せしめ、其の順逆二流が互に相關係し相結合し、萬有を發現し産出するの意義を表はすミムスビといふ語を附けて呼ぶ時は、次の如くなるのである。

タカァ　ミムスビ　ノカミ（高御産巣日神）

マァカ　ミムスビ　ノカミ（摩訶御産巣日神）

タカァ　ミムスビ　ノカミは靈力發揮の順流神統であつて、之を「靈神統の大祖」と申し、マァカミムスビ　ノカミは體力發揮の逆流神統であつて、之を「體神統の大祖」と申すのである。

靈神統、體神統の二大祖神も、要するに「天御中主神」一神の兩面であつて、一神の他に兩神統があるといふ譯ではないのである。

靈體の二系の大祖は、所謂父系母系であつて、此の父母二系の神力がミスムスビと云ふ極致神聖の戀慕によつて、萬神萬生萬有を發現し給ふのである。ミムスビとは二つの者が一つに融け合つて、我でもなく彼でもなく、同時に我でもあり彼でもある「彼我一體」の融合を謂ふのである。

「天御中主神」は自《ジ》受《ジユ》法《ヘウ》悦《エツ》の至情發露として、自然にタカアマハラと鳴《ナ》り（成《ナ》り）出で給ふのたのであるから、天地間の根本奥底が、如何に融合戀慕の深刻なるかを想像するに餘ある次第である。父母二系の戀慕《レンボ》性《セイ》を外にしては、萬神なく萬生なく一切萬有の發現は皆無なるべきである。宗教も倫理も人事百般の事柄も、乃至自然現象すら、「二者一體觀」に基く二系戀慕が其奥底を爲してゐるの道理を知らねば、何事も徹底の域には到らないものである。」彼は讀み耽りつゝ考へるのであつた。

「今日唱導されてゐる戀愛至上主義なんかは、甚だ淺薄なものであつて、奥底の秘義にまでは觸れて居ないものである。どうしても「戀愛論」はこの根柢から出發せねばならないものだ」なぞと。

而して彼は更に次へ讀み進んだ。

「法華經には佛を戀慕し奉ると申してある。然らば宗教の大根柢も矢張一種の、神聖戀慕の發露に外ならぬ」

【九】

「タカア、ハラ」即ち旋廻的發射の光明遍照神力を具體的に表現する器物をこの世の中に求めるならば、夫はどうしても「鏡」を以て最とすべきである」

「タアマ、ハラ」即ち旋廻的凝聚の攝取堅縛神力を具體的に表現するのは「玉」（珠）でなくてはならぬ。而して

「カアマ、ハラ」即ち旋廻的交流の圓融無碍神力を具體的に表現するのは「劒」でなくてはならぬ。

「天照大御神」は皇孫「瓊々杵命《ニニギノミエト》」を「豐葦原水穗國《トヨアシハラノミヅホノクニ》」に降し給ふに當つて、「三種神器」を授け給ふたのであるが、その「三種神器」なるものは、

鏡＝（タカア、ハラの表示）光明遍照の象を示す

玉＝（タアマ、ハラの表示）攝取堅縛の象を示す

劍＝（カァマ、ハラの表示）圓融無碍の象を示す

であつた事を遙察し奉らねばならぬのである。宇宙乾坤の三大神力を器物に宿して、之を地上統治の御璽《ミシルシ》と爲し給へる御神慮が、如何に深遠であつたか遙察し奉るだに畏き極みである。

「三種神器」が宇宙の根本神力の表示、タカァマハラの全能の表徴、「天御中主神御自體《アメノミナカヌシノカミゴジタイ》」の御靈代《ミタマシロ》であるといふ事を以てするだけでも、日本の御皇位の尊嚴窮りなきことが知らるゝ道理である。

「天御中主神」より「靈體二統」の神系を發現し、更にミムスビの神性に基いて、萬神萬生萬有の發現せられたる以上、萬神萬有の一切が、其の根本表示たる三種神器を絶對に尊崇し、之を繼承し給へる萬世一系の天皇（現人神《アラヒトガミ》）の御統治に、絶對信順すべきは最も明白なる事柄と申すべきである。

「三種神器」はタカァマハラの御靈代《ミタマシロ》なる事は、前に述べた通りであるが、その何故に、鏡、玉、劍を

「八《ヤ》咫《アタ》鏡《カヾミ》」

「八《ヤ》阪《サカ》瓊《ニノ》曲玉《マガタマ》」

「草《クサ》 薙《オギノ》 劍《ツルギ》」

と申し上げるのであるか、こは大に研究を要すべき問題であるのである。」

此處まで讀んで來た彼は、今一歩で何故草薙劍の外輪が熱田神宮の御紋章であるべきかの理由が解せられるが如く感ぜられて氣をいらだたすのであつた。


【一〇】


彼は渇するものが水を飲むが如く次を讀むのであつた。

「タカアマハラ」の順流と逆流とが互にミムスビを成すの形式に就いて究むる時は、大要次の如く成つてゐるのである。
(1) マアカ　タカアハラ(タカアハラとマアカとの結合)　略してマカ、タカアといふ。
(2) マアタ　タカアハラ(タカアハラとマアタとの結合)　略してマタ、タカアといふ。

(3)カタ　タカァハラ（タカァハラとカタとの結合）略してカタ、タカァと呼ぶ。

マァカ　タカァハラと謂へば全、大、多、勝の「鏡」であつて全備具足《マアカ》の「鏡」の義であり、

マァタ　タカァハラと謂へば又《マタ》に成つてゐる「鏡」で彼の八花崎《ヤツハナサキ》の「鏡」なぞが夫であり、

カタ　タカァハラと謂へば半面の鏡の義で、彼の舊事本紀《クジホンギ》に出てゐる「陰陽之鏡《メヲノカガミ》」等がそれである。

マァカ、タカァ、ハラ　　カタ　タカァハラ　　タマ、タカァハラ

第五圖

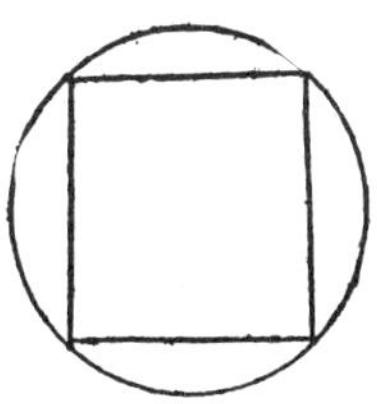

鏡面圓輪の中に方線ありて方圓の象を示す眞經津鏡《マフツノカガミ》（寶鏡開始參照）

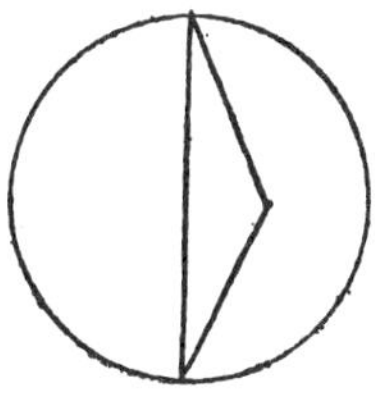

鏡面に稜線ありて角の象を示す陰陽鏡《メヲノカガミ》

八花崎の鏡は周邊が又を爲す。

又たタァマ、ハラがマァカ　マァタ　カタに結合すれば、

(1)マァカ　タァマハラ（タァマハラとマァカとの結合）略してマカ、タマといふ。

(2)マァタ　タァマハラ（タァマハラとマァタとの結合）略してマタ、タマと呼ぶ。

(3)カタ　タアマハラ（タアマハラとカタとの結合）略してカタ、タマと呼ぶ。

マアカ　タアマハラと謂へば全、大、多、勝、即ち全備《マカ》の玉《タマ》であり、

マアタ　タアマハラと謂へば叏《マタ》に成つてゐる珠《タマ》であり、

カタ　タアマハラと謂へば、片々《カタカタ》の玉であつて、之にも陰陽《メヲ》の玉がある。俗に曲玉《マガタマ》と謂つてゐるのは、マカタマ（正しくはマアカ　タアマ）即ち全備《マカ》の玉《タマ》ではなくして、カタタマ（片玉）である。

陰陽《メヲ》二個を合せてマカタマとなるのである。

第五圖

マカ　タアマ

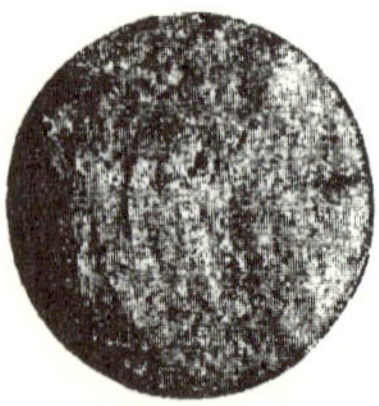

全備具足の玉

【一一】

カタ　タアマ

陰陽玉

マタ　タアマ

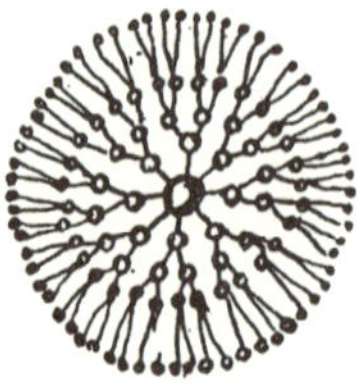

カァマハラにマァカ　マァタ　カタが結合すれば

(1) マァカ　カァマハラ（カァマハラとマァカとの結合）略してマカ、カマと呼ぶ。

(2) マァタ　カァマハラ（カァマハラとマァタとの結合）略してマタ、カマと呼ぶ。

(3) カ　タ　カァマハラ（カァマハラとカ　タとの結合）略してカタ、カマと呼ぶ。

マァカ　カァマハラと謂へば「全備《マカ》の劒」であつて、兩刄にして先の尖《トガ》つた劒であり、

マァタ　カァマハラと謂へば叉《マタ》になつてゐる劒であり。

カタ　カァマハラと謂へば、片々《カタ》の劒で普通カタナ（刀）といふのはカタハ（片刄）の切れものの義である。」此處まで調べた時、

最早や「草薙劒」の眞相が彼には髣髴として判つたやうな氣がしてならなかつた。草を刈る鎌は矢張片刄《カタハ》であつて、且つ曲形を僞してゐる。して見ればカマ（鎌）の語はカァマの語に出たもので、「大祓祝詞《オホハラヒノノリト》」には燒鎌《ヤキカマ》の敏鎌《トカマ》以《モ》て打《ウ》ち拂《ハラ》ふ事《コト》の如《ゴト》く云々ともあり、罪惡を祓《ハラ》ふ威力の具とも見え、草《クサ》を薙《ナ》ぐといふ意義にも通ふのであるから、草薙劒は必ず鎌の狀を僞してゐるに相違ない。

「鎌《カマ》！鎌《カマ》!!」と幾度も叫んだ彼は、頻に烈しい心臓の皷動を覺えるのであつた。草薙劍が鎌の形狀として、さて夫が如何に結合されたものが熱田神宮の御紋章を寫すのであらうかと、幾つも〳〵劍の形狀や鎌の圖を彼は畫いて見るのであつた。

「出來さうなものだがなァ」

「荒神三寶の戟は餘程桐に似てゐるぞ」

「草薙劔もマタカァマかも知れない」

「知れないのは矢張知れないのだ」

「何ともこの上は方角が附かない」

「併しどこまでもだ」

彼は尚ほ飽かず、幾つも幾つも試みたが、

「もう全く駄目だ」と

遂に彼はこの企劃を擲たねばならなかつた。

第六圖

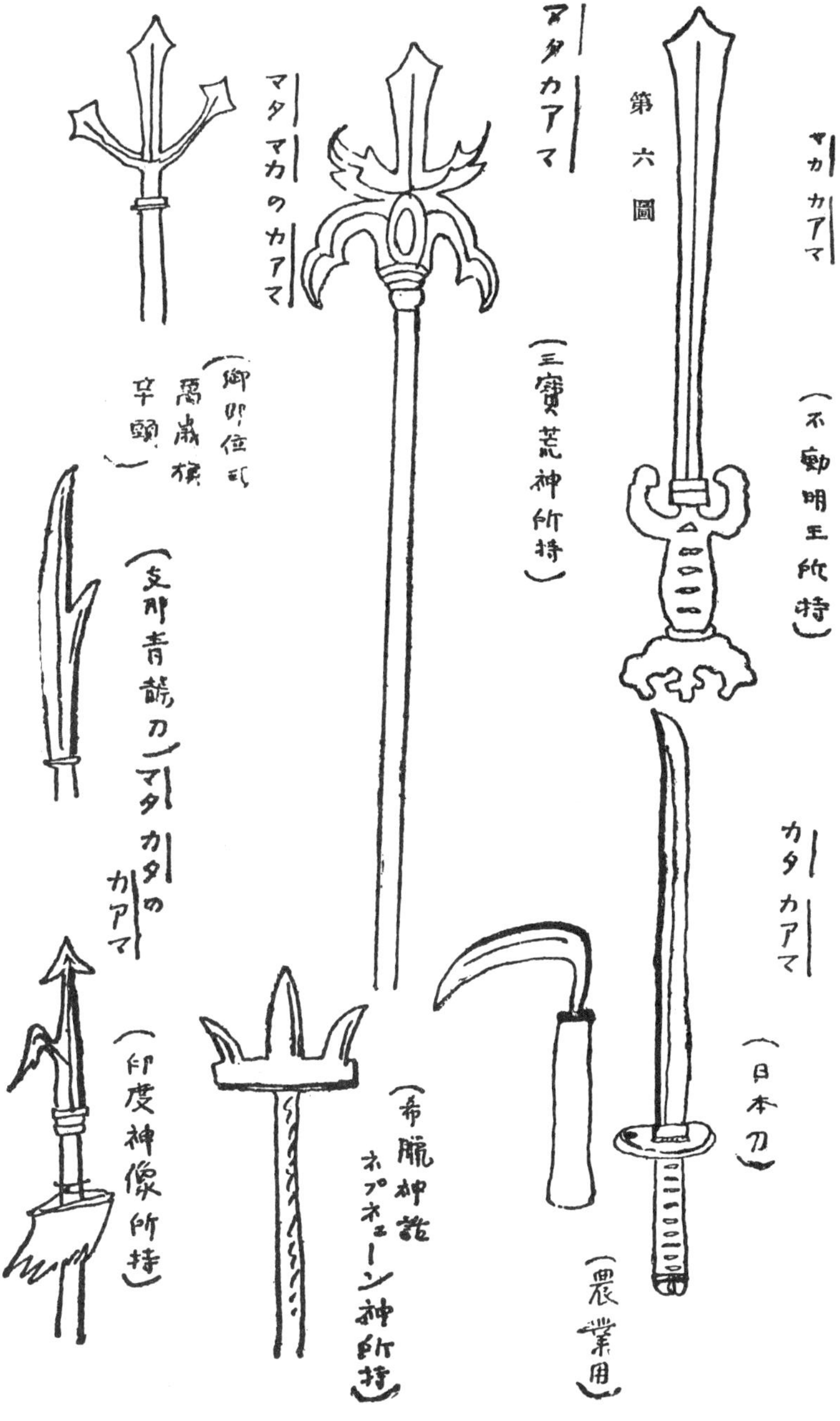

サカカアマ
（不動明王所持）
カタカアマ
（日本刀）
（農業用）
アタカアマ
（三寶荒神所持）
マタマカのカアマ
（希臘神話ネプチューン神所持）
（御即位式萬歳旗竿頭）
（支那青龍刀）
マタカタのカアマ
（印度神像所持）

【一二】

幾つ圖を描いて見ても、熱田神宮の御紋章を得るに至らなかつた彼は「殘念々々」と繰り返し乍らも、今一歩でと思へば斷念も出來ず、尙ほも種々の結合に鎌を描いて見て居たが、或日彼は不圖《フト》某雜誌で「基督《キリスト》再降誕の圖」といふものを見たのであつた。

其圖を見ると、基督《キリスト》が天使に護られ、身より光を放つて紫雲に

第七圖

御して降臨するの姿であるが、其手にしてゐる所のものは、當然「十字架」であるべきなるに、之れ見よがしに「鎌」を持つてゐるのであつた。

「基督の再降臨と曲劒《カアマ》!!」

何となくこの間に深い關係があるらしくてならない。何故に「十字架」を手にせずして「曲劒」即ちカアマを持つや。彼の研究心は叢々《ムラムラ》と起るのであつた。

「基督教の十字架と草薙劍との關係」

これは頗る興味ある研究でなくてならぬ。宗教統一の根抵も斯樣な所に伏在してゐるかも知れないと考へると、この問題が非常な力で彼の研究心をそゝり立てた。

「僕はどうしても此の解決を獲《エ》ねば止まぬ」

と遂に彼は叫ぶのであつた。

【一三】

基督《キリスト》が屢々口にした所の「十字架」なるものは、單に磔刑の具であつたのだらうか。馬太傳《マタイデン》第十六章二十四節には、此時イエス弟子に曰けるは、若我に從はんと欲《オモ》ふ者は己を棄てゝその十字架を負て我に從へ、蓋《ソハ》生命を保全せんとする者は之を失ひ、我ために其生命を失ふ者は之を得べし。

と謂つてゐる。この一節を解するには、磔刑の具なる十字架を負で我に從へとは、生命を賭しての義で、信仰が强烈に赴いて、最早生命なんかどうでもよいといふ程の狀態に進むのが、眞の信仰と云ふもので、肉體の生命を失つてこそ神の道に入る事も出來、永世《カギリナキイノチ》が授けらるゝ事ともなるのである。して見れば十字架は磔具であつて然るべき事であり、深刻なる信仰の表徵として、磔具を負て基督に從ふ所に意義の極めて深刻なるものが存在してゐる道理である。

しかし更に考へて見ると「十字架」は單に磔刑の具では無くて、永遠の生命を表徵したものとも見られない事はない。「十字架」を負で從へとは、永世の表徵を負で從へであつて、現在の生命の如きは棄てゝ顧るなとの敎訓とも見らるゝのである。

「人若し全世界を獲《ウ》るとも其生命を失はゞ何の益あらんや」

と訓へてゐるのも、永遠の生命を指すのであつて、限りなきの生命を獲るといふことが、敎義の重大なる根柢を占めてゐるのである。

「永遠の生命と基督の十字架」

研究はどうしても此の題目に向つて進まねばならなかつた。

【一四】

基督《キリスト》の時代の磔刑具は十字架ではなくて、丁字架であるといふ學者の考證もあるが、夫は兎も角も「十字架」には四種類あつて十（ギリシヤ型）十（ローマ型）丁（聖アントニ型）×（聖マンデレ型）が之である。コンスタンチヌス大帝の母ヘレナが西暦三二六年イエルサレムに於てキリストの懸られた十字架を掘り出したといふ物語、これに用ひた釘に就いても種々の物語が行はれ、教會の棟飾、軍旗、僧冠、法錫等にも十字架を以て裝飾し、若くば表現する事があり、國旗や勳章等にも之を用ひてゐる程で、非常に尊重され愛用されてゐる「十字架」であるが、其の「十字架」の奥底に潜む哲學的宗教的意義を深く探つたものがあるであらうか。

新約全書馬太傳《マタイデン》第十章には

「偖イエスその十二弟子をよび、彼等に活たる鬼を逐ひ出し、又すべての病すべての疾を醫す權を賜へり。」

として「奇蹟の神權」を授與する一章がある。この極めて神秘的にして深遠なる場合に於ても、基督の口にしてゐる所は、

「その十字架を任《トッ》て我に從はざるものも我に協《カナ》はざる者なり。」

と謂つてゐる。この一章を深く究めて見ると「十字架」が奇蹟を行ふ神權授受の寶具なるかの感があるのである。キリストの偉大なる奇蹟は常に「十字架」がしかと握られて行はれた事に思ひ到るの時、「十字架」は單に磔刑の具のみでは無くて、奇蹟神權に對する寶具であり、我が「三種神器」の如き意義のものではなかつたかと思はるゝ節が認めらるゝのである。

「十字架の研究は更に一段の妙味を加へた」と彼は我知らず叫ばざるを得なかつたのである。

【一五】

埃及《エヂプト》の神話を繙いて見ると「十字架」を持つてゐる神を發見するといふ事を、何かの機會に聽いた事があつたやうな氣がしたので早速「埃及神話《エヂプトシンワ》」を求めて繙いて見たが、聽いた通り「十字架」を手にする神像に接する事が出來た。「司命神《シメイシン》」卽ち生命を司る神々が皆な其手に「十字架」を持つてゐる。これで見ても「十字架」が生命の表徵であつて、單に磔刑具に止まらぬ事が明瞭する。而して基督《キリスト》の「十字架」が基督の創見ではなくして、舊い傳統のあることさへ知らるゝのである。「十字架」の研究は遡つて埃及《エヂプト》希臘《ギリシヤ》等の古神話に俟たねばならぬ事が判つて來た。

圖は「埃及神話」に於ける司命神《シメイシン》が皇后の胎内へ生命を送つて、次代の皇子を妊《ハラ》ましむる神秘的の儀式を寫してゐる所であつて、司命神の手に捧げてゐる「十字架」が生命の表徵たるは當然である。

「埃及神話」の中には、更にトート神があつて、矢張手に「十字架」を持つてゐるのである。この神は頭は鷺の形を寫してゐる神で、文藝を司り、司書の役を務める神で、希臘神話のヘルメース神と同

司命神生命の表徴を擧ぐ

一の神である。木村鷹太郎氏の「日本太古史」にはトート神を皇典の少彦名神《スクナヒコノカミ》なりとし、トートは「十《トオ》」にして十日夷《トオカエビス》の十《トオ》を代表し、酒神たるを示し云々と謂ひ、又たトートは「十」を代表して、神を表はし、後代耶蘇教の十字架即ち天國地獄の鍵の觀念は、耶蘇教以前に已に在つたもので、我が皇典から出たものであるといふ考證を掲げて居られる。

「十字架」は天國地獄の鍵であつて、また永遠の生命を表徴するものである事は大要判つたのであるが、我々は今一歩を進めて、何が故に「十字架」が天國地獄の鍵たるの價値があり、尚ほ永遠生命の表徴として意義を保つかの根柢に到らねばならぬ。

第八圖

トートの神

「あゝさうだ、この根抵を突き止めねば徹底した解決を得たとは謂はれない」

と彼は考へざるを得なかつたのである。

【一六】

木村鷹太郎氏の「日本太古史」には「十字架」の研究に關して、更にイクジオン神話を掲げて居る。今其の段を讀んで見れば、次の通りである。

イクジオン＝余は希臘方面に傳はれる所の「イクジオン神話」の詳細なるものは未だ之を知らずと雖ども、其名稱のイクジオン（Ixion）が魚を意味し又た火刑に苦しめらるゝより推測して、阿漕《アコギ》と同神話たるを知る者なり（亞拉比亞夜話《アラビヤンナイト》は魚其物が火に燒かれ、又た人の如く物言ひ、何等か人間の身代り的の意味を含めり）若し夫れ希臘古代の陶器畫に就て、イクジオンの火刑の狀情を察せんか、彼れ十字或は卍字の火災の輪に縛せられ居ること、後代耶蘇の十字架に磔殺せらるゝ狀と異なることなく、耶蘇の十字架觀念は全く此に得たるものの如し。初代耶蘇教徒が教徒の暗號として魚形の畫或は一×の文字を使用せしに觀るも、亦以てイクジオン神話と耶蘇教との間に何等かの關係あるを示めすものと謂ふべし。果して然りとせば、イクジオン神話は、吾阿漕傳《アコギデン》の希臘方面に

傳はりしものたり。耶蘇教亦阿漕《アコギ》の神話に教祖耶蘇《ヤソ》なるものゝ礫殺材料を取りしものと謂ふべく、

第九圖

イクジオン(魚)の火刑

吾(阿漕)に當り耶蘇の礫殺觀念の起原な爲し十字架卍字の起原な爲し吾片假名(ナ)字支那數字(十)羅馬數字(X)の起原な爲せるものなり—南伊太利の作にしてクメにて發見せし古代陶器畫今ベルリン博物館にあり

耶蘇教の重大なる教理―耶蘇が人の罪を身に受けて死せりとの事實は、アビシニア日本（南備）の神話に出でしものなるを知るなり。

西洋方面に於ては十字架をCross《クロス》と稱す。羅典語《ラテンゴ》Crus《クルクス》にして、其變化にCrucis《クルシス》或はCrucim《クルシム》の語あり。これ日本語の「苦《クル》し」「苦《クル》しむ」にして十字架の形狀は「苦しむ」の符號たるを知るなり。

「十字架」に似たる形狀に卍字なるものあり。之れ十字架の一變形或は「十字架」の根本形狀にして、イクジオンの十字車輪の四點を切斷したる形狀に外ならざるなり。卍字のマン|とは「苦痛不運」を意味する所の羅典語《ラテンゴ》Malum《マルム》に出でしものにして、音變化の例に由つて「i」音の無聲となる時は、マウムとなり、其縮まりしもの「マン」となるなり。

されば佛教の卍字も、亦此のイクジオン神話に出で、マン字なる語も亦羅典系の言語たるなり。此頃西洋人にして卍字の起源は希臘なるか支那なるかを研究せる者ありと聞く、此に余は其起源の希臘羅典系たるアビシニア日本民族に存することを教ふ。云々

【一七】

卍字は佛教専用の如く思つてゐたのであつたが、木村氏の研究によつて興味が湧いて來たので、卍字の研究に方面を暫く彼は轉じて見たのであつた。卍字は印度に相傳する吉祥の標相であつて、梵に室《シ》利《リ》靺蹉《マツサ》洛刹曩《ラクセナ》 S'riūatsalaksana 卽ち吉祥海雲相である。羅什《ラジウ》、玄弉《ゲンザウ》の諸師は之を德字と譯してゐる。然るを魏の菩提流支《ボダイルシ》「十地經論十二」に此語を萬字と譯した。此中室利靺蹉《シリマツサ》卽ち卍を萬と譯したのは功德圓滿の義であるから、吉祥海雲《キツシヤウウンカイ》の義譯として咎なきも、洛刹那《ラクセナ》を字と譯したのは、是れ惡刹那《アクセナ》の語に混じたるにて、梵語洛刹那《ラクセナ》は相、惡刹那《アクセナ》は字である。卍は相であつて字ではないから、吉祥海雲相卽ち萬相と譯せねばなるまい。さて其の形は右旋なれば卍となる。佛を禮敬するに右旋三匝《ウセンサンサウ》、佛眉《ブツミ》間《ケン》の白毫《ビヤクガウ》に右旋婉轉《ウセンエンテン》等があつて、總て右旋を吉祥とするのである。古來卍に造るものあるは誤とせられてゐる。高麗本《コマホン》の藏經及び慧林音義二十一の華嚴音義共に卍に作つてゐる。又右旋の相を示して卐とも記せり。而して大乘經の說には、之を佛及び十地菩薩胸上の吉祥相として三十二相の一に數ふれども、小乘の說に據れば胸上に限らないのである。

一說には萬字の萬は梵音であつて、譯語ではないとしてゐるものがある。佛敎大辭典に、余印度に於て學僧の說を聽く。此卍形は梵天家の吉相となす所にして、凡そ尊像を畫くには必ず此卍形を劃し、此廓内には形體を畫くを法とす。是れ火の炎上する形にて、梵天の法は火を以て最大清淨、最大吉祥となすより、彼に形で此相を創せしなりとしてゐる。イクジオン神話の火は苦相の表現であるのに、佛典の卍字は吉祥相の表現であるのは面白いコントラストである。彼は地獄、是は天國、地獄と天國との鍵はまだ容易には其の鐵扉を開かないやうである。

【一八】

耶蘇敎の一派希臘敎の中に印像を結ぶ事のあるのは注目すべき事である。

其は神前に於て祈禱を修する際、右手の拇指と食指と中指とを直立し、藥指と子指とを掌上に屈し、其の直立せる二指の指頭で、先額を按して「父」と唱へ、それより臍を按じて「及び子」と唱へ、更に兩肩を右より左に順次に按して「及び精靈の名に歸す」と唱ふるのである。其の印像の意義は、三指の天に向つて直立するは「三位一體」にして天に在るの義、兩指の掌上に屈するは「神人二性」を具有する耶蘇《ヤソ》基督《キリスト》の地上に降れる象を表はすのであると謂つてゐる。額―臍―右肩―左肩と行くので、此處に十字が描かれるのである。然るにこの印像と同じ印像が「眞言密教」中にもある。大日經巻四の「密印品」に「慧手《エシユ》を拳と爲して三輪を舒《ノ》ぶ是寶處印」なりとあるのがこれである。佛教には左右の兩手を禪定《ゼンジヤウ》と智慧《チエ》とに配し、左手を定手と云ひ、右手を慧手と云ふ。三輪を舒《ノ》ぶとは、佛教では五指を五輪《コリン》に配し、拇指を空輪と謂ひ、食指を風輪、中指を火輪、藥指を水輪子指を地輪と云ふ。其中の空(拇指)風(食指)火(中指)の三輪を舒べて直立せしめ水(藥指)地(子指)の二輪を屈するが「寶處印《ホウシヨイン》」と名くるのである。彼の希臘教の印像は、全く此の「寶處印」である。又た密教の教式に合掌の種類が頗る多い。其中兩拳を交叉して悉く指を屈し堅く握るものがある。之を「金剛拳印」と名づける。現に彼の耶蘇教の會堂等には多く此の「金剛拳《コンガウケン》の合掌《カツセウ》」を作せる神人の油繪を見る事が屢々ある。

「耶蘇教と眞言密教との研究大に爲さざるべからず」と彼は思はず叫ぶのであつた。

【一九】

眞言密教と耶蘇教との間には大層類似の點が多い事を發見する。

眞言密教は以前から印度に傳はつて居たものであつて、釋尊の佛教が現はれてから、この眞言密教を佛教化して、佛教の一種と爲したことは、恰も弘法大師等が日本古來の神道を佛教化して、兩部神道を編み出したと同じやうなものであつたのである。故に眞言密教の本來の教義は、佛教とは異なつたものであつて、佛教よりも古いものである。眞言密教は印度の古代に遡つて其本源を探究すべきもので、この教は希臘―もつと遡つて埃及等に大なる聯絡のある事を突き止めねばならぬものである。アラビヤンナイトの話の中には、印度から材料を採つたものゝある事は識者の既に認めてゐる所であり、佛典の中に希臘の事が傳はつてもゐるのである。「梵名雜考」といふ書に、邊地人梵名宜《ギ》例車《レイシヤ》としてゐるのは、正しく希臘の事であつて、蔑《ベ》戻車《レイシヤ》（華嚴疏鈔卷十四慈恩傳）蔑《ベ》隷車《レイシヤ》（瑜伽論志二十同論記卷六）と書いてゐるのは波斯《ペルシヤ》であつて、波斯と印度との關係は深いものがあつたらうと思はれる。佛教が東歐中亞細亞等の思想を多量に傳へたと同樣、希臘特に波斯等が、印度敎の感染を受けた事も亦た多量であつた事を忘れてはならない。「瑜伽論《ユガロン》」卷二十の達須《タッシユ》蔑《ベ》戾車《レイシャ》はタリユース　ペルシャと讀めるのである。「達須《タッシユ》此等の人微に佛法を識る堅固修行する能はざる也」としてゐるのを見ても、タリユース時代に佛敎が彼地に傳はつた事が知らるゝのである。耶蘇敎の敎式に舊敎では珠數を持つことや、熱帶地方に特有な香を燒く事や乃至壇前に幢《ハタ》を樹てたりする事なぞを考へ合はすと、佛敎と基督敎とが希臘邊で餘程接手してゐた悌が偲ばるゝのである。

【二〇】

眞言密敎は其本尊「大日如來《ダイニチニヨライ》」を「阿字大日《アジダイニチ》」と稱へてゐるのでも明瞭する如くコトバ敎である。佛のコトバが直にこれ經典であり、コトバが卽ち佛の御自體でもあるとする敎である。「眞言《シンゴン》」といふのも、其意義である。然るに耶蘇敎の新約全書約翰傳《ヨハネデン》首章を見ると

太初《ハジメ》に道《コトバ》ありき。道《コトバ》は神と偕《トモ》にあり。道《コトバ》は卽ち神なり。このコトバ太初《ハジメ》に神と偕に在き、萬物これ

に由て造らる。造られたる者に、一として之に由らで造られしは無し。之に生あり。此生は人の光なり。光は暗《ヤミ》に照り暗は之を曉《サト》らざりき。

とあつて「コトバ即ち神」の思想が傳はつてゐる。しかしコトバ教の最も深刻に傳はつてゐるのは、我が神道であつて、神をミコトと申すのが何よりの證據である。ミコトは即ち御言《ミコト》であつて、神《カミ》が御《ミ》言《コト》であるといふ意である。故に神名が悉くその神の御神相 御神性等を現はし盡くしてゐるのは勿論、一切の言語—皇典のコトバが神意を最も適切に現はしてゐるので、我邦を言靈《コトタマ》の幸《サキ》はふ國とも言《コト》靈《ダマ》の助《タス》くる國とも云ふのである。これ「日本言靈學《ニッポンコトダマガク》」が皇典研究上權威ある所以である。

新約全書約翰傳《ヨハネデン》第七章三十八節に「我を信ずるものは聖書に記《シル》しゝ如く、其腹より活ける水川の如くに流れ出づべし」とある、其聖書とは舊約聖書中には決してこの語はなくて、佛典中に此語ありとて「如來は二種の不可思議事を行ず。諸弟子の遠く及ばざる所、如來身體の上部よりしては火焔を發し、其下部よりしては流水を生ず」とある下部は腹であつて、流水は活ける水であると解してゐる學者があるが、この活ける水流れ出づべしの語は、却て我が大瓶猩々《オホカノセウセウ》（謠曲）泉の口を取るとぞ見えしが涌き上り涌き流れ汲めども盡きせぬ泉」の方が餘程根本であるやうに思はれる。約翰《ヨハネ》傳《デン》四章の「我が與ふる水は心の中の泉となりて湧き出で〻永遠に至る」は謡曲玉の井の「濁なき心の水の泉」「老せぬ齢を汲み」、「玉の釣瓶の掛繩の長き命を汲み」の思想ではあるまいか、『い、して見れば地球上面に「全世界一國」の時代があり、其統主として大日本思想の泉が滾々として滿天下に旺溢してゐたのではあるまいか』。彼が

斯麼《コンナ》考にまで推し及んで來た際《トキ》に彼の頭の中に忽然として浮び出でた一つのものがあつた。彼は驚いたやうに——

「あゝ俺は最初の出發點を何處へか失つてしまつて、飛だ方角へ脱線して來たぞ、草薙劍の研究は何《ド》うしたのだ、草薙劍が研究の主目的ではなかつたか」

と口走るのであつた。

【一二】

天爵先生門下に今一人篤學の青年があつた。彼の姓を杉森と云つた。彼は宮地が二ケ月許り草薙劍に關して種々の研究を爲してゐる間に、多少異つた方面から彼も亦熱心に草薙劍の覆ひ嚢が熱田神宮の御紋章たる考證に努めて居るのであつた。彼は先づ古來の說を蒐めて見て、之を含味し、其の上に立脚して一擧に本城を屠《ホフ》るの策を立てたのであつた。彼の蒐集したものは大要次の如きものであつた。

(一)抑大蛇の草薙劍を呑て其の腹中より出たりといふこと心得ず。若し大蛇の久しく呑で有らんには、必ず蕩《ト》けて用ふるに足らざること必せり。さるに神劍の著出《ママ》で之を天照大神に上らせ、後に三種の神寶とすること、彌々不審《イブカ》しきことならずや。此御劍は天岩戸隱の時、天津麻良命《アマツマラノミコト》をして作らしめ玉ふ御劍なること明かなり。さるを幣物の中に見えず、爰に蛇腹中より出で大神に上らせ玉ふとは深き理りあること知られたり。此は例の古文の妙にて、大蛇とは素神の大慢心をさして云ふにはあらじか、其慢心を切捨て玉ぞ、眞の幣物にして即神劍の德顯然たり(鈴木眞年氏古事記正義)

(二)尾に至つて劍刄缺けたるに付て、安不忘危の敬を得玉ひ、それより土金の御德にならせ給ひ、寶劍一致に御心研け給ひ、清々《スガスガ》しき場に至らせ給ふ也。八岐大蛇《ヤマタオロチ》とは實の岐蛇也、其精神尾に至り凝て利針となれり。其形自ら劒の如し。是天地自然の靈劒也。素尊の劒もかゝる程の利劒なれば、此上もなき靈劒也。以て天子の寶劒たるべき物也（玉木正英氏玉籤集）

（三）白上於天照大御神也、上刀是レ表ニ歸順一者矣、雲族神族、同根一種、益以可レ徵也（川面凡兒氏古典講義錄）

（四）劍は創設作用の御徵であつて、尚經營主義の劒である。此劒をお使ひになつたときにも是は人を斬つた劒でなくして、草薙の劒と謂ひ、賊を征伐するときに草を薙ぎて火を防がれた尊い劒で血の付いた劒でない（筧克彥氏續古神道大義）

【二二】

どの說を見ても勿論杉森を滿足さすものが無いので、彼は其の製作上に就いて研究して見る事にした。

草薙劒を單に心的狀態に解して邪念を去つた所がとか、慢心を切り捨てたとかいふのみの解釋は不充分なもので、現に熱田神宮に寶劒が奉祀してある以上現實の劒を求めなくてはならぬ。

草薙劍を草刈刀の如く心得てゐるのも、是亦心得ぬ事柄であつて、現に久米邦武氏は其著「國史八面觀」に於て「日本武命は神劍を佩刀として帶びさせ給ひ、これを以て草を薙ぎ拂つたと世に解せられてゐるのは大なる誤である（中略）此度命《ミコト》が東征の途に神劍を授けられたるも、夷族鎭撫の神體とし之を奉じまつりしもので、中々佩刀などとして草刈刀に代ふべきものではない。畢竟軍神として奉じた劍の精靈が發して命の劍に移り、佩刀にて草を拂へば、嵐吹き起つて、風は逆風となり、命の身を守護したので、即ち劍の威德である。草薙の劍と名づくるが故に、直に神劍を以て草を拂つたものと斷ずるは非常なる誤である。」としてゐるのは頗る達見であつて、草薙劍が鐵で製作されてゐるか、石造か等の議論も、實は不要の義に屬する。某書に「素盞嗚尊は武器を作ることを好まれしが爲めに、多く金鐵を産する言ゆる根國を諸冊《イザナギイザナミ》二尊より賜はりて、その王とならせ給ひしことの證には、彼に到り給ひし後に、その地にて作り給へる劍を御身に常に佩び給へり。即ち蛇を斬り給へる劍がそれにて、韓鋤劍《カラスキノツルギ》とも申しゝはこの故なり。尚多く作り給へる歟の故に、その中の最優れしを天照大神に獻られしが、誓約《ウケヒ》の御時の十握劍《トツカツルギ》なりとも聞けり」云々ともあるが、尚ほ充分に草薙劍の本體が知られたとも思はれない。

第十圖

ペルセウス　と　ゴルコンの首　左手に持てる
〔鎌　劍〕
に注意すべし　　希臘古代陶器畫

「舊事本紀《クジホンギ》」には其斬蛇之號曰二蛇之麁正《オロチノアラマサ》一とあり、「古語拾遺《コゴシフヰ》」には「天叢雲《アメノムラクモ》」とも謂つてゐる。大蛇の上常に雲氣有り故に以て名と爲すと註してゐる。「蛇《オロチ》の麁正《アラマサ》」といふのは何の意義であらう。麁《アラ》正《マサ》の意義を木村鷹太郎氏の「日本太古史」には「須佐之男傳はペルセウス傳を參考すべきは數々之を言へりペルセウスはヘルメースの神より神劍を授かりて、妖怪ゴルゴンの首を斬り給へり。其劍ハルパソは又たアラマサと誤り得る音なるは第一卷に之を論じ、又此劍鎌狀なることも之を說けり、須佐之男命《スサノヲノミコト》の「蛇の麁正《オロチアラマサ》」は卽ちハルパソの劍にして、鎌狀のものなるは之に由つて察すべきなり。其此劍の鎌形なることは日本の他書に出で居らずと雖ども、余は近松の「日本振袖始《ニホンフリソデハジメ》」第四節に言へる所に據りて之を知るなり。「此白き衣服の袂外《タモトソト》を圓く縫はせしは刄の反《ソリ》を隱さん爲め」なり」とあり、これ此劍の刄は鎌の如く內面に圓く反れるを示すものにあらずや。若しそれ外面に反れるとせば、袂は刄に切らるべきなり。此くて近松の謂へる所はペルセウス傳の刄と相一致せるものと謂ふべし」

【一三】

木村氏の鎌形の劍といふ事柄に興味を感じた彼はカマ（鎌）――カマ〳〵と幾度も幾度も稱へて見るのであつた。何となく親しみのある語であり、何となく自分の行く先きを嚮導し與れる名の如くにも感ぜられる。彼は更に幾度もカマ〳〵を繰り返して居たが、

「あゝ」と思はず叫ばざるを得なかつたのである。

カマ――カァマ――カァマハラ――草薙劍

と思ひ當つた時に、彼は諸種の辭典を漁つてカァマの語の意義を求めるのであつた。カァマの音に最も近い發音の「羯磨《カツマ》」の語を見出した時に、彼は其條を貪る如く讀むのであつた。

「羯磨の梵語はカルマ Karma パーリ語のカンマ Kamma と謂ひマヌの法典 Manu 中にも既にカルマプハラ Karmaphala の語見え、善惡の賞罰應報とせり。音釋にカツマこれは專ら天台の稱呼なり。南門禪門にはコンマ密宗にはキャマ又たキャラマともいふ。業、作業、所作、業果、事、

辨事等と譯す。又た作法辨事とも譯す。卽ち受戒の儀式作法をいふ。比丘《ビク》比丘尼《ビクニ》等の授戒を爲す作法なり。

これにおもしろい研究の端緒を得たらしく感じた彼は、更に一層深遠な意義をこの「羯磨」から探り出さねばならぬと考へ「羯磨《カツマ》何々」とか「何々羯磨《カツマ》とかいふものがありはせぬかとあちらへこちらへ辭書を丹念に繰り返へすのであつた。

【二四】

「有つたと〳〵」彼は思はず大聲を發し、拳で机を強く擊つたので、机の上の盆栽の梅が一瓣ひらひらと散つて落ちた。餘りに自分の聲が大きかつたので、自分ながら何だか體裁が惡いような感がしたが、心臟の皷動烈しく勇士が今當に戰場に出陣する時のやうな感じが頻に彼には起るのであつた。

「羯磨金剛!!」

早速その條下を開いて見ると、次の記事が出てゐた。

三股《サンコ》を十字に横へしもの、修法に用ふ。羯磨は必ず金屬製なるを以て羯磨《カツマ》金剛《コンガウ》といふ。大日經五に本性清淨を以ての故に羯磨金剛に護持せらるゝが故に、一切塵垢の我乃至株杌過患を淨除す。大日經疏六に「金剛に二種有り一者智金剛、二者業金剛、此梵に金剛羯磨《コンガウカツマ》といふ。所謂作業の業也。此

第十一圖

羯磨金剛の圖

金剛業を以て而して加持するが故に、其の心地を淨除することを得」、金剛頂義決に「若し種族增長を得んと欲せば、爐內に羯磨《カツマ》印相《インサウ》を作せ。謂《イハ》く三股《サンコ》十字形《ジフジギヨウ》なり。此形は三股と三股と相突貫する相にて正しく「金剛杵《コンガウシヨ》」の作業を示したるもの云々」「谷響集六」に「羯磨金剛」者「三股杵《サンコシヨ》」を横竪にす。是の故に號して「十字金剛」といふ。謂ゆる三股の金剛を執つて橫擊竪突するの標相也。此れ乃ち金剛の作業なり。故に本有の作業を表はす也云々」

此の文中で判らないものがある。第一「三股」とは何であらうか、三股を十文字に組合せたものが、

「十字金剛」で即ち「羯磨金剛」である。圖で見ると三股とは彼の弘法大師なぞのよく持つてゐる「獨《ドク》鈷《コ》」といふものに似てゐる。「三股《サンコ》」と「獨鈷《ドクコ》」とは違ふであらうか。まづ「三股」から調べねば「股磨金剛」は解らないのだ。

【二五】

「三股《サンコ》」の條を開いて見た彼は「ア、」と輕く笑まざるを得なかつた。

「あゝ股《コ》の無いのが獨鈷《ドクコ》」
三つ股《マタ》が三股《サンコ》（三鈷）
五つ股《マタ》が五鈷《ゴコ》（五鈷）
これは當り前の事だつたのだ」

三股の條を讀んで見ると次の如く錄してあつた。

三股又三古、三胡、〃殳、古、胡は皆借字股を本字とし股杵を具名とす。もと印度の武器、杵頭三枝に分かるゝを三股杵《サンコショ》と云ふ。胎藏界の三部を表はす。又三觀三智等總じて三軌の法門を表す」

第十二圖

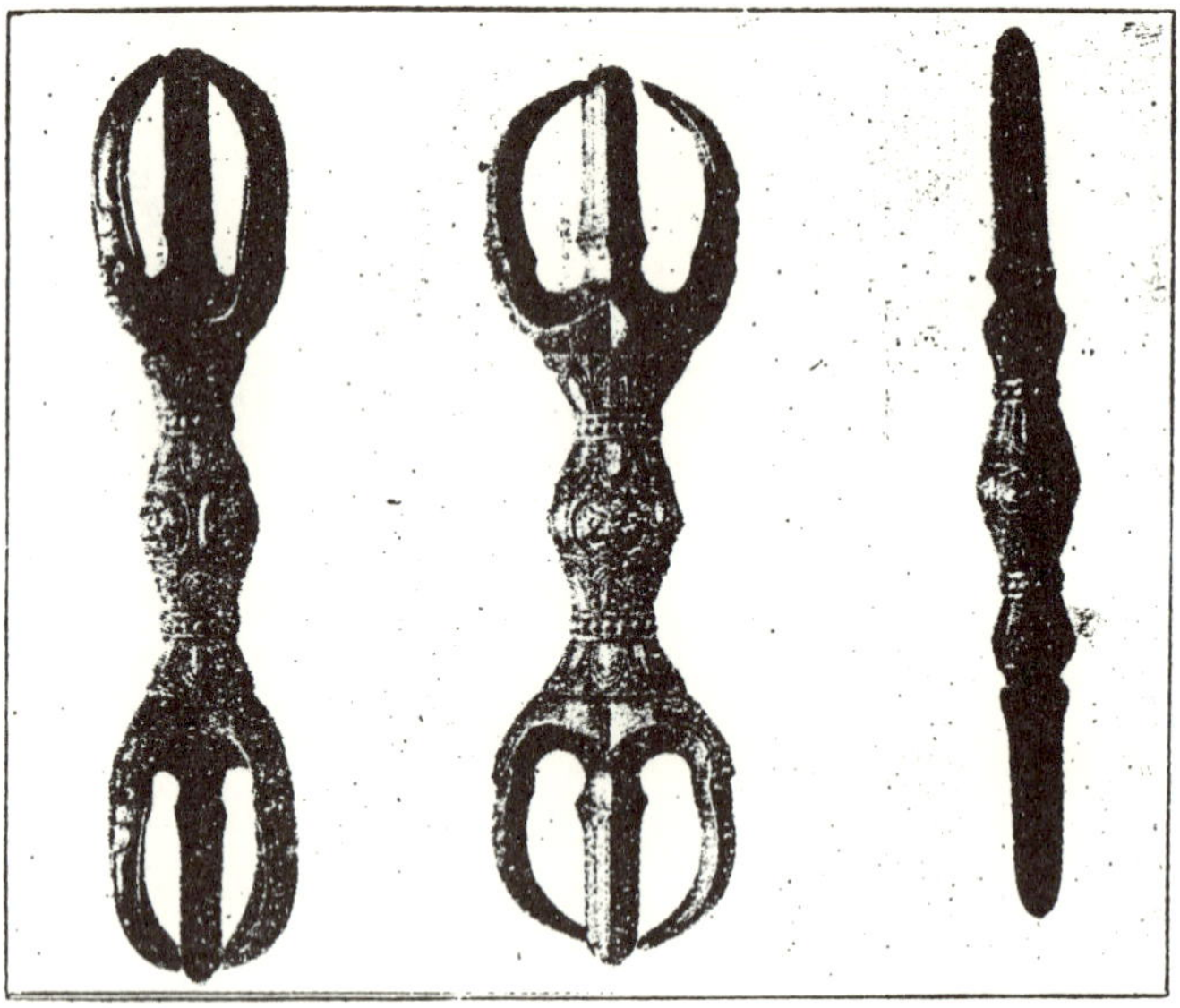

獨鈷　五鈷　三鈷

金剛杵

（安藝嚴島神社國寶）

としてある。印度の武器といふ語が大に頭に響くのである。劍と杵＝この間には何等かの關係が伏在してゐるのかも知れない。大國主《オホクニヌシノ》神《カミ》の「廣矛《ヒロホコ》」日本武尊《ヤマトタケノミコト》の「比比羅《ヒヒラ》木之八《ギノマ》尋矛《ヒロホコ》」遡つては伊邪那岐《イサナギ》伊《イ》邪那美命《サナミノコト》に賜つた「天沼矛《アマノヌボコ》」など大に研究の價値あるものだ。劍を單に劍としてのみ研究するのでは到底徹底的の解說は得られないに相違ない。如《シ》かず先づ以て「矛」

の研究を創めねばならぬと、彼の研究題目は「羯磨《カツマ》」から「矛《ホコ》」研究に赴き行くのであつた。

【二六】

（一）沼矛《ヌボコ》は玉矛《タマホコ》と云如く玉《タマ》もて飾れる矛なるべし。古へはかゝる物にも玉をかざれる常のことなり。（本居宣長氏古事記傳）

（二）天沼矛《アマノヌボコ》の狀は如何なる物ぞと云はむに、是は天神の靈妙なる御德を以て造り出で給へる物なれば、今いかに考へ知るべきに非ざれど、强いて云はゞ鐵氣の純なる物にて金玉の凝成れるが如き質ならん（其は此物に依て大地締固り小山と成て國中の御柱と成れるを以てなり）形は男根の狀なるべし。（其は皇產靈大神の御靈にして其本は彼溟涬而含牙とある矛の形に似たる物なるべき理りなればなり）瓊矛《ヌボコ》と云は、玉に付たる故に玉戈と云にも有るべし。又たゞに其物をほめて云るにも有むか（平田篤胤氏古史傳）

（三）矛は男根の比喩なり。此の二神の天降給（ひ）し間は、國も大かたに成つれば、其の經營に顯れ出生

て、夫婦の道を始め給ひ、又神をもあまた產せ給へるにぞある（橘守部氏難古事記傳）

この說は隨分徹底した說でおもしろいが、天沼矛《アマノヌボコ》を男根とすれば、須佐之男命《スサノヲノミコト》の十拳劍《トツカツルギ》も勿論男根でなくてはならぬ。斯ういふ方面に皇典を解說するのも必要であり、且つ愉快なことであらう。此の研究方式で行けば、八岐大蛇《ヤマタオロチ》を切つて草薙劍を獲たといふ事も「胎兒分娩」といふやうな意義となつて、產兒即草薙劍となるかも知れぬが、矢張我々は熱田神宮奉祀の寶劍を對照としての研究が主眼であるから今暫く之の方面の研究を後廻しにせねばならぬと彼は考へるのであつた。

【一七】

「八阪瓊戈《ヤサカニノホコ》は天地開闢に始めて高天海原《タカアマハラ》に浮ぶ神寶是れ也。神語破者《ハサ》、古語天逆桙《アマノサカホコ》、天逆大刀《アマノサカタチ》、俗に魔返桙《マカヘシホコ》といふ。亦天之登保許《アメノトボコ》と名づく。此れ天璽に名づくる也。又た曰ふ天御量柱《アメノミハカリバシラ》は天瓊戈《アマノスボコ》と異名同體に坐す也」（天口事書）

この文中に一つの大なる疑問のあるのは神語「破者」の一語である。「破者」は勿論借字で共音を採ら

ねばならぬのであるが、

「ハサ………？」は何の事であらう。

「ハサ……バサ………バザア………バサラ………ハラサ………」

等種々に音變化を試みて見たが、辭書に「バサラ」の語のあるのを發見して、直に開いて見ると、次の如く記してあつた。

縛曰羅《バサラ》＝跋折《バサラ》　唐《ニ》云《フ》二金剛杵《ト》一（陀羅尼集經二）

伐折羅《バサラ》即金剛杵（大日經疏）

もと印度の武器三股鎗の如きなり。寶戈とあるは、天授の武器の意にして、金中最剛の解を最適とす。

一讀彼は驚かざるを得なかつたのである。「破者《ハサ》は矢張金剛杵の事で、羯磨を研究した時に獲たもの名であつた」………「では更に吾輩は翻てもう一度「羯磨」の研究に向はねばならぬ」と獨言するのであつた。

【一一八】

彼が更に類似の書に讀み漁つてゐると、左の一文に接した時ほど彼を驚かしたものは無かつた。

「天瓊玉戈《アメノトボコ》雨之度保古 是れ天神の手に持つ物也。梵に縛日羅《バサラ》と云ふ」(神宮秘文)

あゝ何の事だ。自分を苦しめた「天口事書」の「破者」の一件はあからさまに此書に明示してゐるではないか。何だか人を馬鹿にしたやうな、また張合の拔けたやうな感が彼にはしたけれども、自分の說を確に證明して呉れたやうな氣もして嬉しくもあつた。次を讀んで見ると、

本書に云ふ天之瓊玉戈《アメノヌボコ》、佛說の獨古《ドクコ》亦名は、天之逆杵《アメノサカホコ》、亦天之逆大刀子《アメノサカタチ》と云ふ亦た天御量柱《アメノミハガリバシラ》といふ、亦心御柱《シンノミハシラ》といふ。蓋し瓊玉は心珠の表德、萬寶の藏也。杵は神靈の智劍、能く衆魔を伏する也。所謂萬法一心性、柱は天地の象、神明の鎭符、大象無形獨一の靈を現はす也。都て以て之を名づけて天瓊玉戈《アメノヌボコ》と曰ふ。故に萬化の根本、五智の元宗是れ也。又曰ふ天皇孫尊天降居玉《スメミマノミコトアマクダリタマ》ふの時。鬼神を平げ天下を治《シ》らす靈異物三百六十種之神寶有り、所謂天之八坂瓊曲玉、戈玉、裳比禮《モヒレ》、天衣《ミツ》、

白銅鏡の類是なり。三百六十種の中、天瓊玉戈を以て最長と爲して。國御量柱《クニノミハカリバシラ》を立て給ふ也・惟だ是れ初禪梵王應化之種、法界體性智の顯露し來る所なり。一切諸法唯《タ》是れ一心、故に心相を現じて神主と名くる也云々

隨分解し惡《ニク》い所もあるが、大體の意味は判《ワカ》る。靈異物三百六 十種といふ事は何書に出てゐる事か知ら、衆魔を降伏するが故に「魔返杵《マガヘシホコ》」は判るが、逆桙《サカホコ》とか逆大刀《サカタチ》といふ逆◎といふ事 は 何 の 意義だらう。特に「天御量柱《アメノミハカリバシラ》」といふのは測量の標準器といふような意味にも解せられる。「天沼矛《アマノヌボコ》」の丈尺の如きは大なる研究問題でなくてはならぬ。「天瓊玉戈《アメノヌボコ》」を以て最長と爲すとあるからは、其の長が知られて居ねばならぬ筈だ。

【二九】

三種神器を度量衡に配した說を天爵先生に聽いた事を彼は思ひ出した。即ちタカアハラは衡器即ち天秤《テンビン》を充當すべきである。

第十三圖

三種の神器

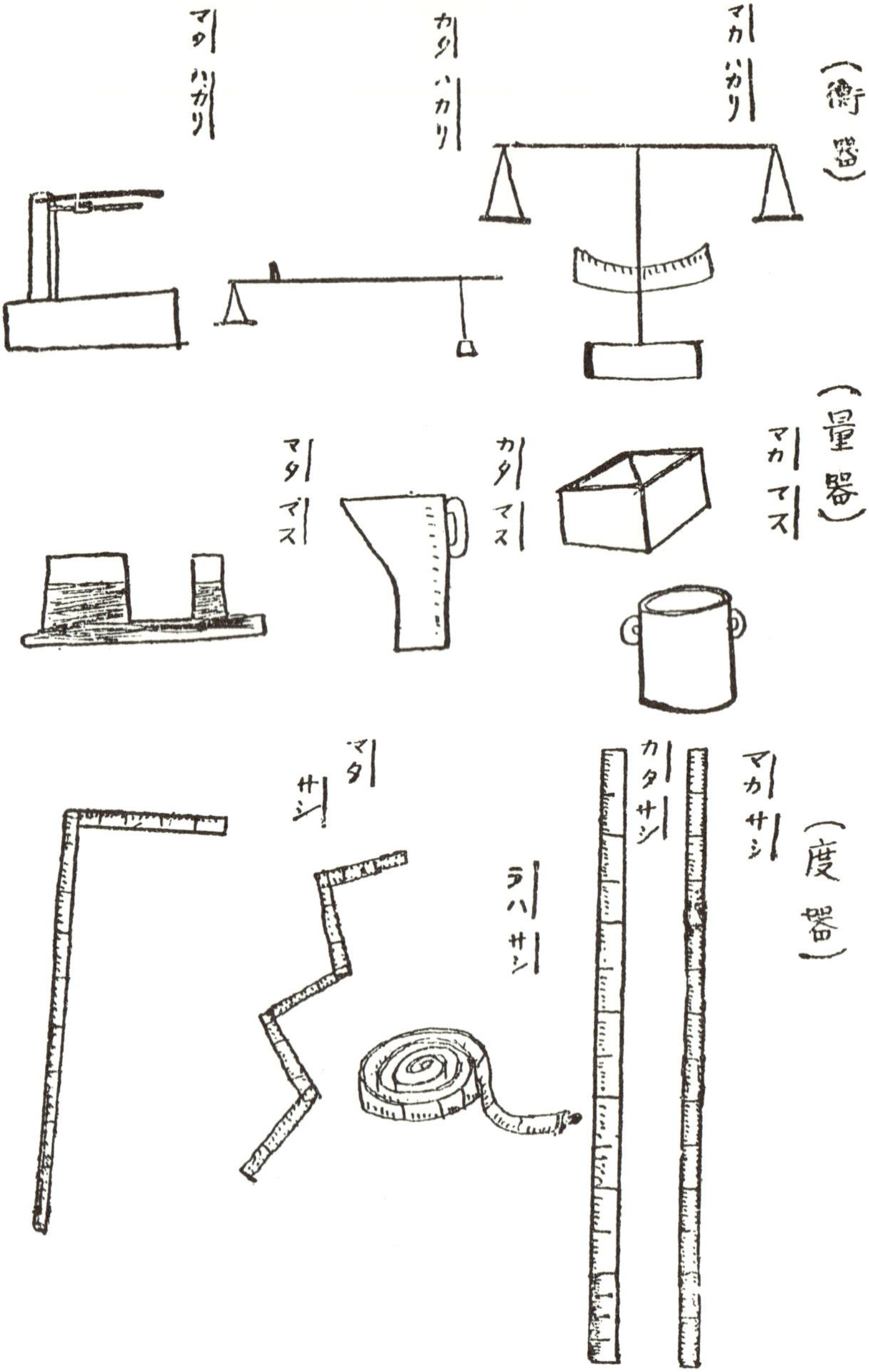
衡器
マカハカリ
カタハカリ
マタハカリ
量器
マカマス
カタマス
マタマス
度器
マカサシ
カタサシ
ラハサシ
マタサシ

タアマハラは量器即ち枡《マス》を充當すべきである。

カアマハラは度器即ち尺度《サシ》を充當すべきである。

若し九種の度量衡に之を分類して圖示すれば、前の通りである。

【三〇】

彼は更に同類の書を讀み漁つて見たが、何れも同巧異曲のもので、別に大した獲物も無かつた。只だ「大和寶山記」の一節に、

天瓊玉戈《アマノヌボコ》、亦魔反戈《マカヘシホコ》と名づく、亦た金剛寶劍《コンガウハウケン》と名づく、亦た天御量柱《アメノミハカリバシラ》と名づく、亦常住心戈《ショウジフシンクワ》と名づく、亦た忌柱《イミハシラ》と名づく惟ダ是レ天地開闢之圖形、天御中主神寶、獨戈の變形、神佛の神通、群靈の心識、正覺正智の金剛に坐す也。亦た心蓮と名づくる也。

といふ記事を見た時に、降魔《ガウマ》の利劍《リケン》と謂ふ事を研究して見る必要がある事を泌々と感じたので、種々に調べて見たが、大要次の如き事柄が判つたのである。

降魔の利劍、これは「不動明王」などの持つ刀劍で、劍と火焔とが常に附物になつてゐるのが一種の特色である。不動明王、降焔魔尊、降三世明王、等何れも火焔中に立つてゐる。八岐大蛇《ヤマタオロチ》も火焔に關係があるらしく感ぜられ、「日本武命《ヤマトタケノミコト》」の御像は火焔中に劍を振ひ給ふのである。之を精神的に解すれば、我等の煩惱の有樣は恰も火焔に比すべきもので、貪瞋痴三毒の焔とも名づけられてゐるのである。我等の邪念煩惱の業火を降伏するのが「降魔の利劍」で。金剛不動の信念は一切の業火を降伏して、清涼の生に安住することが出來るのである。

彼が降魔の利劍の研究に熱沖してゐる時、彼は其の心中に消さんと欲しても消し盡くし難く、降伏せしと欲すれば欲するだけ、一層熾しく群り起る一種の妖魔の襲來を如何ともすることが出來なかつた。

靑春の情緒の燃ゆる所に、誰か戀の惱みなからんやである。戀の焔を打ち消し盡くしたならば何處に人生の意義があらう。玉の盃の底なきが如き男子としてそれが果して天の意を現はすものとの稱讚が出來やうか。

宇宙の元始も天之御中主神の至情發露であつたではないか。ミムスビの深刻なる和合が一切萬有を發現する神業であるではないか。して見れば人生に戀なるもののあるのは天意繼承の矢張神業ではあるまいか。戀ほど自然發露の妙諦が他にあらうか。

彼は微かに「鈴子さん々々」と呼んで見るのであつた。

けれども――けれども今自分は皇典の研究に全力を傾注してゐるではないか。妖魔の窺ふ餘地のあるのは尙ほ未だ研究に專念ならざる證據である。「去れよ妖魔」と心の中に強く叫んで見た。けれども夫は全く徒勞の業に過ぎなかつた。「降魔とは」と彼が研究に向ふ其の脚下から、妖婉の魔の手が忽ち之を臺無しに蹂躙してしまふ。

消しても現はれ、叱しても去りやらぬ妖魔の姿と、降魔に對する研究の勢力は恰も綾織の如くもつれもつれて卍字の如く紛糾を極むるのであつた。

「あゝもう駄目だ。俺の研究は到底駄目だ」

とがつかりして机の上にうつ伏しになつて、兩手で頭髮をむしやぐり乍ら悶えるのであつたが、「綜」

にか「研究」にかの兩途に彷徨する自分の腑甲斐なさを泌々と感じた時、彼は彼自身にも其發作に驚いたであらうと思はるゝ程、蹶然として起き上つて、椽側の上に二王立ちに立ちながら、

「あゝ俺は鈴子さんのものだ、而して鈴子さんは俺のものだ」

と叫ぶのであつた。庭には妖婉な桃の花が蕾を破つて咲き初めて居た。エデンの園それは遠い昔でも遙かな遠い處でもなかつた。あゝ今、あゝ今現實に……隣の垣越に見えてゐる愛くるしい姿の。草花を手折つてゐる……夫は彼の戀人鈴子さんであつたのだ。

彼は最早何もかも忘れて鐵が恰も磁石に吸ひ着けらるゝ如く、妖婉なるものゝ方へ歩み寄るのであつた。

【三一】

鳥居も天爵先生門下の一人の熱心な研究者であつた。彼は草薙劍の覆ひ嚢の形が桐に笹葉の熱田神宮の御紋章たる立證を爲さんと、宮地杉森等が夫々異つた方面の研究に努力を傾注して居た間。彼も亦

一心に研鑽の歩を進めてゐるのであつた。

「天御中主神《アメノミナカヌシノカミ》の二面の御發現として一方が靈系タカアミムスビ神、一方が體系のマアカミムスビ神であつて、この二大祖神がミムスビと名づくる産靈に因つて一切の萬神萬生萬有を産み現はし給ふのである」

第十四圖の一

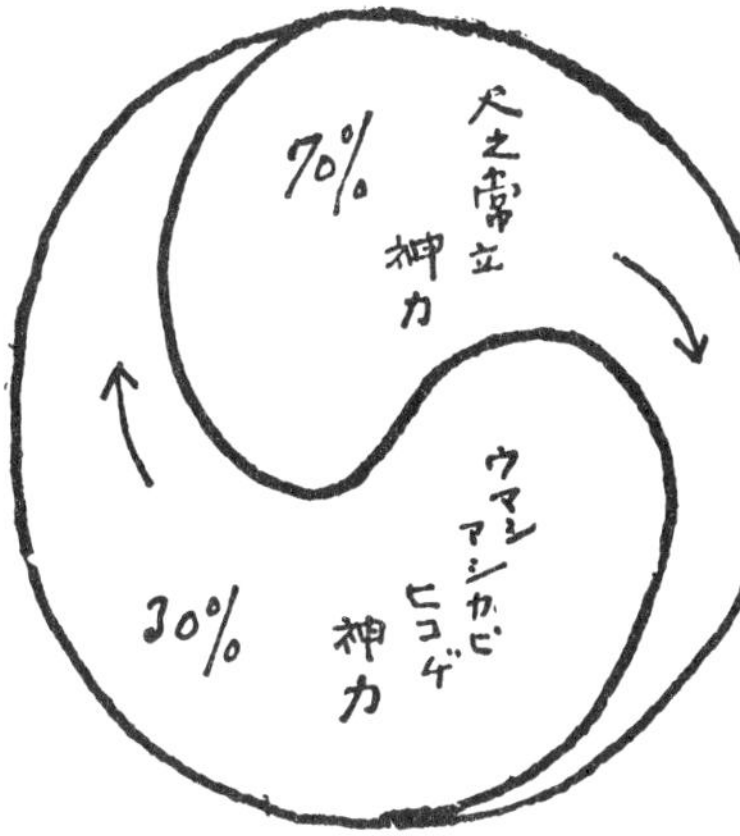

と講義の一節を讀み、

「さてこのミムスビの狀態は如何にといふに、先づ最初にアシカビ狀に神力が宇宙の中心から發動して萠《モ》え騰《アガ》るのである。アシカビは當然曲線狀でなくてはならぬ。（ハラ族廻の爲に此狀を爲すのである。）此のアシカビに陰陽《メヲ》のアシカビがあつて圖に見る如く蝌蚪狀《オタマジヤクシガタ》である。この形狀は葦類《アシルヰ》の芽《メ》の狀であるからアシカビと云ふ。アシカビの內部を仔細に調べて見れば、神力に强弱があつて、全部一樣になつてゐるのではない。即ちS字線で兩割した二個のアシカビは神力量に差異があるので、其強烈なる方を「天之常立神《アメノトコタチノカミ》」と申し。

其微弱なる方を「宇麻志阿斯迦備比古遲神《ウマシアシカビヒコヂノカミ》」と申すのである。

「天之常立神《アメノトコタチノカミ》」と「宇麻志阿斯訶備比古遲《ウマシアシガビヒコヂ》神」とは同一形のアシカビであるが、其内量神力の差異から神名を異に爲し給ふのである。

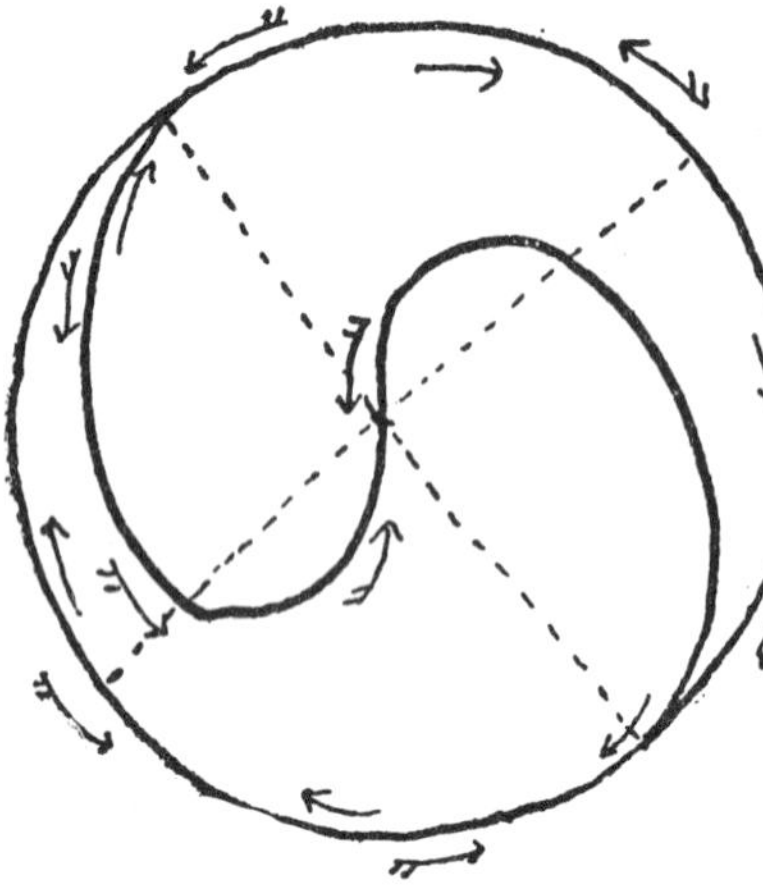

第十四圖の二

アシカビは萠《モ》え騰《アガ》る神力の發作で、萬有精氣の根本的發動力である。即ち宇宙生命の強烈なる現發である。

このアシカビ生命精氣の發現は單に發射的旋廻《タカアハラ》であるのみならず同時に凝聚的旋廻《タアマハラ》であり、且つ同時に交流的旋廻相《カアマハラ》を示してゐるのである。即ち陰陽《メヲ》二流のアシカビがタカアハラ、タアマハラ、カアマハラ三大神力の具象的發現であつて、タカアマハラの眞相が明白に一目の下に顯現してゐる事を知る。」讀みつゝ彼は

「あゝ眞に神秘的な神力發現の圖形ではないか。」と泌々圖に眄め入るのであつた。

【三二】

全大宇宙にアシカビの本質として左旋向つて右旋=が起るや、タカアマハラの神則として之に相反動する所の神力發作が起らねばならぬ。これ圖に示す本質として右旋向つて左旋のアシカビであつて、

第十五圖

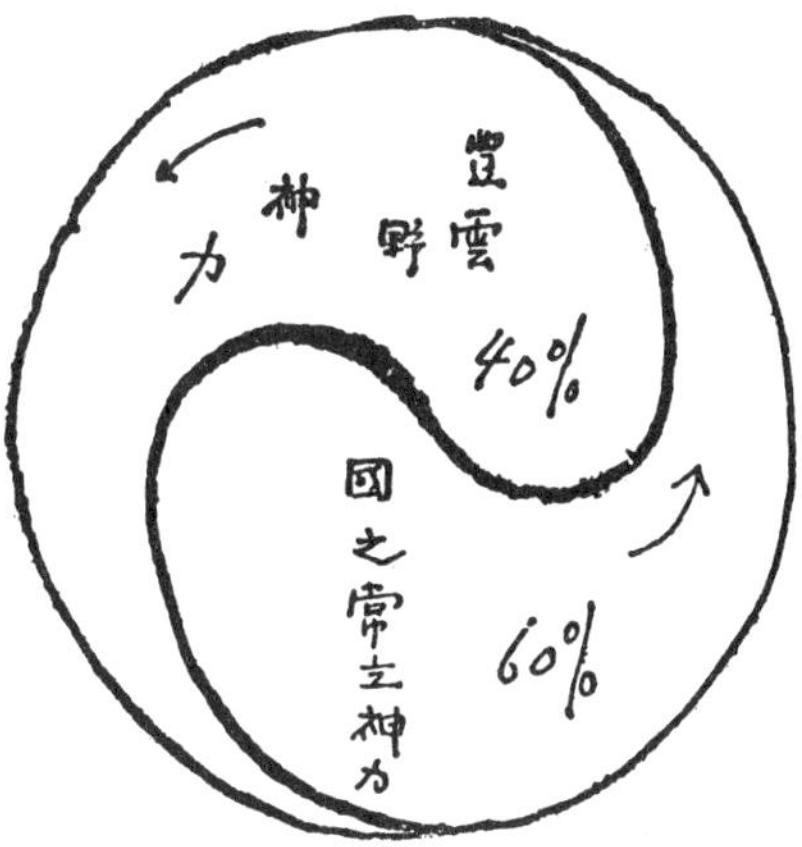

このアシカビも前の十四圖と同樣の旋廻と凝聚とのカアマハラを爲し、其の神力量もまた强弱の二面に分かれてゐるのである。

神力强烈の方を「國之常立神《クニノトコタチノカミ》」と申し

神力微弱の方を「豐雲野神《トヨクモヌノカミ》」と申すのである。

これで高御產巢日《タカアミムスビ》神系《シンケイ》と摩訶御產巢日《マアカミムスビ》神系《シンケイ》との二系が四神系に分かれた事になる。卽ち高御產巢日神系（靈系）は高天原の順流で本質として左旋神力であるのが、天之常立神系《アメノトコタチシンケイ》なる强神系とウマシアシカビヒコヂ神系なる弱神系と

に分かれ、摩訶御產巣日《マアカミムスビ》神系（體系）は高天原の逆流であつて本質として右旋神力であるが、國之常《クニノトコ》立《タチ》神系なる强神系と豐雲野《トヨクモヌ》神系なる弱神系とに分かれて、

天之常立神――左旋―强（70%）――天神系
ウマシアシカビヒコヂ神――左旋―弱（30%）――火神系
豐　雲野神――右旋―弱（40%）――水神系
國之常立神――右旋―强（60%）――地神系

而してこの左旋と右旋との二大旋廻神力は、其の祖神のミムスビ神業を繼承して、更に產靈《ムスビ》の本義を繼《ツイ》て營み給ふのである

第十六圖は左旋右旋の各二神系が互に結合《ミムスビ》された有樣であつて、此處に更に複雜なる神力神系の分岐が行はれる事になつてゐるのである。即ちタカアマハラ内部が本質左旋四個のアシカビと本質右旋四個のアシカビを發現するのである。第十六圖甲は左旋アシカビ四分系を示し第十六圖乙は右旋アシカビ四分系を示すものである。

四分系のアシカビも矢張その神力量を異にするのであつて、

第十六圖

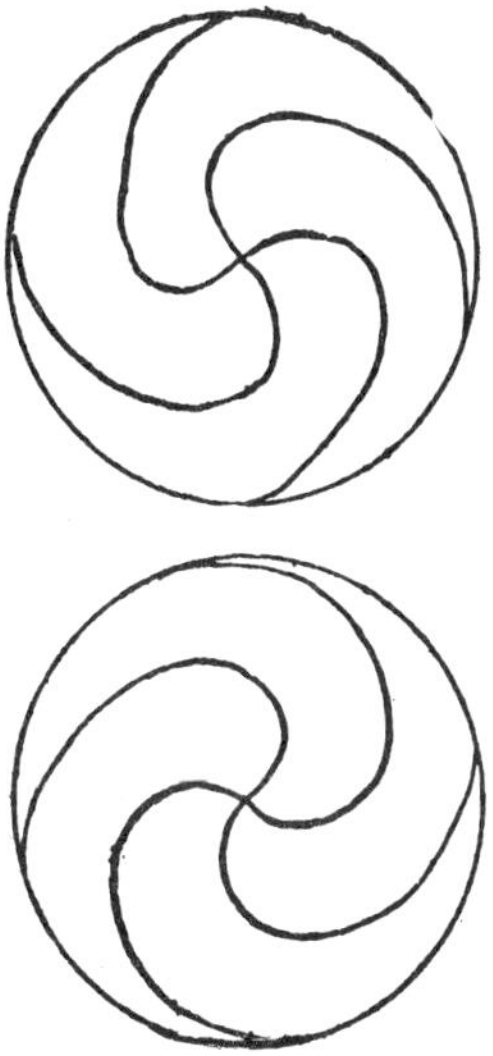

甲

乙

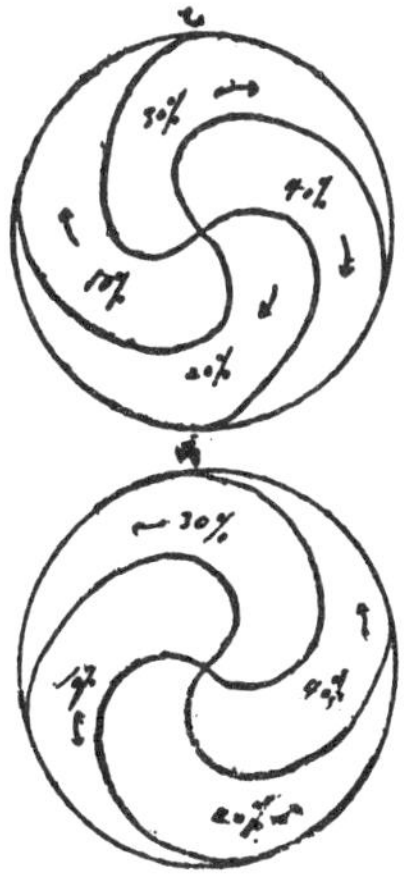

左旋（本質）

40%神力——宇比地邇《ウヒヂニ》

30%神力——角杙《ツヌグヒ》

20%神力——意富斗能地《オホトノヂ》

10%神力——淤母陀琉《オモダル》

右旋（本質）
- 10%神力——妹須比智邇《イモスヒヂニ》
- 20%神力——妹《イモ》活《イク》杙《グヒ》
- 30%神力——妹大斗乃辨《イモオホトノベ》
- 40%神力——妹阿夜訶志古泥《イモアヤカシコネ》

以上はアシカビの發射《タカア》に就いてのみ説いたのであるが、發射には必ず其に逆流して内部凝聚《タアマハラ》が伴ふものであるから、

左旋内聚（右旋發射に逆流す）
- 宇比地邇《ウヒヂニ》神力——10%神力
- 角杙《ツヌグヒ》神力——20%神力
- 意富斗能地《オホトノヂ》神力——30%神力
- 淤母陀流《オモダル》神力——40%神力

右旋内聚
- 妹須比智邇《イモスヒヂニ》神力——40%神力
- 妹《イモ》活《イク》杙《グヒ》神力——30%神力

（左旋發射に逆流す）　妹《イモ》大《オホ》斗《ト》能《ノ》辨《ベ》神力——20%神力
　　　　　　　　　　　妹《イモ》阿《ア》夜《ヤ》訶《カ》志《シ》古《コ》泥《ネ》神力——10%神力

即ち發射40%の逆流は10%、30%の逆流は20%、20%の逆流は30%、10%の逆流は40%となつて居て順逆二流の合計が常に50%になつてゐるのである。

順流に對する逆流は即ち牽制的神力であつて、逆流に對して順流は同じく牽制神力であるのである。

顯作用は左旋發作の神力より起り、左旋内聚としては内面的に作用し、體表現は右旋發作の神力より起り、右旋内聚としては内面的に作用する。

故に顯表現は常に左旋（本質）して、體（物質）表現は常に右旋（本質）してゐるのである。

【二三一】

神力40を四、20を三、20を二、10を一として表現したものが「天津《アマツ》金木《カナギ》」である。

故に天津金木は一柱にして、能く

外發と内聚とを表現し（順、逆、二流を一柱の上に見る事を得）四の裏は一、三の裏は二、二の裏は三、一の裏は四なるが故に、一目にして順逆の牽制を知り、靈と體との結合並に其作用を直觀し、其の排列によりて無量の意義と旋轉の事實を知悉する。

等偉大なる作用を現はす寶器であるのである。

若し夫れ「天津金木」の如き至便の寶具を使用する事がなかつたならば、斯樣な複雜なる關係をどういして目前に於て簡易に知る事が出來やうか。

圖式は事物の關係を知るに至便な媒介を爲すものだけれども、表、裏の關係を一目に見る事が既に不可能であり、且つ僅かの變化を現はすにも數個の圖を描かねばならぬ事と成り、繼續する變化を表現するなぞは一層至難な事に屬する。

況や「天津《アマツ》金木《カナギ》」の如く、表裏の關係のみならず、側面相をも常に表現して行かねばならぬ場合に使用さるゝものは決して、他に類例を求むる事が殆ど全く不可能である。眞言密教に於ては手指を以て之を營むのであるけれども、手指も單に十指のみであるから多數排列には頗る至難なのであり、我々の能力では凡そ記憶して使用さるゝ範圍が定まつてゐるので、是亦最上なる仕方ではないのである。

物理學の研究者が幾多の器械を使用し、地理學者が地圖や地球儀や其他の器具を使用し、夫々の學術に夫々の器械器具模型標本等を使用してゐるのは、斯くせなければ其正解を期する事が出來得ないからの事であつて、

宇宙意匠《タカアマハラ》の如き最も根本的な難解の事件に對して、「天津金木《アマツカネギ》」なくしてどうしていい其の眞相が解し得られやうぞ。

「古事記《コジキ》」を研究した學者は古來澤山ある（今も多數に在る）けれども單に言語や、頭の中だけで、什《ド》うして神々の複雜な無限のミムスビ始め御神相御活動等が解し得られやう。皮相といふ語があるが、皮相だも解し得るものではないのである。「古事記」の最も妙味あるミムスビの第一階段は伊邪那岐《イザナギ》、

伊邪那美《イザナミ》、二神の國産《クニウ》みであるが、其の一節たる。

汝は右より旋《メグ》り遭《ア》へ、吾は左より旋《メグ》り遭《ア》はむ

とある一節すら知悉されずしては、複雑なミムスビがどうして解されやうぞ、

天之《アメノ》御柱《ミハシラ》を見立《ミタ》て給ふ事によりて、中心が定まり、

左旋外發、右旋外發、左旋内聚、右旋内聚

の四大神作が行はれ初むるのである。

中央の「天之《アメノ》御柱《ミハシラ》」は「天津金木」を直立させたものであつて、嚴然として無爲の中主にましますけれども、この四面の神力が直に左旋とも右旋とも自在に發動を起して旋廻を表現するのであるのである。

「易經《エキキヤウ》」に於ては天津金木に能く似た易柱を使用し、且つ五十本の蓍《キ》を使用してゐるが、「天津金木」の如き表裏、兩側を保つて居ないから、排列が單純で到底深遠なるミムスビを解する事の出來ないのは當然である。併し「易經」の行き方が、太極《タイキヨク》は兩儀《リヤウギ》(陰陽)を生じ、兩儀は四象《シシヨウ》(太陽、小陰、少陽、

太陰）を生じ、四象は八卦《ハツケ》（乾、兌、離、震、巽、坎、艮、坤）（天、風、火、雷、澤、水、山、地）を生ずとしてゐるのは我が皇典に頗る克く合致してゐるのが妙味ある事である。」

「眞に妙味がある」と長く讀み續けた彼は、この時創めて熱した面を稍々持上げながら獨言した。

【三四】

皇典の立證に當るべき偉大の價値あるものは、支那に於ては「易經」、佛典としては「眞言密敎」である。鳥居が密敎研究から得た資料は次の如きものであつた。

眞言密敎では大日如來の二面を金剛界胎藏界《コンガウカイタイザウカイ》といふ。金剛界は智で胎藏界は理である。大日一佛の二面の發現は更に四分系に分系し、「大日如來」を併せて五智と五大とを發現する。此の意を表はすに古來「不空《フクウ》」の義と「無畏《ムヰ》」の義とがあつて相等しくないが、雙方に理由の存する事であるから今は參考の爲に雙方を掲げて置く。

不空の義

- 空——東——阿閦佛——行——圓形——大圓鏡智
- 火——南——寶生佛——證——三角——平等性智
- 風——西——無量壽佛——入——半月——妙觀察智
- 水——北——不空成就佛——方便——圓形——成所作智
- 地——中——大日如來——因——方形——法界體性智

無畏の義

- 地——東——阿閦——因——方形——大圓鏡智
- 火——南——寶生——行——三角——平等性智
- 水——西——彌陀——證——圓形——妙觀察智
- 風——北——不空——入——半月——成所作智
- 空——中——大日——方便——圓形——法界體性智

宇宙の根本原理の何となく一致する所があるのが頗る妙である。而して矢張神統分系の如き關係が地上各國各民族の間にも行はれてゐる如くにも考へられる。即ち元始地上に神聖なる一大教統が存在して居たのであるが其一大教統が漸次分系《アタマ》したものが幾多の變遷を重ねて遂に現在の各國各民族の間に行はれてゐる宗教となり、教義となつたものであらうと思はれる。「眞言密教」と「易經」、此等二經に據つて立證さるゝ「日本皇典」、而して窮局する所に當初出發の還元があつて、權威の存在が明確に成立して來るものであらう。

【三五】

（第十七圖）

鳥居は描かれた四系分統の神力圖を飽かず見つめるのであつた。彼はこの四系分流の中から、何か偉大なる發見あるべきを冀待したからで、克《ヨ》く見込めて居ると、此の圖が自然に美妙なる旋轉を爲すが如くに感ぜられる。

「萬字《マンジ》、巴《トモエ》」

と彼は思はず叫ばざるを得なかつたので、幾度も々々

「萬字巴《マンジトモエ》」と口に稱へたが、其時忽然として彼の眼前に「四つ巴」の旋廻を見たのであつた。而して同時に「萬字《マンジ》」の眞相をも認める事を獲たのであつた。

佛典に謂ふ所の「萬字」の眞相は確にこれである。宇宙萬有の旋廻變轉の相、その美妙圓轉にして意義深遠なる四神分系の御發動、これが萬字の相である。

「四ツ巴」に至つては世界の各處にも其の記錄があるやうであるが……彼は巴に就いても考へて見た

第十七圖

其時彼は御卽位式に「紫宸殿」前に樹て給ふ「近衛陣の桙」にも大嘗會の「舞樂の鼓」にも巴紋の畫かれてゐる事を思ひ出し、其の創作の年次も知れぬ日本特有の巴紋に對して深い思索に耽らざるを得なかつたのである。

太鼓の上縁の火焰相は何を表はしてゐるのか、桙に對して巴紋が何等の深い因緣を保つか、彼には何人も嘗て思ひ及び得ざりしこの偉大なる一事がいかに神秘な

第十八圖

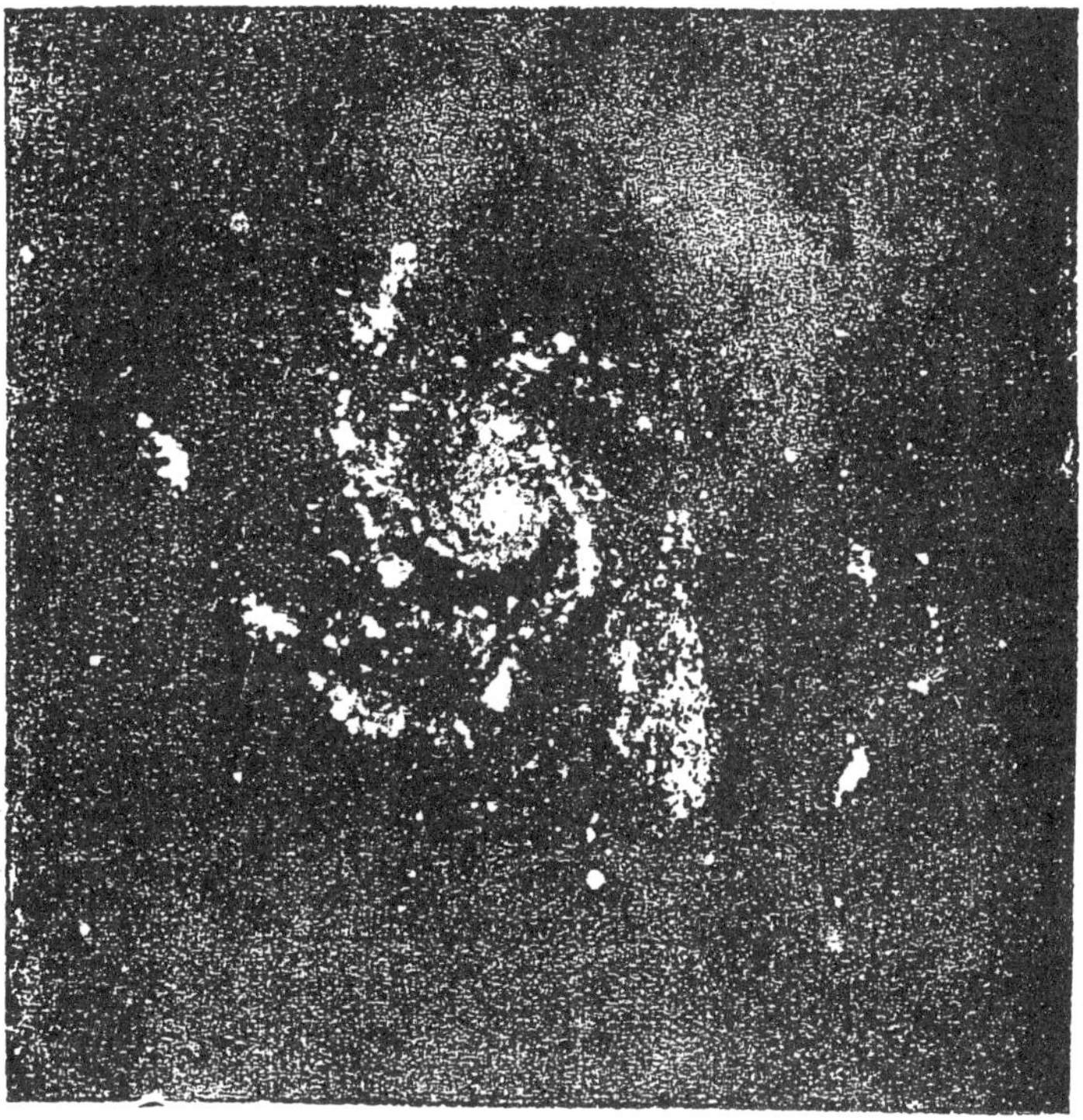

事件に映じたであらう。しかしその巴は「三つ巴」であつて「四つ巴」でない事が彼には大なる不滿であつたのである。

「これは必定後世のものが書き改めたものであらう」

と彼は斷定したく思つた。が、今暫く其處に疑問を殘す事にして置いた「三つ巴」「四つ巴」と幾度も幾度も唱へて見たけれども、彼には夫れ以上に何ものをも發見する事が出來なかつたので、彼　仰いで天に訴へ且つ禱るが如く熱誠の眼を天井に注ぐのであつた。

彼の眼光が空漠たる天空を馳せて無限の天界に達したと思はれた時、彼の目に自然に映じ出されたものは、無限の天空に悠々と旋廻してゐる、「渦狀星雲」の一つであつたのである。彼は「あゝ」と唯だ感歎あるのみであつた。

彼は天空に旋廻する偉大なる「四つ巴」の存在を見たのであつた。

無限の天空に旋轉してゐる天體の運行ほどアシカビの立證としてしかく深刻な偉大なものは無いであらう。見よ偉大なる「四つ巴」の旋廻が、天體を構成し、燦爛たる一切の天系（星圖）を造り上げたことを。

【三六】

「中央亞細亞を中心として「四つ巴」の旋廻が地球上面に行はれてゐるのは、頗る注目に値する」と鳥居は不可思議なる事を口走るのであつた。

「而してその「四つ巴」が一つ宛《ヅツ》の偉大なる宗教を奉持して旋廻してゐるのが、更に一層神秘的だ」と

また彼は叫んだ。

中央亞細亞を中心として、東方に奔る一系は「佛教奉持團體」であつて、西方に奔る一系は「基督教信徒」のそれである。「猶太民族《ジユタヤミンゾク》」の奉じてゐる「猶太教」の一系は、「マホメット教信徒」の一系と相併列して、南、西、東、に向つて走つてゐるのである。

現代の世界の局面は、政策として乃至經濟關係として成立してゐるやうであるが、その奧底を一歩深く掘れば、夫は信仰の流脈であり、民族の根强い交渉であることが直に知悉される。故に外面の政局にのみ眩惑して、奧底を流るゝ强烈なる血の勢力、猛烈なる信仰の焔を知らねば、決して局面を支配する力は握られないのである。「猶太民族」の信仰と其鬱勃たる憤慨は、世界政策上に決して見逃すことが出來ないものであり、「マホメット民族を計算に入れずしては世界政策成り立つべきに非らず」である。佛教民族の勢力は未だ甚だ緩慢であつて、世界政策上に重きを爲すに至らないが

如きも、其實下に燃えてゐる根の力は決して之を忘れてはならないものがある。

現代は基督敎民族萬歳の有樣であるが、しかし果して基督敎民族萬歳なりや否やはしかく容易には認める事が出來難いものがある。

「四つ巴の旋廻」は地上に於ける、神秘的なる常相であつて、之を撲滅するのは不可能事である。撲滅は天の道でない。王者の道はこの「四つ巴」をして圓滿大和の交流に導く事である。「四つ巴」は天の相であり地の象である。

いかにして之の「四つ巴」を融合し、其の旋廻を圓滑ならしめ得るかゞ、皇典の至大の問題である。

「然り夫は劍か」

「あゝ草薙劍の威力であらう――地獄の最後を切り上ぐべき「をはりの劍」の威力であらう」

「草薙劍の研究が愈々現實的に進みつゝあるのだ」と鳥居は聲を揚げて狂人の如く叫んだ。

鳥居の「世界四巴說」を詳記せば悠に數百頁を要すと彼自身も云つてゐる迪り、殆んど勞に耐へ難きを感ずるのである。

【三七】

天爵先生の門下で宮地、杉森、鳥居の三人と相並んで研究に熱心であつたのに神田と今一人八神とがあつた。二人は相會して研究を偕にするのを喜んでゐた。今日も二人は青葉涼しい初夏の晷《ヒザシ》が、書齋の障子を明く照らす頃から、熱心に「天津金木」の研究に耽つて居た。

八神「君は鳥居君の四巴說を聽いたかい」

神田「あゝ聽いたよ。聽いたといふより寧ろ聽かされたよ」

八神「巧《ウマ》くあの男研究したね」

神田「全く感心だ」

一仕切り勉強した後、少閑を得て二人は斯麽《コンナ》會話を初めたのであつた。

神田「して君は宮地君の劍研究に關する報告も聽いたらうね」

八神「あゝあれも聽いたよ」

神田「鳥居と云ひ宮地と謂ひ實に研究には熱心なものだね」

八神「其處へ行くと我々は何等報告する資料を持たないのは慚愧の至りだ」

神田「本當にさうだ、しかし今に我々も偉大な研究發表が出來るよ」

八神「急がば廻れで、矢張研究は枝葉に渉らないで根柢から一歩一歩進む事だよ」

神田「全くだ、天津金木《アマツカナギ》專攻で行くべしだね」

八神「さうだとも――」

神田「さあ、それでは復た一仕切り遣《ヤ》らうか」

二人は再び「天津金木《アマツカナギ》」を手にして研究を初めるのであつた。

神田「天津金木の本質は餘程よく了解が出來たね」

八神「さうだね。鳥居君の所謂四つ巴の一つ一つ、正しく謂へばアシカビの一つ一つが「天津金木」であつて、青色、綠色（又は白色）、赤色、黄色が神力量の强弱を示してゐるので、平面圖では裏面

を流れる神力が不明だが「天津金木」は青の裏面は黄、赤の裏面は綠、綠の裏は赤、黄の裏は青と成つてゐて、一目瞭然に神力の牽制や其方向等が判るのだ。實に良く出來たものですね。」

神田「良く出來たものといふのは敬意を失するよ。全く神具であるからよ。人造物と思つたら「天津金木」は解せられなくなる。」

八神「さうだつたね。靈系神力の表面に活く場合は、體系神力は裏面を働き、體系神力が表面を働く時は、靈系神力が裏面に働くのだから、神の御活動が直に「天津金木」に現はれるのだ。現はれるといふよりも神自體の御働きが「天津金木」だね」

神田「さうよ、だから皇典が悉くこの「天津金木」に載つて來るのだ「アマツカナギ」をよく先生か「天《アマ》津神寄木《ツカナギ》」と書かれるのはその道理だ」

八神「また「天津金木」を「天津神算木《アマツカナギ》」と書く場合は、算數的に金木《カナギ》が活用されるからの事だつたね」

神田「天津金木は宇宙萬象を悉く表現するのだから、種々なる意義がその中に含有されてゐる譯さ。」

【三八】

神田と八神と二人の力で、天津金木を四個のアシカビに配置した「天沼矛《アマノヌボコ》」相を作り得た時、二人の喜びは譬へ方なき程であつた。神田は其相を幾度も拝した後、「僕はこの「天沼矛《アマノヌボコ》」が最も神秘的な姿だと思ふが君は何《ド》うかね」と八神の方を見て云ふのであつた。

「私もさう思へてならないのです。この「天沼矛《ヤマノヌボコ》」から「草薙劍」が必然出なければならぬと思へるのです」と八神は震へ聲で云ふのであつた。

「勿論さうだらう、「天沼矛」は天地萬有を構成する偉力があるのだからね……」

「天沼矛の表面の四神力が宇比地邇《ウヒヂニ》神角杙《ツヌグヒ》神意富斗乃地《オホトノヂ》神淤母陀流《オモタル》神であり、裏面が妹須比智邇《イモスヒヂユ》神、妹活杙《イモイクグヒ》神、妹大斗乃辨《イモオホトノベ》神妹阿夜訶斯古泥《イモアヤカシコネ》神だつたね」と八神が念を推すと、

「さうだよ。だから表面が靈系四神で、總稱して「伊邪那岐神《イサナギノカミ》」と申し、裏面が體系四神で、總稱して「伊邪那美神《イサナミノカミ》」と申すのだよ」

「それでは斯《カ》うなるのだつたね」と謂つて八神が表に描いた。

伊《イ》邪《ザ》那《ナ》岐《ギ》神
- 宇《ウ》比《ヒ》地《デ》邇《ニ》神
- 角《ツヌ》杙《グヒ》神
- 意《オ》富《ホ》斗《ト》能《ノ》地《ヂ》神
- 淤《オ》母《モ》陀《ダ》流《ル》神

妹《イモ》伊《イ》邪《ザ》那《ナ》美《ミ》神
- 妹《イモ》須《ス》比《ヒ》智《ヂ》邇《ニ》神
- 妹《イモ》活《イク》杙《グヒ》神
- 妹《イモ》大《オホ》斗《ト》乃《ノ》辨《ベ》神
- 妹《イモ》阿《ア》夜《ヤ》訶《カ》志《シ》古《コ》泥《ネ》神

神田「あゝそれで宜いのだ。つまり「天沼矛《アマノヌボコ》」が伊《イ》邪《ザ》那《ナ》岐《ギ》、伊《イ》邪《ザ》那《ナ》美《ミ》であつて、その伊《イ》邪《ザ》那《ナ》岐《ギ》、伊《イ》邪《ザ》那《ナ》美《ミ》は靈系四神と體系四神の「總合神」であるから、「天沼矛」は天神諸命《アマツカミモロモロノミコト》の一切の神力を含藏する神寶と成るのだ」

八神「して見ると天沼矛を賜《タマ》ひて宇宙創造を言寄《コトヨサ》し給へるは、靈體二系の神力で構成なさる譯で、決して從來の解釋の如く「天沼矛」といふ特別のものを以て國土の修理固成に當り給ふたと見る事の誤が明瞭するね」

神田「從來の皇典學者の說なんか一切當《アテ》に成らないよ。「天津金木」に據《ヨ》らねば皇典の研究は皆目《カイモク》盲人が杖を失つたようなものさ」

八神「つまり思想の中心點が定まらないから心御柱《シンノミハシラ》が樹《タ》たない道理だね」

神田「全くだ。天沼矛の中心に樹立してゐるのが「心御柱《シンノミハシラ》」で亦名「天御柱《アメノミハシラ》」よ。この御柱を旋廻して萬有の發現が成就せられるのだ」

八神「この旋廻の仕方が隨分至難で理解に難いね」

神田「この旋廻は大に努力を傾注せねば解《ワカ》らなささうだ」

八神「しかし我々は飽くまで其の徹底を期せねばならないね」

神田「勿論さ」

二人が斯麼ことを謂つてゐる所へ、飄然這入つて來たのは杉森だつた。

杉森「相變らず御勉强ですね」と謂つて杉森は二人の側へ無遠慮に坐るのであつた。

【三九】

杉森は机の上に今し組み立てられてある「天津金木」の「天沼矛《アマノヌボコ》」を見て不思議さうに、

「おい神田君これは何の形だね」

と問ふのであつた。神田はほゝ笑みながら、

神田「今二人で作り上げたのだが、君には能く判《ワカ》るでせう」

「何《ナニ》だらう」と杉森は暫く熟視して居たが、

「あゝ判つた。『天沼矛の相』だらう。それで可いだらう」と云ふのであつた。

神田「さうだよ、中央に樹立してゐるのが天御柱《アメノミハシラ》よ」

八神「表面が伊邪那岐《イサナギ》神力の表示で、裏面が伊邪那美《イサナミ》神力の表示です」

杉森「成程結構な御樋代《ミヒシロ》だね……實に貴い――」

神田「御樋代《ミヒシロ》といふ言葉は初めてだが、流石《サスガ》學者だけに新語が判つてゐるね」

杉森「冷かしては困るよ。靈系神力の表徴即ち代表物は御靈代《ミタマシロ》さ」

八神「では體系神の代表物の御名は？」

杉森「それが御樋代《ミヒシロ》さ、樋は水を一方から一方へひきうつす具だから樋《ヒ》といふのは引き移すの義となるのさ」と答へ、更に口を次いで、

「僕はこの御樋代《ミヒシロ》を見て深く感ずる所があるよ」と云つた。

八神「君は何事にも感動する事が疾《ハヤ》いから羨ましいよ」

杉森「僕はね、先頃古書を繙いて、矢張天沼矛の研究に耽つてゐたが、或人の説に天沼矛は「男根」であるといふ説のあるのに驚いたよ」

八神「天沼矛は男根？」と八神が目を丸くする。

杉森「つまり宇宙萬有を創造産出するから男根と見るのさ、然るに今此の「天沼矛の御樋代」を拜すると、何となく男根相が思ひ出されるよ」と杉森は泌々云ふのであつた。

神田「日本書紀には「磤馭盧島《オノコロシマ》」を以て胞《エナ》と成すの語があり、鹽こをろ／＼の神業等から推して「男根説」も出たのだらうが、皇典を單に卑近な人事上の事にのみ解する事は僕は不贊成だ」と切り出したので、杉森は周章《アワテ》て

杉森「勿論さ、それは僕も同感だが、天地生命の創造としての偉大なる陽根と見る事は何等差閊《サシツカエ》ない事と僕は思ふね」

神田「それは善いよ。しかし問題は此の天沼矛が如何に旋廻して宇宙萬有の創造となるかゞ大問題であり、大研究である事だ」

杉森「どうか僕にもその研究の仲間に入れて呉れないか」

神田「それは善いとも。君のような人に交つて貰ふ事は我々も大に希望する所だ」

八神「大に歡迎しますよ」

杉森「それでは頼む」

夕陽が赤う西の空を染めて、嫩葉の光澤が一層美しく感ぜられるのであつた。

【四〇】

翌日から神田、八神、杉森の三人は「天沼矛《アマノヌボコ》」が旋廻して萬有を發生する神秘相を探ぐるべく熱心な研究を創めたのであつた。

「天沼矛の旋廻を究めるには、先づ第一着として「八尋殿《ヤヒロドノ》」の研究からせねばならぬ」といふ事は當然な事なので、三人が頭を鳩めて先づ「八尋殿《ヤヒロドノ》」の研究を創めたのであつた。神田と八神は直に天津金木に卽《ソク》して「八尋殿《ヤヒロドノ》」を發見せんと努めるのであるが、杉森は研究の仕方が從來の惰性を失はない爲めに、種々な雜念が頭に浮んで來て、例の比較研究に奔りたくて仕方がなかつた。

神田と八神が沈思默考に耽つてゐるのを、杉森は時々種々な事を云ひ出しては其を破つた。

杉森「平田篤胤は斯う謂つてゐるよ、後に神宮を造るに、まづ「心御柱」と申すを立て四方《ヨケタ》に作るは神世の宮作《ミヤツクリ》の狀《サマ》を傳へける擧《シワザ》と聞ゆれば、彼の「天之御柱」を中央に取らして、八尋四方《ヤヒロヨモ》になしたて給ひけむこと、次に御柱を行き廻り給ふことの有るにて想像せられたりと」

「あゝさうかい」と神田は氣の無い返事をしてゐる。

杉森「玉木正英の玉籤集には一尋《ヒロ》は八尺にして、八方の殿《トノ》を云ふに非らず。又其仕する人の手を伸《ノバレ》て尋《ヒロ》として幾尋《イクヒロ》に成とも造る。扨《サテ》其殿《トノ》相應の柱を立て、其餘の太さは皆柱の太さを元として殿舍を造る也。是を平量共、手量とも云ふ也。家に立柱を立るに因て家を治る御柱の道を化堅給也。手量《テバカリ》とは小一指の節を以て量る。是を幾咫《イクアタ》と云。段も同じ、中は四指を以て量る、幾握《イクツカ》と云ふ。束《ツカ》も同じ。大は手を伸して量る幾尋《イクヒロ》と云ふ也」と云つてゐるよ」

「あゝ」更に氣の無い返答である。

杉森「君等のやうに考へて許りゐるのでは研究は出來ないよ」

八神「君のやうに冗辯《シャベ》つて許り居ては一層出來ないよ」

杉森「いや、これは駄辯ではない、有益な研究資料の提供だ」

神田「もう少し有益な資料を提供し給へ、古びた說は眞平だ」

杉森「おや／＼……夫では一つ有益な資料を提供するよ」と云つて腕を組んだが「あるよ／＼」と云つて「八尋殿《ヤヒロドノ》はイヤヒロドノと訓むべきだね、イヤといふ事は彌々《イヨ／＼》といふ義で、彌々《イヨ／＼》廣くひろがるからイヤヒロさ。トノは構成の樣式でイヨイヨヒロクナリユク樣式の構成を考へたら、八尋殿は出來る譯だ」

「その資料は」と神田は大聲に云つて「その資料は眞に有益なものだつた、僕が今深く考へて居た所が、君の一言で成立を見た」と杉森の手を握つた。

「八尋殿が出來たのですか」と驚いて、八神が神田の方を向いた時、神田の滿面には溢れる許りの喜色が漂つて居た、杉森は「あゝ實にありがたい」と思はず聲を揚げで叫ぶのであつた。

【四一】

「早速構成して見せて呉れ給へ」と八神が促すのを、神田は「先づ待ち給へ」と制して、「中心を同じくした圓は即ちイヤヒロではあるまいか。若し夫れ幾何學上の點から起つた最小限の圓(?)が無限大に伸展する事を考へる時、我々に同心圓の妙諦が如何に意義深く感ぜられるでせう。これ即ちイヤヒロの妙相ではあるまいか。同心圓にまた附隨して形作られる所の種々相、例せば方形始めの接圓形が圓のイヤヒロに伴つて最小より無限に及ぶ事を聯想する時、イヤヒロの妙相がイヨイヨ複雜にイヨ〳〵妙味深く成つて來るではないか。今此處にそれを圖示して見れば（神田は描きつゝ）斯くなるのでせう。

このイヤヒロの妙諦があればこそ、我々が机上で弄ぶが如く、排列したり圖示して居る事が、宇宙乾坤の實相の縮圖ともなり、乃至方寸をイヤヒロして天地の象、地球の象、等を稽《カンガ》へる事も、直に實觀する事も出來るのではないか。イヤヒロに徹しなければ「天津《アマツ》金木《カナギ》」は一個の玩具恩物に過ぎないものではあるまいか、縮小擴大が自由自在にせられる所に偉大なる意義が保たれるのです。これ即ちイヤヒロの本義ではあるまいか。而して此の出來上つた構成圖形がトノの意義を保つて雛形《ヒナガタ》即ち建設圖案となつてゐるではないか」といふのである。一同は

第二十圖

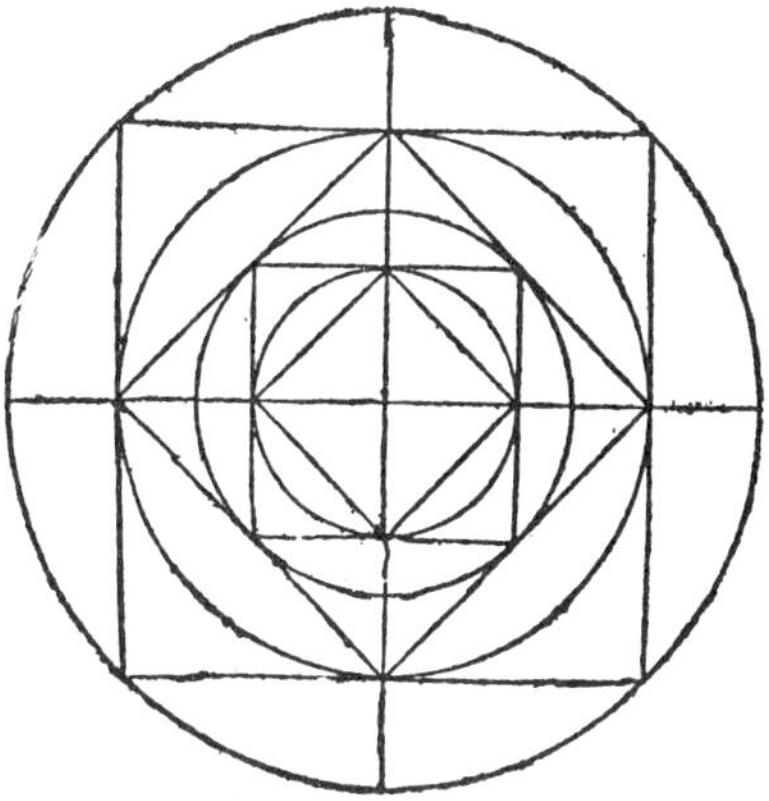

「成程々々」

と一々感心して、「八尋殿」の構成圖案を打ち見護るのであつた。

【四二】

「構成圖案をトノといふのは妙味があるね」と杉森が深く感心して

「要するに天津金木は御靈代《ミタマシロ》御樋代《ミヒシロ》の神具であつて、今この机上で短小狹隘な圖式を排列してゐるのだが、之を幾萬倍幾億倍乃至無限に大きいものとして、我々は承認する事が出來る譯だ。反對の方面から謂へば、この八尋殿は宇宙間の或る廣大なる部面を幾萬分、幾億兆分した雛形と見る事が出來るのだ。この雛形卽ち御樋代《ミヒシロ》と實物とが相一致してゐるにも關らず、斯樣に机上で大々的建造の縮圖設計を見ることの出來るのが八尋殿の妙諦といふものだ」と感慨無量の態である。

「して見ると」と神田は云つて「現在建築家は勿論、種々な場合に八尋殿が實際に應用されてゐる事になつて、妙味が一層深いね」と頭を傾けて云ふ

「實際おもしろいね」と八神も感じたらしく應ずる。

「而してまた」と杉森は深遠な事柄でも考へ出したらしい容子で「空間といふものは相對性原理から

謂へば、絶對のものでは無くて、所謂相對的のものだから、世界を異にする……體系を異にすると謂ふのが普通の術語だが、體系を異にすれば全く異つた世界となつてしまふといふ點から謂つても、一層八尋殿の意義に妙味があるよ」と云ひ出した。

「して見ると「淤能碁呂島《オノコロジマ》が座標軸」となるといふ事にもなつて、皇典が意義を一層深からしめる譯だ」と神田がにこ〳〵しながら答へる。杉森は更に

「僕は日頃考へてゐるがね、皇典は非ユークリット幾何學を以て解すべきものであり、一切が渦狀旋廻してゐるのだから、一切は高等數學を以てせなければ解し得ないものであると思ふが、兩君の御考は如何です」と昂然として云ふのであつた。

「大層話がむつかしく成つて來たが今少し卑近に願へないかね」と八神は杉森の顔を覗きながら言つて見た。

「何も」と杉森は否定して「何も大してむつかしい事は無いよ、法華經には一劫を展べて百劫と成し百劫を收めて一劫となすと謂つてゐるでないか、「維摩經《ユキマキヤウ》」の中には維摩《ユキマ》の方丈《ハウジヤウ》——方丈といふのは

一丈四方の事だ――その方丈へ文珠《モンジユ》の連れて來た幾百千の人を容《イ》れたといふ如きは、「八尋殿」の本義を解せねば判らない事だよ。要するに我々の世界は竪、横、高の三次しか有つて居らないのに、皇典でも佛典でも第四次元の世界を平氣で取扱つてゐるのだから、方角が取れないのさ。法華經に――また法華經が出たが――如來《ニヨライ》は三界《サンガイ》の相《サウ》を知見《チケン》す、生死の若は退《タイ》若は出《シユツ》すること非し。又た在《ザイ》世《セ》及び滅度《メツド》の者無し、非《ラズ》レ實《ニ》非《ラズ》レ虚《ニ》非《ラズ》レ如《ニ》非《ラズ》レ異《ニ》、三界の三界を見るが如くならず、斯の如きの事、如來《ニヨライ》明に見て錯謬あること無しと云つてゐるではないか――

杉森が大演說を遣つてゐる所へ、八神を尋ねて來たものがあつた。八神が出て見ると、それは宮地であつた。

「宮地君が來たよ」と云つて八神が室へ宮地を導いて來た。

「やあ、今丁度良い所だ」と神田と杉森が迎へて呉れたので、宮地は

「何だか大層賑つて居たやうだつたね」と云ひながら、三人の中へ座を割り込む。

「今ね、杉森博士の大講演を承つてゐた所さ」と神田が笑ひながら云ふと、

「杉森博士は驚いたね」と杉森も笑つて「いや何にさ……神田君が非常な大發見をしたので、僕は驚いて――いや敬服してしまつて、思はず愚說を縷陳に及んでゐる所さ」

と大層らしく笑ふのであつた。

「何だねその大發見といふのは」と宮地は眞面目に「早速僕にも御聽かせ願ひたいものだね」といふと、杉森が

「御聽かせでは無いよ、拜見の方だよ」と口を入れる。

「拜見――ほう……何の拜見だらうな」と目を丸くして宮地が神田を眺めた。

「いや別に大した發見でも無いよ……そらその机の上に排列してあるのがそれさ」

と机の方を神田が頤《アゴ》で指して示した。

「あゝこれですか」

【四三】

宮地は机の上に排列してある「天津金木」を恰も神前に跪いて拜禮する時のやうな容子で恭々しく熟視して居たが、暫くしてからはたと膝を打つて、

「解《ワカ》りました——實に敬服いたしました」

と謂つて、天津金木に向つて今度は本式に拜禮するのであつた。

「解つたかね、實際敬服の外はないだらう」と宮地が禮拜を終つてさがる時に杉森が聲を掛けた。宮地は眞實感じたらしい面持で座に還ると直に、

「僕は實に感慨無量なものがあるのです」と云ふのであつた。

「何だねその感慨といふのは……」と杉森が尋ねると、

「お話するがね」と容を正して「僕は數ヶ月を費やして研究に耽つて見たが、どうも最後の解決に徹底しない點があつて、非常に苦になつて居たのですが、今この天津金木の排列に基く「天沼矛」の神相を拜して、忽ち大解決を得た如く感ずるのです。故に感慨無量と申したのです」

「それこそ御話が承りたいものですな——どうです兩君もお聴きになつては」と神田が八神と杉森の

顔を見る。

「大に賛成」「どうかお願します」

と二人の口から賛成の意が表される。

「矢張僕の方からも是非聽いて貰ひたいと思ひますよ。では簡單に申して見ませう」と宮地は云つて
「僕の研究といふのは基督の「十字架」に關する研究でした、もつと遡つてお話せねばならぬのですが兎も角も「十字架」の研究が主題となつてゐたのですが、「十字架」が單に磔刑の具のみでなく、何か深い意義が宿るものと睨んだので、色々調べて見たが、この「十字架」なるものは基督に創まつたものではなくて、遠くは希臘神話、埃及神話にも關聯があることが知れました。埃及神話の中には現に十字架を持つてゐる神があつて、生命を司る表徵としてゐます。故に「十字架」は單に磔刑の具では無くて永遠の生命を表徵する神具であるといふ事は明瞭したのですが、何故にその永遠生命の表徵を十字としたか、他の形でも善さゝうなものだのに十字架に成したといふ根本原因に對して、徹底的の解決を見ませんでした。然るに今この天津金木に基く「天沼矛」の相を拜見して忽

ち「あゝこれだつた」と直觀する事が出來たのです。僕は斯く斷定して決して誤らないと考へるのです。しかし諸君の御考は如何でせう」と宮地が、述べ終るか終らないかに、「おや〳〵」と不思議な聲で叫ぶのは杉森であつた。一同が變な聲を出した杉森の方へ瞳を向けると、杉森は今度は此方が感慨無量だと謂ふ顏付で、

「僕は宮地君の說を聽いて、驚き且つ喜ばざるを得ないものです」

と謂つて、一同を見廻しながら、

「僕も一つ是非報告させて頂かねばならぬ事柄があるのです。といふのは……僕も丁度宮地君の研究題目たる「十字架」に觸れては見たが、血を流すほどの深刻さには到らなかつた。しかし、その代り彼の眞言密教で神具と謂はれてゐる「獨古《ドッコ》」――三股五股《サンコゴコ》等もあるが、その三股《サンコ》を十字に組み合せた……金剛杵《コンゴウショ》…羯磨金剛《カツマコンガウ》――色々な名を申しますが、要するに同一物と御承知を願ふ。その「十字金剛」の根本意義を解說せんものと餘程の所までは漕《コ》ぎ着けたが、矢張鞏固な動かぬ解決が得られない。徹底的に解決せねば氣の濟まぬ僕の事だから、色々と苦慮研鑽して見だか、終に達せぬ怨

を抱いて居たのです。然るに……諸君矢張「十字金剛」の根本も「天沼矛」です。「天津金木に基く天沼矛」を傳へたものが印度の武器となり、密敎の更に神具となつたといふ事は動かぬ斷案です。「基督の十字架」、「密敎の金剛杵」……これ等は皆な盡く「天沼矛」を以て本源とすと決定致しました。諸君左樣御承知を願ひます」

と喋々述べ立てるのであつた。

「兩君の研究を聽いて、眞に利益した所多大なりです。深く謝します」と熱心な面持で神田が謂ふと

「本當に夫々研究された事を承るのは有益ですね」と八神も喜ばしげに云ふ。

「斯樣に研究の持ち寄りをすると、偉大な發見があり、有益な事柄も順次解決が出來る事にも成つて愉快ですね」と宮地も喜んで、

「何《ド》うでせう」と一同を見廻し乍ら「何うでせう研究會を組織して毎週一回とか隔週一回とか會合する事にしては……」と云ひ出すと

「贊成々々」「大に贊成」等の聲が起り、忽ち動議成立となつたが、

「どうでせう鳥居君も勸誘して五人で會合したら……」と杉森が鳥居勸誘說を提出せると、宮地が直に贊成して、

「一月一日の熱田參拜に、先生にお伴した五人が夫で揃ふ譯だから、鳥居君は是非這入つて貰ふ事にしたい」と云ふ。神田も

「五人で五伴緒《イツトモノヲ》とも成り、天津《アマツ》金木《カナギ》の「天沼矛」の五柱とも成つて、大に有意義な事に成るから、是非鳥居君を……」と贊成し、八神も喜んで之に同意した。

「併し」と杉森は更に口を切つて「誰が天沼矛の中心柱と成るか。會を統理する者を定めて置かないと萬事に都合が惡くはなからうか」と云ひ出したので、彼是意見も出たが、八神の宅で開會するのだから、八神に差當り世話役を願ふ事とし、鳥居の勸誘は杉森と宮地で引受け、會名は「皇典研究會」と定めて其日は解散したのであつた。

【四四】

第一回の皇典研究會は五月廿七日に開かれた。八神、神田、宮地、杉森、鳥居の五名は定刻に集まつて直に研究會を開いた。「何《ド》ういふ工合に研究して行かうか」といふ議が最初に起つて、種々の意見も出たが、何れ我々の研究はこの研究會のみで充分な譯ではなく、お互に平素研究してゐるのであるから、研究した事柄を發表して會員の批判を請ふ位の事に止めたら良からう」といふ意見が多數であつたので、差當り其方法に依ることゝし、隔週壹回の會合と定めた。

會の方法は之で決定したが、今日の會合を機會に、誰か研究發表して見る者は無いかといふ議が起り先づ第一着として神田に更めて天津金木に基く天沼矛並に八尋殿構成の發表を乞ふ事にする。神田も喜んで之に應じて、一通り說明を爲しつゝ「天津金木」を排列して「天沼矛」と「八尋殿」の解說を爲し終つた時、最もこの偉大な發見に對して驚いたのは初耳の鳥居であつたのは勿論である。鳥居は解說が終ると直に口を切つた。

「實に敬服した。敬服すると同時に偉大な力が僕に與へられたことを感謝せねばならぬ、僕は何とも云へぬ感が胸の中に一杯に成つてゐる」と涙ぐましい聲で云ふのであつた。神田がこの態を見て、

「いやそんなに大した發見でも無いのです。併し君の世界旋轉の四ツ巴の根本的立脚地が解決されたのであらうと思つて、僕も大に喜ぶ次第です」と云つた。鳥居は眞に感謝に堪へぬらしく、

「全くです〳〵」と云つて、深く心の中に何事をか繰返す如き狀態であつたが、「只單に四ツ巴の根本奧底が確立したのみならず、眞言密敎の敎理の根柢もこれで悉く解決が着いて、世界の根本國、世界萬國の宗祖國が極めて明瞭に顯示されることゝ成つた譯です」と云つた。

「その通り……その其處が最も肝心な所だ……」と杉森が周章て云ふと、

「我々の目指す所の大解決が今眼前に見えるようで、僕も跳り上りたい程の喜びを抱いてゐるが、併し我々の研究はまだ〳〵前途遼遠です」と落着た容子で宮地は述べるのであつた。

「まだこの」と神田が承けて「八尋殿《イヤヒロドノ》內の旋廻と其眞相――所謂天地構成の組織紋理を發見しない以上まだ〳〵この研究は初步の初步たるに止まるのです」と一同の顏を眺め廻すのであつた。

「僕は甚だ潜越だが、第一回の發表日に、少し――まだ未解決の儘だが疑問を提供して諸君の批判並に將來研究せらるゝ研究項目にして頂きたいと思ひます」といふのは宮地であつた。

「謹聽々々」と喜んで皆が承知して呉れたので、宮地が第一着手に發表するの光榮を擔つた。

「僕は伊邪那岐《いザナキ》、伊邪那美《イザナミ》二神のミムスビは當然次の如くなければならぬと思ひます（圖を描く）

第二十一圖

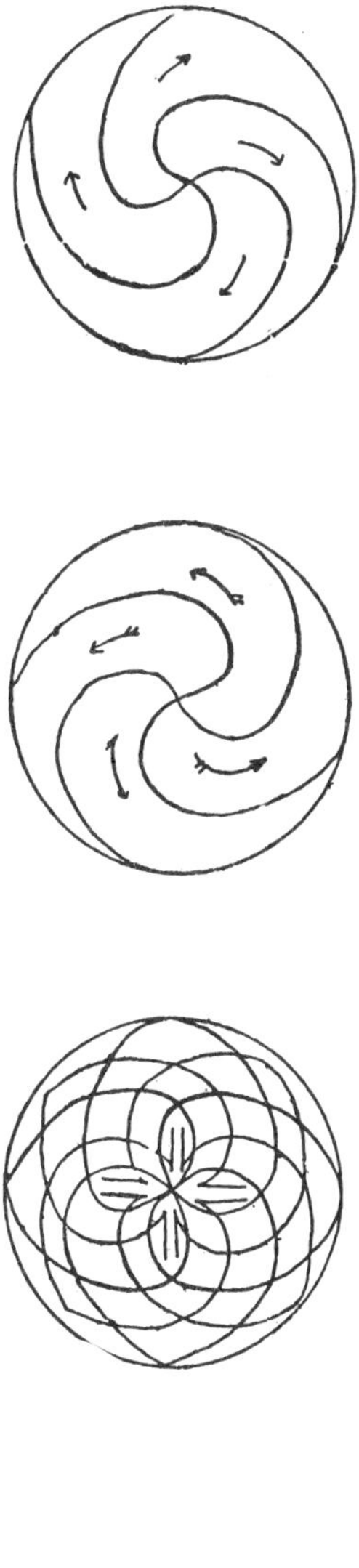

甲

乙

つまり此の圖は、天之《アメノ》常立《トコタチ》始めの左旋二神系と右旋二神系の結合を、左旋四神系、右旋四神系の上に應用しただけのものであつて別に大した創意ではないが、しかし創見は創見に相違ないのです。此の圖を見ると左旋右旋の旋廻が頗る明瞭に現はれてゐる事を發見します。而して結合が最も自然に行つて居る事もよく知られます。

只だ此處に大に研究を要すべき問題が一つあります。それは中央に相對して並ぶ四組の金木に就いてです。

甲の方が適當か乙の方が適當かといふ問題です。勿論双方共排列の可能性を保つてゐるのであるから、双方共に成立するには相違ありません。ただ皇典の文句を眞直に解して往く時は、その何れに從ふべきかといふ問題です。諸君の御考は如何ですか」

忽ち一同の間に甲說乙說いろ〳〵出たが、要するに双方共に可能性のある以上は、双方共に之を認め、皇典の解說も双方を同時に採つて行くものとする說に一致を見たのであつた。其の時鳥居が「中央の四個の對立には尙ほ他の對立がありはしないか」と謂ひ出したが、

「それはありますよ、全部を一のみとしても二、三、四のみとしても、乃至勝手にいろ〳〵置いても十六結合はしますけれども、四/四對一/一、三/三對二/二といふ對立か乃至一/四對四/一、二/三對三/二の對立としなければ、八神系の完全な對立を盡くして居ませんからね、どうしても中央對立は前の二種の基準相の外には無い事になりますよ」と宮地が說明を與へたので忽ち了解され、

「中央の四個の對立相と第二層の四個の對立相、第三層第四層の四個の對立相が盡く方向を異にしてゐる妙相」を神田が稱讚すると、

「其の對立の二個宛の相が相互に反對々々の表現を爲してゐる事」を鳥居が見附ける。一同の歡喜は譬へようもない程度に達した。この時宮地が更に問題として、

「天津金木は結合と排列との兩樣があるのですが、排列には必ず名稱を要します。其處で御意見が伺ひたい事があります。夫は別の義ではありません……要するに今此處に出來た「天津金木」の排列を何と名づけたものでありませうか、その命名がして頂きたいのです」と云ひ出すと、例の杉森が直に引き受けて、

「如何です諸君。圓輪排列若くは圓輪排座としては……」と事もなげに云ふと、神田が暫く考へた後

「圓輪といふのは少々如何でせう。寧ろ圓陣と謂つた方が良くはないでせうか」と修正説を出すと、

鳥居も

「圓輪排列といふよりも圓陣排列（若くば配座）と謂つた方が良いやうに僕も思ふ。併し内部の關係を熟視すれば、相互に對《ムカ》つてゐる同士は、反對反對を示してゐるのですから、對照排列――（配座）と謂つたらどんなものでせう」

と更に一說を出す。宮地は

「對照排列（配座）と云ふのは大層おもしろく感じますが、この反對々々の金木の對照は、眞に美妙に出來て居て、天津金木二柱づゝ十六組の夫々が、相對するもの悉く反對相を示してゐる事は、自然旋廻の結果とは謂へ、非常な妙味を感ぜしめます。併し斯樣な場合の排列にのみ對照があつて、他の排列の場合に對照が無くばよいのですが、他に在るとなると對照排列は意義を爲さなくなる――つまり一般的な包容名に成りはせぬかと思ひますから、僕も神田君の圓陣配坐（排列）に贊成したい

と思ひます」と圓陣排列說に贊成する。

「今宮地君は」と杉森が云つて「他にも對照排列があるかも知れぬと云はれたが、其の他にもある對照排列とはどんなのでせう、先づ夫を立證するのが先決問題ではないでせうか」と責め寄るのであつた。

「それはね。あるかも知れぬといふので、有ると斷定はしないのです。何だかありさうに思はれるから謂つたまでで」と宮地が輕く辯解を試みる。すると

「あるかも知れぬといふ事が、前提で他說を否定するのは少々無法だ」と杉森は執念く宮地に當るので、八神が中へ這入《ハイ》つて

「あるかも知れぬからといふので良いではないでせうか。併し宮地君はかも知れぬをであつたとする責任がある譯はわけでせうね」と頗る圓滿な言ひ廻はし方をしたので、一座が大笑となつて、其日の會が終る事となつた。

【四五】


第二回の例會日――開會になると直に杉森が皮肉に、

「今日は宮地君の他の對照排列の新發表を乞つて、夫から次の發表に移るべきものと考へますが諸君如何です」

と切り出したので、宮地は態と眞面目に成つて、

「諸君にお問に成るまでも無く、責任感に強き彼は自ら進んで其の新發表を爲す事と存じます。諸君安んじ給へ」と謂ひ、更に一層眞面目な顏付きに成り、

「而して此處に彼と云つたのは私自身卽ち宮地なる事を御承知願ひます」と美妙に云つたので、皆が笑ひ出してしまつた。しかし宮地は串戯で謂つたのでは無くて、豫め斯かる事もあらんかと氣着いて熱誠を込めて研鑽に耽つた甲斐あつて、「他の對照排列」なるものを發見し獲たのであつた。

宮地の發見は曩に發見された「圓陣排列」を少しく變化させたに止まるやうに見える一種の排列で

あるけれども、對照の意義は一層深刻に現はれ、彼を「圓陣排列」と名づくれば是は「方陣排列」(配座)と名づくべきものであつた。

第二十二圖

天津金木方陣排坐

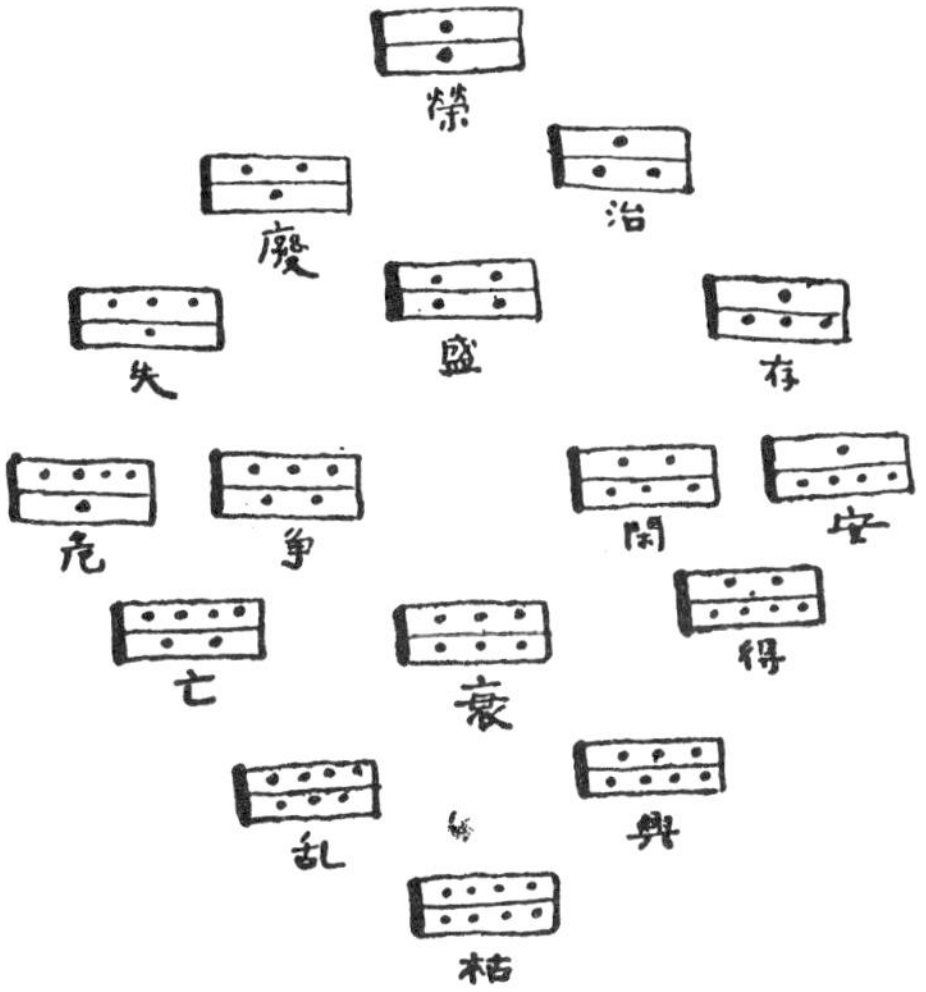

天津金木圓陣排坐

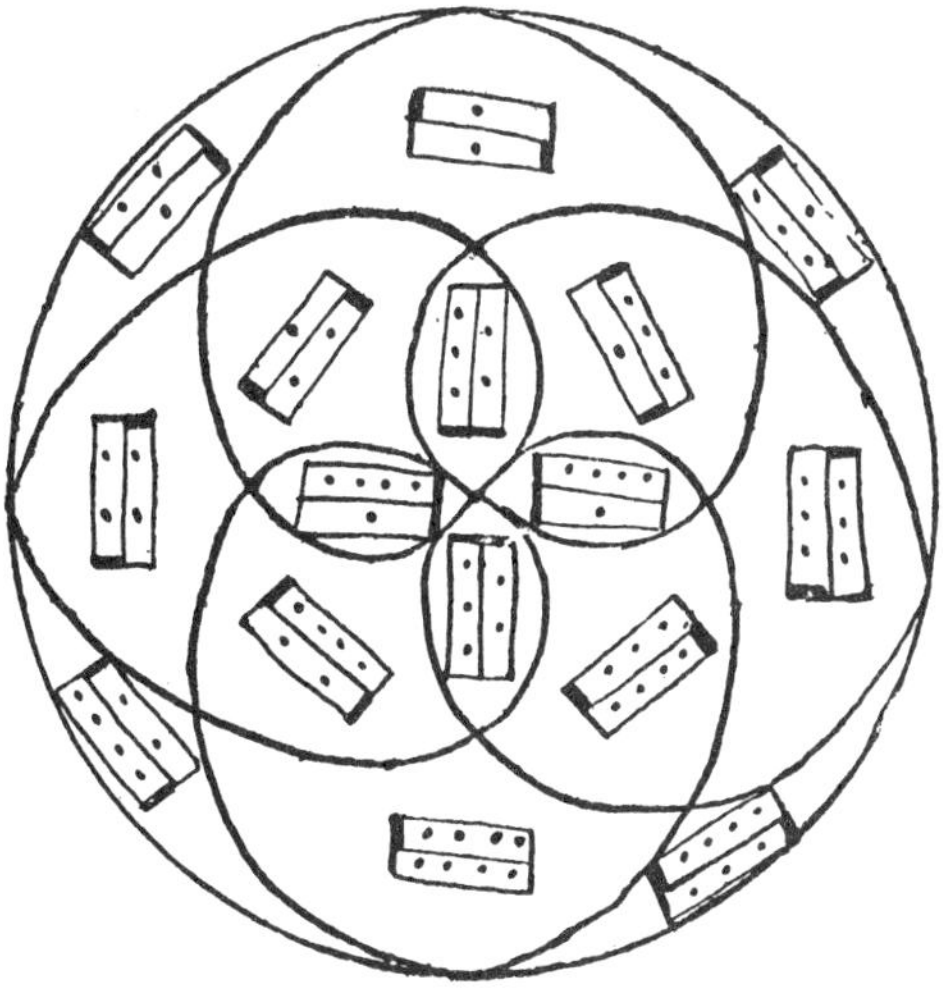

此の「方陣配座」は宮地の主張する所に依れば、皇典の「大八州《オホヤシマ》」の相であるといふのである。「大《オホ》八州《ヤシマ》」とは宇宙間の萬象を八大分類した根本相であつて、この八大分類した八對の紋理が、縞模樣の

如く天地間に對陣したのが「大八州《オホヤシマ》」であるといふのである。

八對のシマは其實は四對のシマであり、尙ほ尅して云へば二對のシマであり、更に尅して謂へば一對のシマである。

八對のシマは各自その神性を異にして治亂、興廢、得失、存亡、安危、閑爭、榮枯、盛衰の八對の神性を現はし、一々に就て云へば十六神性を發揮してゐるのである。治亂は一對の神性であつて絕對治もなく、絕對亂もない、治亂相對して天地の旋轉が行はれてゐるのである。興廢然り、得失然り、存亡然り、安危、閑爭、榮枯、盛衰は悉く相對性のものであつて、天地萬象が生成存々の根本原動力であり、圓融旋廻の神力神性神相であるのである。

永遠より永遠に渉る創造の過程《プロセス》は、達觀すれば「生死一如」であり「善惡は不二」である。治亂の相に超越して、創めて治亂の眞相は知悉され、興廢を超越して興廢の眞相を體得し得るのである。「平家物語」の卷頭には

祇園精舎《ギヲンシヤウジヤ》の鐘の聲、諸業無常の響あり、沙羅《サラ》桑樹《サウジユ》の花の色、盛者必衰《セイジヤヒツスヰ》の理を現す。驕れる者久しか

らず只春の夜の夢の如し。猛き人も遂には亡びぬ。偏に風前の塵に同じ。

と謂つてゐるが、得失に捕はれて得失の苦悩あり、存亡に囚はれて存亡の奴と爲る、榮枯盛衰を常の色相と通觀すれば、榮枯盛衰は四時の花の姿であり、また折々の月雪等の眺めである。

「大八州」の美妙相は、如上の意義を最も明白に顯示する所の「對照排列」であつて、恰もこれ宇宙萬象の「大御量《オホミハカリ》」とも申すべきものである。

「大八州」に對する解説を宮地が諄々として説いて居た時、俄に大聲に叫んだのは杉森であつた。

「おい少し待つて呉れ玉へ。僕は今偉大な質問を偶然思ひ着いたから」

皆が驚いて杉森の方を見ると、彼は熱誠の溢れた面持で、

「僕は少々宮地氏に質問をせねばならぬ事がある。今願くばその事を云はして呉れ、僕は夫が發表したくて仕方がないから……」

「では遠慮なく質問したら宜いでせう」と宮地が云ふと、

「有りがたう――では失敬して……

【四六】

此時杉森が「八對を以て大八島《オホヤシマ》を立てられた事は敬服の外はないが、然し其の八對を榮枯、盛衰等と立てられしには何等の根據ありや」と問ふのであつた。宮地は「其の點です」と答へて「其の點は諸君の大に御意見を承らなければならぬ點と存じますから、先づ僕の考を先へ述べて見ます。」と前置し、

［・］［・・］［・・・］［・・・・］と排列されてゐる天火水地を僕は［・］君［・・］大臣［・・・］小臣［・・・・］民と立てたのです。君は天であり、火は四方に光明を傳へるもので大臣の位を占め、水は萬物を潤すを以て小臣(地方官)と立て、地は萬物を養ひ天を戴くが故に民と定めたのです。君の威光が上にも下にも榮えるのは、極めて君德の旺盛を示すものであつて、之れ榮でなくてはなりません。「易經」には「乾爲《ケンキ》天《テン》」と申してゐます［：］は陽の雜りなき者にて、健の至りである。健の極りたるは天の體である。然るに［∴］なれば天子上に威を施して、大臣下に政を治むるの象であつて、これ治であるは勿論である。易經には「火天大

有」とあつて、王道が大に行はれ、世の常に盛なるが上に更に進歩すべき事あるべきを示すと謂つてゐるものに當り、は天子上に威光を示して、小臣下に王道の普及を圖るの象卽ち天下存すで存續を現はしてゐる。「易經」には「水天需」と謂つて人君たる者が能く需に處るの道を盡くして其功績あるの意を示して居り、は天子の下に民が業に安んずるの象であつて安德を示してゐる。「易經」には「地天泰」であつて、隆盛の世には小人が退けられて君子が進んで用ひらるゝことを言ひは大臣が天子の上に威を占めてゐるの象で、斯くては卽ち政事廢頽の源を爲す故に廢を示す。「易經」には「天火同人」と謂つて人と交を同うするは廣くすることを貴んで、而して最も貴ぶ所は正しきを以てする上に在るを謂へり。併し大臣が天子を下にするやうでは廢たるを免れぬのである。は大臣上に政道を勵んで小臣は下に道を廣めてゐる。これ天下安閑の象である。易經には「水火既濟」と謂つて凡そ事物の大體が成り上りたる者は夫より進む所は小々の事柄にして既に濟りたる上は滿つれば虧くるの理を思ふべき事を示してゐる。は大臣上に威ありて、民下に勵むの象にて、斯かれば國家の利得大である、故に得を表してゐる。「易經」には「地火明夷」として人民が難に遇ふ

時は委曲に心を用ひて身を保ち正を守るの道を全うすべきことを言へり。次には小臣上に威を肆にして、下に天子を壓するの象であつて、斯くては失政の極である故に失といふのである。「易經」には「天水訟」といつて訟ふる者が其事に於て理が十分ありて有德者の裁判を受くる時は、其訟へし言葉も貫くべし、若し勢ひ强く訟へても正直ならざる權變掛け引きの術を用ふる時は、即ち禍を取るをいふのである。は小臣上に威ありて大臣を下に壓するの象にて、水の上に火を載すの象なるが故に沸騰して相爭ふのである故に爭と爲す。「易經」には「火水未濟」と謂つて事の成功あらんことを期するは、其時を度り其才を量らざるべからざるを言ふ。は小臣廟に威を得て地方亦小臣の威盛んなり、之れ衰退の象である。「易經」には「坎爲水」として君子に於ては險難に處るの道を得ればこそ自ら險難を出づるの功あることを言へり。は小臣上に威ありて、民下に勵むの象にして、復興の象を示す。故に興といふ。「易經」には「地水師」と謂つて夫れ軍を出すには罪を鳴らすの名あるを貴んで、無名の師を忌む。又將帥に任ずるは老成の人を貴んで喜切の小人を用ふるを忌む。は民上に威を專らにして天子を下に壓す、これ國家の危殆狀態である故に危といふ。「易

經」には「天地否」と言つて世の氣運が厄難に當りたれば人道も斁《ヤブ》れて君子の正道は行はれず、正き人は德を修めて退き、奸邪の小人が進み用ひらるゝを言へり。は民が上に威ありて、大臣を下に壓するの象にて、火の上に地を壓したるが如く、滅亡の象である。故に亡といふのである。「易經」には「火地晉」と言つて人臣に於て明進の世に遭ふ時は功を立てゝ君上の寵榮を獲る事を示せり。は民上に威を示して小臣を下に壓するの象にして、斯くては紛亂を免れず、故に亂の象とす。「易經」には「水地比」として人君が天下を比《シタ》しむは必ず天下を比しむるの道を盡くして、爰に天下の人が來りて比しむ樣相成る事をいへりは上にも下にも民のみ旺盛を極むる象にて、斯くては國家の枯死を意味す。故に枯の象とて。「易經」には「坤爲地」として臣道の目當てを立てたることにて、重き所は順德を守るの上に在り。以上は八對の大八島の德相を示したものでありますが、些細に之を說けば頗る長い事となるものと存じます。」

これだけ述べて宮地が少しく口を止めた時に、神田が

「それで天津金木の對照が一〳〵即ち十字と斜になつてゐるのですね」

と問ふのであつた。宮地は直に

「さうです。榮枯盛衰は縱線で、安危閑爭は横線、治亂興廢、得失存亡は大斜線小斜線に成つてゐます。畢竟榮の裏面が枯で、治の裏面が亂といふ工合になつてゐるのです。この天津金木相から申しますると、治が陰匿するので亂が現はれ、興が陰伏するので廢を發現するといふ事になるのですから、治を光と見れば亂は影です。光の弱くなつた分量だけが暗の占領であるといふ事になるので、光明が漸次薄くなつて闇に到るのです。して見ると灰色の光といふものは既に亂が其の半若くは夫れ以上を占有してゐるのであつて、世の中の亂れるといふのは矢張一朝一夕の事でない事が知れます」

「霜を踏んで堅氷に到るの道理だね」と杉森が口を挿む。

「全くさうです。であるから聖人はその大亂に到らない前に電氣燈のネジを注意し、燭力に不斷の思索を怠らずして未前に之を轉廻するといふ事になるのです。」

と宮地が答へる。

「然らばその燭力回復の方法は如何せば宜いのでせう」と鳥居が尋ねる。と

「夫はね」と宮地が謂つて「天津金木の上では何等譯のない事であつて、二本の指で裏返すのみの事であるが、之が社會とか國家とか云ふ事になると、其處に我々の非常な體驗が必要となつて來る事と思ひます。」

鳥居「その體驗といふのはどんな事柄なんでせうか」

宮地 それが僕は信仰に基く天津菅曾《アマツスガソ》の行事だと思つてゐます」

鳥居「信仰に基く天津菅曾《アマツスガソ》の行事とは？」

宮地「例の生死を超越した絶對献身的の神界感應の行事です」

鳥居「神界感應とは？」

宮地「タカアマハラに我が一念を感應せしむる事です。」

鳥居「感應とは？」

宮地「感應とは電氣感應と同樣の義ですが、一體に成つて動く、一體に融け合つて働く、一體に成つ

て活動を現はすといふような事です」

鳥居「あゝ、良く判りました」其時杉森が復々突如大聲に叫び出した。

「諸君先づ聽いて呉れ給へ、僕が先頃カァマといふ語に就いて研究して居た事があつたのですが、其際カァマの語に最も近い發音に梵語羯磨《カツマ》のある事を發見し、段々羯磨《カツマ》の研究を進めて居ると「羯磨《カツマ》金剛《カンガウ》」といふものにぶつかつたのです。この「羯磨金剛」といふのは三股を横竪に十字に組み合せたもので、基督教の十字架もその根本はこれである事は既に決定したが、組み合せた三股といふのは獨《ドク》鈷の尖端が三つ叉《マタ》になつてゐる。この三つ叉は例のマァタに相違なくマタカァマだが、三股は辭書に依れば胎藏界《タイザウカイ》の三部（蓮華部、金剛部、佛部）を表現してゐるといふのだから、眞言密教の五智《ゴチ》、五部《ゴブ》、五大《ゴダイ》等を顯示する爲めには五股《ゴコ》なるものが無くてはならぬと考へ、探して見ると矢張五鈷《ゴコ》（五股）があつたのには驚きました」――杉森はさも驚いたらしい身振をして、

「直に五股杵《ゴコシヨ》の條を讀んで見ると次の如く錄されて居たのです。」と話し續ける、「五股《ゴコ》又五鈷《ゴコ》、五古《ゴコ》、五鈷《ゴコ》に作る（具名）五股杵《ゴコシヨ》、五股金剛杵《ゴココンガウシヨ》・叉《コ》は枝《マタ》の義……凡そ金剛杵は西土の戰具なり。以て煩惱を

退治する金剛の智を表す。其中五股は金剛界の五部を表し、兩頭を合して十枝なるは十波羅密《ジフハラミツ》を表すと云ふ。〔諸部要目〕に金剛杵は菩提心の義、能く二邊《ニヘン》を懐斷《エダン》し中道《チウダウ》に契《カナ》ふ。中に十六菩薩位あり亦十六空の中道たるを表はす。兩邊各五股有り、五佛、五智の義、亦た十波羅密《ジフハラミツ》を表はす。能く十種煩惱を催し、十種眞如を成ず、便《スナハ》ち十地を證し、金剛の三業を證し、金剛智を護り、金剛坐に坐す。亦是れ一切智智なり云々」

とこの中五とか十とか謂ふ事柄に對しては戈《コ》が五つ宛《ツヽ》兩端にあるので解し得られるが十六菩薩位ありには全く閉口したのです。五股杵の中に十六菩薩位ありといふ事は、常に僕の頭から去らない疑問であり、解き難い惱みであつたのです。然るに今宮地氏の「大八州相《オホヤシマノスガタ》を見るに「天沼矛《アマノヌボコ》」の展開した中に「十六の神坐」がある事を見て、僕は餘りの驚きに氣が顚倒する程です。而して其の「十六神位」即ち十六菩薩位は二邊に分れて居て、治亂、興廢……といふ有樣になつてゐる。二邊を達觀した所が中道であり、其が「空」の極位です。「大八州」を知るに非らざれば密教は解し得ず、況や密教の神具たる「金剛杵」を解し得んやです。弘法大師が現に世の中へ出たとても「天津金木」を持つて居れば、彼に決して負《マケ》はしない。本來を謂へば世界のあらゆる敎法、敎義、敎典といふものは、盡く我が皇典から出たものであり「天津金木」を根柢と爲してゐるものです。斯樣な大々的發見が行はれるに到つた以上……」

杉森は最早全く我を忘れ、一切を忘れ、感慨のまゝを思はず知らず述べてゐる。

「斯く成つた以上は……」と聲を震はして居る。この時神田が

「杉森君の感慨無量察すべし」

と云つたので、漸く我に歸つた杉森は、一同を見廻はして、

「先づ僕の發表はこんな位で……」

と口を切つたので、一同が大聲に笑つて、

「實に愉快な說だ」「兩君の發表に敬意を表す」「彌々《イヨイヨ》研究が佳境に入りかけて來た」なぞと一同が口々にどよめき立てるのであつた。

【四七】

次の會の開かれた時、平素謙遜な八神が「今日は私から發表させて頂きます」と云つて研究の結果を發表し初めた態度に、先づ一同が驚かされたのであつた。

「皆さん私はまだ研究發表する程の資格の無いものですが、何か發表しないと本會から除名でもされては困りますから、私としては、誇大に申せば寢食を忘れといふ態度で、研究＝研究と云ふよりは「大八州」の相を見詰めたといふ方が當つて居るやうですが、毎日毎夜「十六結びの對照排列」を見詰めたのでした。見詰める中には、夫が或は自然の祈禱に成つて居たかも知れません。『何事かをこの大八州《オホヤシマ》の相中《スガタノウチ》より發見せしめ給へ』と禱つたものと御承知ください。すると……すると或夜—

—これも誇大に申しますと天に聲ありてといふ譯でせう—

「八神！その大八州《オホヤシマ》を構成する十六結びの天津金木は幾柱か」

といふ聲が發せられたやうです。驚いて數へて見ると「三十二柱」です。十六の二倍で僅に三十二

柱に相違ないと決定すると、更に次に

「然らばその三十二柱の天津金木の總點目は何程か」

と問はれたやうでありましたから、更に驚いて其の點目を念入りに數へて見ると、幾度數へて見ても「八十點」です。八十の點目が三十二柱に出てゐると確に思ひ極めると、

「三十二《サンジフニ》柱《チウ》八十點目《ハチジフテンモク》」

といふ聲がしたらしかつたので、自分にも口の中で「三十二柱八十點目」と唱へて見ました。すると其の聲が幾度も幾度も繰返されるので、私も幾回も幾回も唱へて居ました。その中不圖氣が着いて見ると、最初自分が口の中で「三十二柱八十點目」と唱へて居たのが、何時の間にやら、

「三十二相《サウ》八十種好《シユカウ》」

と唱へて居るのでした。三十二相八十種好はこれ佛典に云ふ佛の最尊美妙の相好《サウガウ》であつて「如來相」といふものである事に氣が着きました。

「大八州相は卽ち三十二相八十種好、紫磨金色の佛相である」と知つた時、私の全身が慄《ゾツ》と致しまし

た。

「佛の相といふのは矢張神の相を云ふのであつたのです。大八州相以外に佛もなく、菩薩も無く、一切は神國日本の相であり、天照る神の種々なる御表現と知りました。で、私は幾度も幾度も美妙莊嚴の「大八州」に對して禮拜を致したのでありました。私の報告は單にそれだけの事であります。」

一同は八神の報告を粛として聽いたのであつた。而して報告を終つた後も、數分間一人として咳き一つするものもなく、敬虔の狀態が滿室に漂ふのであつた。

「實に尊い報告だ」

と暫くしてから初めて口を切つたのは神田であつた。神田は八神の研究態度を激賞して、最後に

「全くそれは神の告げだよ、八神君の祈禱が神に通じた證據だと僕は思ふ」

と云ふと、鳥居が

「僕も同じやうな事柄を研究して居たのでしたが、僕の研究は研究が主で祈禱にまでは勿論成つて居

（第二十三圖）　金剛界中央羯磨會

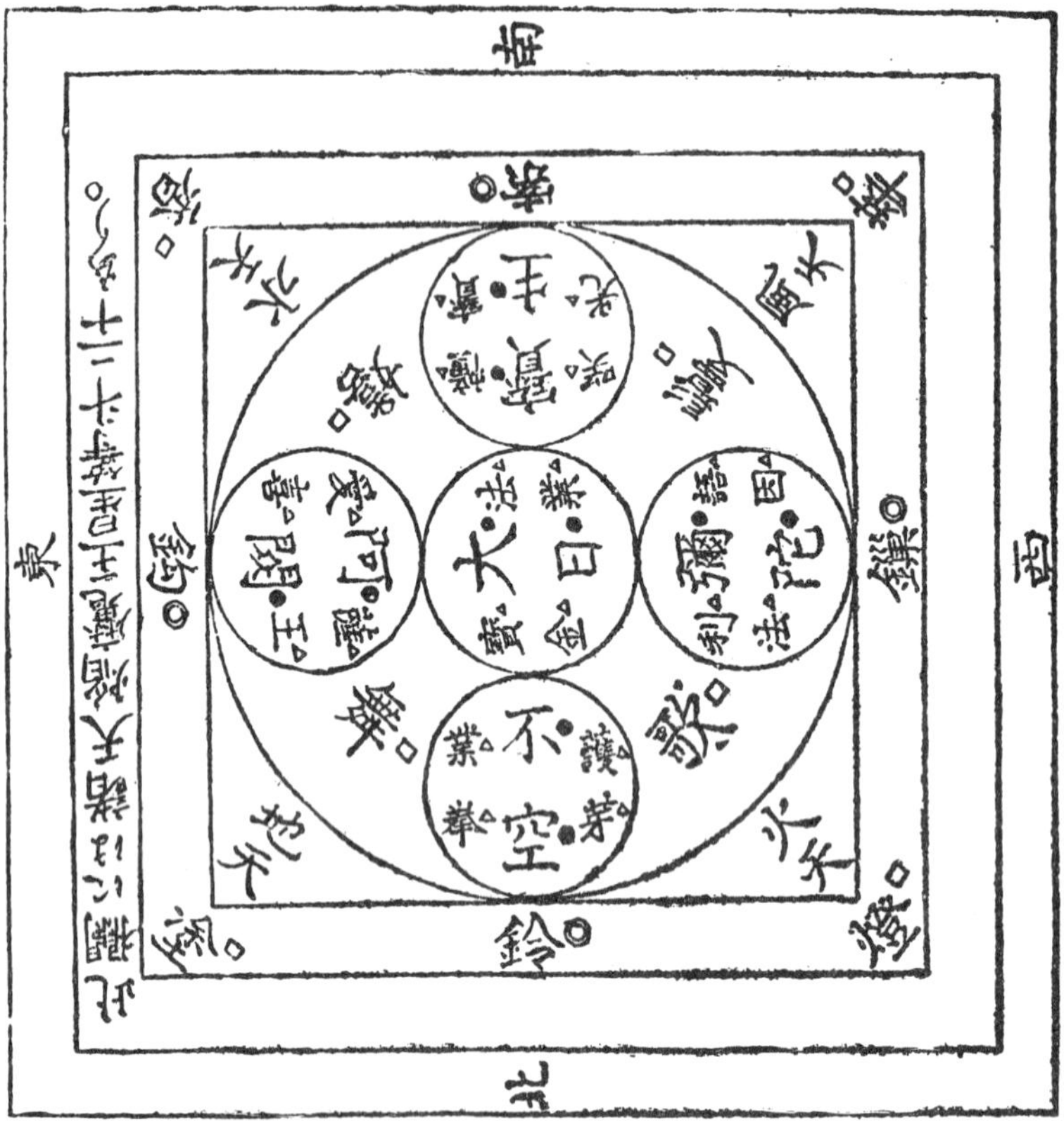

ませんでした。此處に於て研究は祈禱に及ばずといふ斷案を僕は得たやうに信じますが僕は單に研究が主でしたから餘程までは漕ぎ着けた積りでも、最後の確定が金剛に達しませんでした。

僕は前回密教の羯磨《カツマ》の發表があり、十六菩薩位の話もあつたのですから、眞言密教の「金《コン》胎《タイ》兩部の曼陀羅《マンダラ》を精査して、「密教曼陀羅《マンダラ》」が「天津金木」

に基く「天沼矛《アマノヌボコ》」、「八尋殿《ヤヒロドノ》」、「大八州《オホヤシマ》」等から出發した事を立證せんと致しましたが、妙に能く一致はして行きますが、今少し精査しないと發表には達しない事を遺憾に存じます。併しこの研究には隨分緻密な事柄も混つて居り、且つ興味もある問題ですから、單に僕一人の研究に委せず、協同研究若くば銘々にもこの曼陀羅《マンダラ》研究に盡して頂きたいものと思ひますが、諸君の御考は如何でせう」と云ふのであつた。

一同は「曼陀羅《マンダラ》研究は最も必要」と忽ち賛成はしたが、銘々も既に「密教曼陀羅《マンダラ》研究」には目を着けても居り、既に幾分の歩を進めてゐる者もあるのだから、協同研究は廢して、銘々の自由研究と爲す事に決する事にした。この時宮地が「自由研究と云ふ以上は、最早この際何等謂ふべき必要もないが」と前置して「曼陀羅《マンダラ》といふ語は僕は日本語のマル（輪圓）タル（具足）の轉訛したものと考へまするし、曼陀羅《マンダラ》の諸義即ち（一）輪圓具足（二）秘密語（三）無比味（四）無過上味（五）道場壇（六）莊嚴（七）神咒（八）聚集（九）發生（十）眞言の十意義――は悉く「天津金木」の排列の諸相であつて、我々が「天津金木」を研究して行く上に多大の目標を得るやうにも考へますから、一寸一言御參考に申して見ました。既に御承知の事を知つた顔して喋々申し述べるのは失禮とは存じましたが……」と述べるのであつた。

「いや大に參考になりますよ」と皆のものが云つて異れたので、宮地も大に喜ばしげに見えた。


【四八】


會が終つて歸宅した神田は、次回には是非共自分が研究發表の任に當らねばならぬと決心を固め、夜を日に繼いで研究に耽るのであつた「研究は祈禱に及ばず」と鳥居の云つた言が、彼の頭に深く響いて居たので、彼の研究は全く八神と同樣な祈禱であつた。

「大八《オホヤ》島《シマ》の相の中から偉大なる發見あらしめ給へ」

熱烈なる彼の祈念は、自然に彼に心眼?(神眼?)を與ふるを惜まなかつた。八神は天の聲を聽いたと云つた。彼に與へられたものが我にも與へられない道理はあるまい。「天の聲を」と彼は殆ど熱狂的に神に祈り訴へるのであつた。

「神性の自然に應ずる排列を徹底せよ」

といふ聲が何だか聽えたらしい氣がしたので「神性の自然に應ずる……」と彼は云つて見たが、大八島の相は「天は覆ひ、火は第二位に在つて昇る水は第三位で降る地は第四位に在つて載せてゐるのだから、既に神性の自然に應じてゐる譯である。これ以上に排列を變へる事は出來ない。「排列を徹底せよ」とは何《ド》うい ふ意味であらう。「排列を徹底せよ」と幾度も幾度も唱へて居る中に、

「天は覆ひ、火は上昇し、水は下降し、地は載す、と謂ふ中に火の上昇、水の下降の意義が「天津金木」の排列上では充分に現はれてはゐるが、一寸見ただけでは誰にも判るといふ譯にはいかない。若し「排列に徹底せよ」といふ意義を「直觀的に知らるゝ如き排列に變じて見よ」とすれば何んな有様に成るのであらうと考へ乍ら、一組一組動かして見たら、挿圖の如き相に成つた。

彼はこの排列相を熟視した時に、

「おやツ」

と思はず驚いたのであつた。

「おやツ……この像は――」

と一層深く熟視――凝視して見ると、天は火を負ふて火風猛々として凄まじく、火焔は炎々として其の勢當るべからざるに、水は一面火に伴つて蒸熱と成りて昇り一面は瀧つ瀬成して下降するさま怖るべく、金剛磐石最底を成して巖として動かず、眞に熾烈の自然相が「天津金木」の上に徹底的に表はれて居るのであつた。

「あゝこの……あゝ是の熾盛の猛像こそは――あゝ……」

彼は聾啞の如く唯た單にもがくのみで、明瞭な言語を失つた人と爲つてしまつた。しかし彼はやつとの事で

「あゝ……あゝこの尊像こそは……

不動明王の尊像で……」

と叫ぶのであつた。

「あゝ不動明王――」

と彼に唱へて、其の「天津金木」の前に幾度も幾度も拜跪した。

次の會合の際に、神田が『大八島』から「不動明王」の尊像を發見した報告を爲した時、その報告に接した一同が如何に驚き且つ喜んだかは想像される事であらう。杉森の如きは驚きと喜びとの餘り、狂氣した如くなつて、室内を轉々《コロ〱》ところげ廻つた程であつたのでも、其の一班は知られる事であらう

「實に感極まつて殆ど私は聲が出ないのでありますが」宮地は聲を震はせながら漸くにして云つて、

「密教に於ては「三十二相八十種好の大日如來」と「猛威凜烈の不動明王」とは一體であるとしてゐるが、天津金木の「大八島《オホヤシマ》」に於て、その根柢を神田八神兩君に依て明に顯示されたのは、日本國の歴史に特筆大書すべき偉大な事柄でなくてならぬと僕は信じます」

と云ふと、杉森が

「內閣が變動したとか、帝國議會が何うしたとかいふやうな微小な問題とは譯が違ふ」と豪語する。

鳥居が重々しい聲で、

「僕は今直觀的に感じたが、「天津金木」にて構成された「不動明王」の尊像が、直にこれ「天叢雲《アメノムラクモ》」の相であり、また同時に「草薙劍《クサナギツルギ》」の相であると信じます」

と謂ひ出したので、目を丸くしたのは杉森であつた。而して
「夫は何《ド》うして？　其の說明を述べ玉へ……その理由を――」

と鳥居に突き懸つて逼るのであつた。

「今直ぐといふ譯にはいけません、何れ次會までには是非發表致します」と鳥居がいふと、口わるの杉森が
「鳥居氏は每時《イツモ》次回發表々々と延期したり、共同硏究なぞ云はるゝが、次回は全く慥ですね」

と念を押すと鳥居は叩頭して、

「慥かに――」と云ふ。

「いや私が保證人に立ちます」と稍々戯言らしく宮地が云つたので、笑ひになつて其日は散解したのであつた。


【四九】

鳥居は直觀のまゝを述べて見たものゝ、別に論據が無いので、研究を餘義なくされたのであつた。多少最後は戯談も交つたやうであつたが、次會に濫に發表すると云つた言は取消す譯にならず、宮地が保證すると云つた言も反古《ホゴ》にはならない事を感じた時、彼は何《ド》うしても「不動明王」の如き――猛烈な研究狀態と成らなければならなかつた。鳥居は先づ「不動明王」に就いて研究して見た。「不動明王」は梵名阿《ア》遮羅《シヤラ》曩他《ナアタ》 Āryoacalanātha で大日如來を一切諸尊の總體としてこれを自性輪身と爲すに對して、この尊を一切諸佛の教令輪身と爲す。故にまた諸明王の王、五大明王の主尊と稱せられ、密教諸尊中大日如來と相並んで最も廣く多數の祭祀を享く。

又曰く、是れ大日如來の教令《ケウレイ》を奉じて、忿怒《フンヌ》の形《カタチ》を示現し、一切の惡魔を降伏する大威勢を有する眞言王といふに同じ。又不動の幖幟には一に利劍、二に羂索、三に獨杵股。又た瑜伽大教王二に曰く。眇眼の童子の相を爲し、身口翡翠色にして、頂に冠を戴き、内に阿閦佛《アシユクブツ》あり六臂にして四面なり。各面三目あり、正面は微笑、右面は黄色にして忿怒の相を現じ、口を開き舌を出たし、舌は紅蓮《クレン》の如し。左面は白色にして齒を以て唇を咬む。大忿怒の相を現ず。右の第一手

第二十五圖

不動明王

は劍、第二手は金剛杵、第三手は箭を持し、左の第一手は羂索を持し、及び期尅の印を作す。第二手は般若經、第三手は弓を持す。赤色の光を放ちて徧滿照耀し、蓮華の上に坐して、一足を垂る。而して彼の座下に大寶山あり、心に吽字《ウンジ》を念ずれば、能く諸魔を除き無邊の神通を具し、化雲の如く虚空に徧滿す。此の如く法に依て觀想せよ……彼の人已に聖道を踐む。久しからずして成佛すべし。此を一切如來《イツサイニヨライ》、證覺《シヨウガク》不動智《フドウチ》、變化金剛三摩地《ヘングエコンガウサンマチ》と名く云々鳥居は「大八島相」が卽ち「不動明王」の尊像で、瑜伽大教王の詳細な記事も、一々之を精査すれば十六結びの排列中に見出すこと困難ならずと考へ、先づ第一着に「利劍」を求める事にして見た。「不動の利劍」――これは人口に膾炙してゐる所で、不動の形像には(佛教大辭典に依れば)八種あるがその何れも利劍を持たないのは無い、不動が利劍か、利劍が不動かといふ程である。不動の利劍と草薙劍、其の間に必定密接な關係が存在してゐるに相違ない。若しも不動の利劍が知れたら――彼の熱田神宮の御紋章の意義も明確するであらう」

と考へると、身體が自然に震へて來るのを感じた。我に榮冠を與へ玉へ」と心に念じて、鳥居は一心不亂に研究を進めるのであつた。

「原理から云へば、大八島の相は天‖火‖水‖地‖の四大が叢雲《ムラクモ》なして排列され、天地間の組織紋理を最も明確に顯示し、治亂興廢、榮枯盛衰始めが乾坤の變易に對して圓融大和の妙諦を示し、萬象の根元を解《ト》き分けて、些《サ》の凝滯する所なく、如何なる至難複雜なる凝結も、忽ち薙《ナ》き拂《ハラ》ふべき無障碍《ムショウゲ》の利劍であるに相違ないが、しかし其の方陣配坐の相形《ミスガタ》から謂へば、之が卽ち劍の相と見らるゝであらうか。何處が刄で何處が柄なりや。」

彼は斯麼事柄に對して人知れぬ苦慮を重ねるのであつた。

「正月神前に供へる彼の鏡餅《カガミモチ》なるものは、三種神器を擬したものと傳へられるが、圓餅は鏡で所謂鏡《カガミ》餅《モチ》、上に載せる橙が玉で、彼の菱餅《ヒシモチ》と名づける菱形の餅が劍の相である。然らば劍は菱形にして四つ刄なるものか」

四つ刄の劍と云ふ事は、今まで一度も聽いた事がない。劍に就いて何か書いたものはあるまいか。彼は劍の形狀に關して種々なる方面の研究に沒頭してゐる中、不圖偉大なる圖を發見したのであつた。夫は「俱利伽羅龍劍《クリカラリユウケン》」の圖であつて、巨龍が劍を卷いて昇る相である。「龍と劍」これは非常に研究題目として興味深いものである。「草薙劍」は八岐大蛇の尾から出たとしてある。然らば「龍」の研究が或は劍研究の前提となるのではあるまいか。

「龍と劍」こは重大な研究題目だと彼は龍の顋の珠を獲た如き歡喜を覺えて喜び踊るのであつた。

【五〇】

◎龍の研究で最も最初に思ひ起されたものは、彼の法華經に出てゐる娑竭羅《シヤカラ》龍王の女《ムスメ》八歳龍女の物語で日蓮聖人の御義《オンギ》口《ク》傳《デン》に「神武天皇ノ祖母豐玉姫《トヨタマヒメ》ハ娑竭羅《シヤカラ》龍王ノ女《ムスメ》八歳龍女ノ姉也、然ル間ダ先祖ハ法華經ノ行者也。甚深甚深云々」と謂つてある。又た御義《オンギ》口《ク》傳《デン》には八歳龍女に關する一條の意義を解說して、

第二十六圖

倶利伽羅龍

サレバ此提婆《ダイバ》ノ一品ハ、一天ノ腰刀也。無明煩惱ノ敵ヲ切リ、生死愛着ノ繩ヲ切ル秘法也。漢高三

尺ノ劒モ一字ノ智劒に不《ザル》レ及《バ》也。妙ノ一字ノ智劒ヲ以テ生死煩惱ノ繩ヲ切ル也。提婆《ダイバ》ハ火炎ヲ顯シ、龍女ハ大蛇ヲ示シ、文殊《モンジュ》ハ智劒ヲ顯ハス也。仍テ不動明王ノ尊形ト口傳《クデン》セリ。提婆《ダイバ》ハ我等ガ煩惱卽菩提ヲ顯ス也。龍女ハ生死卽涅槃ヲ顯ス也。文殊ヲ此ニハ妙徳ト翻ズル也。煩惱、生死具足《グソク》シテ當品《タウホン》ノ能化《ノウケ》タル也。

と謂つてある。「櫛名田姫《クシナダヒメ》」に「須佐之男命《スサノヲノミコト》」に「八岐蛇《ヤマタオロチ》」(皇典)「八歳龍女」に「文殊菩薩」に「提婆達多《ダイバダツタ》」(法華經)この間の聯關は最も妙味がある。法華經に於ては龍王の女が直に「龍」そのものであつたり、三十二相を示す佛と成つたりする事柄が多少皇典とは異つてはゐるが、「龍」「火炎」「劒」の思想に至つては毫も異る所はない。「大八島相」は「煩惱卽菩提」の保證であり、「生死卽涅槃」の顯示である。然らば「劒」と「龍」とは一體のものでなくてはならぬ。無明煩惱の敵を切り、生死愛着の繩を切る利劒こそ正しく是れ草薙劒の根本權威でなくてはならぬ。妙ノ一字智劒は「天津金木」を握る妙德者の所持でなくてはならぬ。

「死に由つて永世を獲るといふ思想は、基督敎に於ても頗る高唱されてゐる根本的大思想なるものでる。」
彼の基督の十字架上の聖像と名づくるものは、肉に死して靈に活き、肉の生命を棄てゝ永世に入る聖訓の最も深刻なる徽章であるのである。

第二十七圖

十字架を磔刑の具とのみ心得てゐる輩の如きは、何等基督教の根本思想に觸れて居らないものである。

「十字架」は「草薙劍」の根本相なる「天沼矛《アマノヌボコ》」の相である。生死を天沼矛に托し盡くした處に、生死一如《シヤウジイチニヨ》の涅槃《ネハン》の大覺が宿るのである。

佛教の大思想も、基督教の大思想も要は皇典に歸結するのである。皇典は萬教を解き分けて、昭明大和の統一に導く利劍であり、權威であるのである。

佛教の大本尊——三十二相八十種好の尊容は、我々は之を「大八島」に發見したのであり、其教令《クウレイ》輪身《リンシン》の「不動明王」は之を直にまた「大八島」に發見したのである。若し夫れ基督の十字架上の聖像に比すべきものを發見せんとならば、我々は直に是を彼の「日本武尊」の火焰中に劍を揮ひ給ふの圖に發見するに難からざる次第である。

「日本武命」の駿河の野邊に於

（第二十八圖）日本武命火中に劍を揮ひ給ふ

ける「火焰中劍を揮ひ給ふの圖」は別に今日まで宗教的意義を以て見た人は一人も無かつたが、此の尊像こそは「草薙劍」の威力を示すと同時に、生死超越、永世獲得の妙諦を示す所の宗教的尊像として崇敬すべきものであり、形骸を架上に留むる醜状よりも、勇猛にして降魔懾伏を現はす神々しい武尊の聖像が、如何に尊いものであらう。「火炎と劍」我々は「日本武命の尊像」に於て、其最も粹なるものを發見することを無上の歡喜を以て仰ぐものである。」鳥居は斯く云つて涙をほろ〳〵落した。

【五一】

杉森も餘り大した研究をまだ一度も爲ないので、次回には鳥居に失敬して偉大なる大研究を發表し、彼の鼻をあかさんと熱烈なる猛研究に耽けるのであつた。

杉森と鈴子との愛情は彌々進んで行つてゐた。杉森はこの眞夏の候に流汗を浴びながら、研究に耽つたが、愛人の妖婉な姿が、熱烈なる思索の間にも時々出沒するには一方ならぬ煩悶を感じたのであつた。

「戀か研究か」と二途に惑ふ彼には、戀も甘し研究も妙味あり、その何れを棄つべきかに寡からぬ苦悶があつたのである。時々は「戀はより多く深遠なり」と叫ぶ事もあつたり、「研究の爲めには彼は魔物だ、妖魔だ――切れ々々」なぞと叫ぶ事もあつた。杉森が

十六結びの大八島《オホヤシマ》相中に偉大なる發見を爲さむものと凝視してゐると、それが十六結びならぬ十六島田の鈴子の妖麗な姿と成つて髣髴として顯はれる。

よく見ると鈴子の十六島田と大八島の十六結が一致して居て、

鈴子即三十二相八十種好の佛の聖容に現はれる。

法華經の娑竭羅《シヤカラ》龍王の女《ムスメ》の物語が端なく思ひ出されて、

提婆《ダイバ》達多《ダツタ》たる自分の苦惱が、地獄のそれであるなと氣が着くと、自然に身が慄として、鈴子の姿が忽ち消える。

「あゝ地獄!!」と叫んだ杉森は「地獄」の相中に「劍」の相を發見せんと氣が着くこともあつたので

ある。ダンテの「神曲地獄編」の題目には、

怯懦の亡靈——不信の英雄と古聖の群——旋風に漂ふ邪淫の徒

泥土に臥す饕食の徒——吝嗇濫費の徒——泥濘に漬る忿怒の徒

血の熱河に浸る暴虐者——樹木に變ぜし自殺者の林——熱砂に苦む瀆神の徒

火雨に打たるゝ男色の徒——永久に財布を離さぬ高利貸の徒

首を後に扭るト筮魔術の徒——瀝青の沸騰に漬る汚吏の群

鉛の外套を纏ふ僞善の徒——蛇に窘しむ盜賊の群

肉體の腐爛する詐僞者——氷獄に繋がるゝ巨人の群

等が出てゐて、恐怖すべき地獄の有様が一々に錄されてゐる。佛典にも種々なる「地獄」が傳へられてゐる。

八大地獄、八寒地獄、十六遊增地獄、十六小地獄、十八地獄、一百三十六地獄等がある。八大地獄とは

一、等活《トウカツ》　二、黑繩《コクジョウ》　三、衆合《シウガウ》　四、號叫《ガウキウ》　五、大叫《ダイキウ》　六、炎熱《エンネツ》　七、大熱《ダイネツ》　八、無間《ムケン》

八寒地獄は

一、頞浮陀《アブダ》　二、尼羅浮陀《ニラブダ》　三、阿羅羅《アララ》　四、阿婆婆《アババ》　五、睺睺《コウコウ》　六、漚波羅《オンバラ》　七、波特摩《ハドマ》　八、摩訶波頭摩《マカハヅマ》、である。

あゝ地獄よ！　俺《オレ》は今矢張地獄の中に居るのであらう。戀の焔に責められて、研究の氷に鎖されるあゝ苦しい生の悶えである。

けれども俺の熱火は快く、俺の堅氷は妙味が湧く……

火に入つても燒かれず、水に陷つても漂はされない。俺自身が彼の「不動明王」ではあるまいか。

それにしても氣の弱い「お不動さん」かなだ。

研究に耽つてゐる間隙に忍び入る妖魔の降伏が出來ない「お不動さん」だ斯くて一切の人々が俺と同じように地獄の淵に呻吟するのであらう。

杉森は今回こそはと決心して「大八島」の相中から偉大なる發見を爲さんものと、一心に「天津金木」

の排列を凝視する。

凝視――更に凝視……始ど自我の境を忘却すること數分、氣が着いて見ると、自分の視詰めて居るものは矢張鈴子さんだつた。

「あゝ駄目だ」と歎ずるように謂つた杉森は、其の儘机の上へ顏を伏せたが、瞑目の中にも瞭然と眼底に映ずるものは美しい人の姿である。

眼を開いて居ても眼を塞いて居ても、同じく浮ぶ姿ならばと達觀的に考へ着いた時、杉森は「美妙なる人間相」といふ事が頭に浮んだのであつた。三十二相八十種好にのみ佛の相を認むべきではない。娑婆卽寂光だ、煩惱卽菩提だ、花は紅に柳は綠なり、犬は四つ這ひ、人間は二本足、蛙は飛んで鳥は翔る。天地萬衆の相を其儘に神の示す眞相と見る時、これが本來の皇典の教へである。

鈴子を排して研究に入らんとしたのは大なる誤であつた。鈴子さんを透して、否々鈴子さんに卽して神に入るの道これが眞の道といふものだ。

諸冉二尊《イザナギイザナミ》の神業が人間の上にも、禽獸蟲魚の上にも、植物の花の上にも行はれてゐる。鈴子さんの妖婉なる無限の愛情の裡に、天地神明の愛の極致が閃いてゐるのだ。基督は謂つてゐる。

「彼の野の百合花を見よ――ソロモンの榮華の時の極みだに其裝《ヨソホヒ》この花の一つに如《シ》かざりき、神は今日野に在て明日爐に投げ入れらるゝ草をも斯《カ》く裝《ヨソホ》はせ給へば況て爾曹をや」

と「人間讃美の極髓」とは是である。あゝ人體莊嚴の美よ。醜穢なる人の身と謗すものは神を瀆すものである。「人體卽神身」の思想に徹底する處に偉大なる神則が宿つてゐるのだ。特に人間の中でも愛らしきもの美しきものゝ典型として……

杉森は最早誰に憚る處もなく、鈴子の姿を飽かず「天津金木」の上に味はつて行くのであつた。凝視更に凝視――大八島は全く人の相であつた。十六德目を全備せる人間相の美妙なる莊嚴は實に尊いものであつた。彼は十六結の上に現はるゝ人間相――夫は吉祥天女《キツシヤウテンニヨ》の如き鈴子の姿であるが――に今一層の凝視を集中した時、

「あら――あらツ――あらツ」

鈴子の像が漸次に透《ス》き通《トホ》つて、其の內臟の器官が轄然と透き現はされる事に成つたではないか。

心臓、肺臓……あゝ何たる妙幻な現象であらう。此の驚くべき奇現象を見た時、

第二十九圖

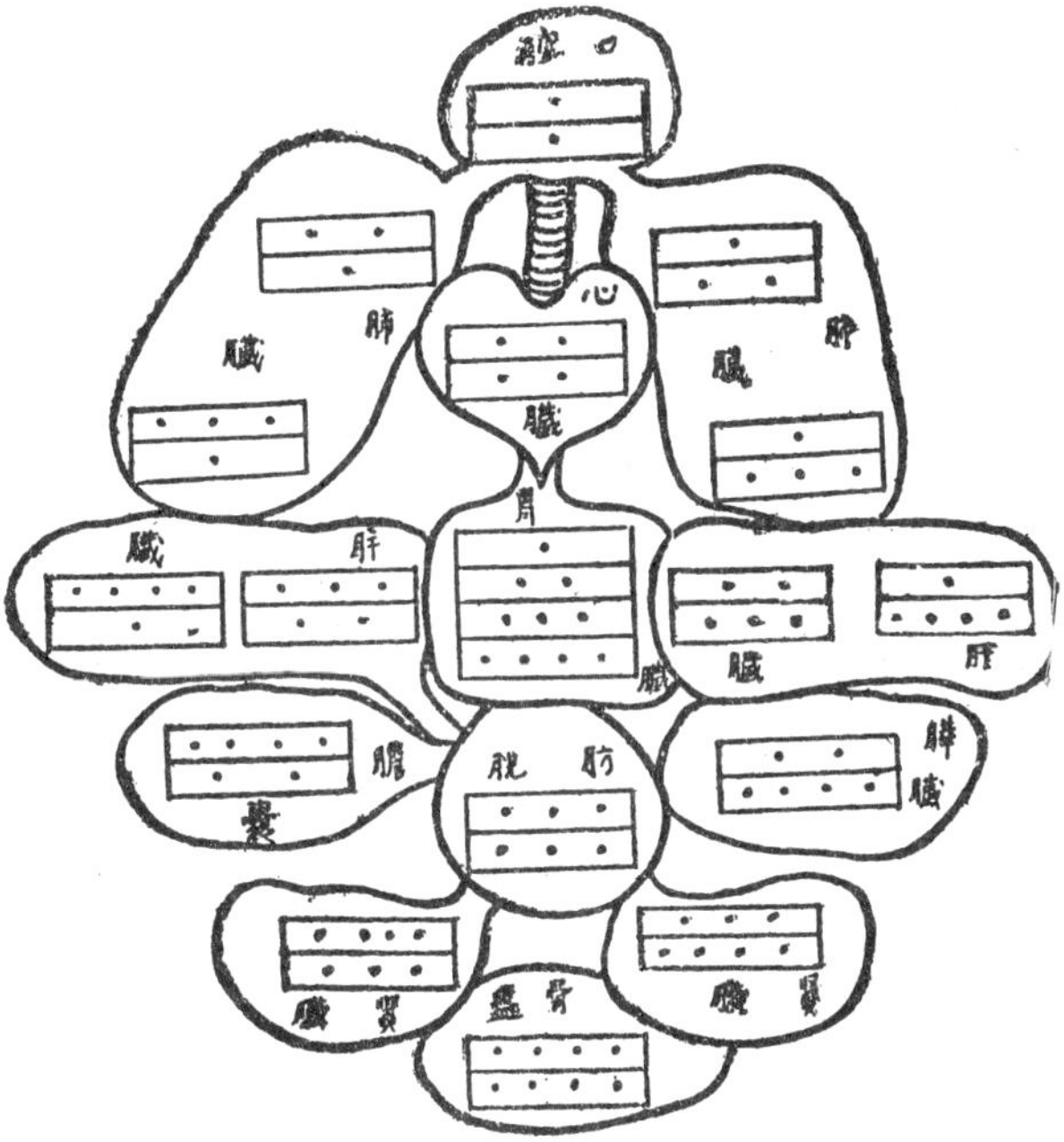

「宇宙乾坤の活動を五尺の體軀に秘めたものが人間である。

と杉森は叫ばざるを得なかつたのである。

「小宇宙――小天地――全大宇宙の眞相が縮小されて構成されたものが人であり、我々の身體であるのだ」

杉森は座敷中をころげ廻つて歡びの叫聲を發するのであつた。若しこの有様を他人が見たならば、彼は狂氣したと必ず思つたに相違ない……。

【五二】

宮地も次回の會合に於て偉大なる發表を爲すべく懸命の研究を爲して居るのであつた。大八島《オホヤシマ》の相から何等かの深遠なる意義若くば像を發見するのが殆ど次回の課題の如くなつてゐるのであるから、宮地の研究も亦この一要件であつたのは勿論である。

彼は大八島《オホヤシマ》の相を熟視した。而して其の神性を次の如くに書き並べて見た時に、相對照する八種の神性が一面は通俗の語に從へば善なる方面を表はしてゐて、其の反面は正しく惡の表現であるといふ事に氣が附くのであつた。

（善）治、興、得、存、安、閑、榮、盛、

（惡）亂、廢、失、亡、危、爭、枯、衰、

而して中央には周邊十六結を構成する基準相とも名づくべき四柱が置かれてある。

「これが大八洲排列上の眼目でなくてはならぬ」と彼は呟くのであつた。

「一面は善の表示で、一面は悪の表示、而して總體を達觀した時に「善惡不二」の妙諦が顯示される斯樣な意義の尊像が傳へられてゐるに相違ない、二面何々若くは中央の基準相を加へて「三面何々」といふものがあるに相違ない。」

宮地は熱心に種々なる圖書を漁つて見るのであつた。その中に彼の冀待した所のものが續々現はれて來た時、彼は

「呼々何たる不可思議ぞ、何たる冥護ぞ」と我を忘れて叫ぶのであつた。

彼の發見した三面像は頗る多かつた。その中最も代表と爲すべきものは、

「三面大黑」

「三面荒神」

の二者であつた。他の三面の尊像はこの二像から出た變相とも見るべきものであつて、何れも其の根本意義は一つである事が知られるのであつた。

三面神像は宗教哲學上重要なる位置を占めるものであつて、生死の二面、善惡の二面、娑婆と寂光

第三十圖

三面大黒

三寶荒神

煩悩と菩提、など宇宙始元の二大神性が一如不二の大々的意義を顯示して、根本的に徹底的に教理の奥底を披瀝するものである。故に三面神像を本尊とする事は、最も有意義なるものであつて、三卽一、一卽三の本源を盡く立證するのである。

若し夫れ三種神器を以てせば八咫鏡、八阪瓊曲玉、草薙劒は其本源に於て一體である。故に大八島相を「草薙劒」とすれば、同時にこれ「八咫鏡」であり「八阪瓊曲玉」でもあるべきである。「三寶具備の尊形」がこの大八島《オホヤシマ》に相違あるまい。夫にしても三面神像を發見した功績は偉とすべきである。會員等が何れも驚嘆するに相違あるまいと彼は深く自から歡喜を覺えるのであつた。

【五三】

神田も亦切《シキ》りに「大八島相」に就いて研究して居た。彼の研究は大八島《オホヤシマ》の相中から八岐蛇《ヤマタオロチ》を見出さんと冀待したのであつた。

「若しも大八島相が草薙劒ならば、其の外輪に若くば其の尾部に當つて八岐蛇が居なくてはならぬ」

といふのが彼の目の附け處であつた。

第三十一圖

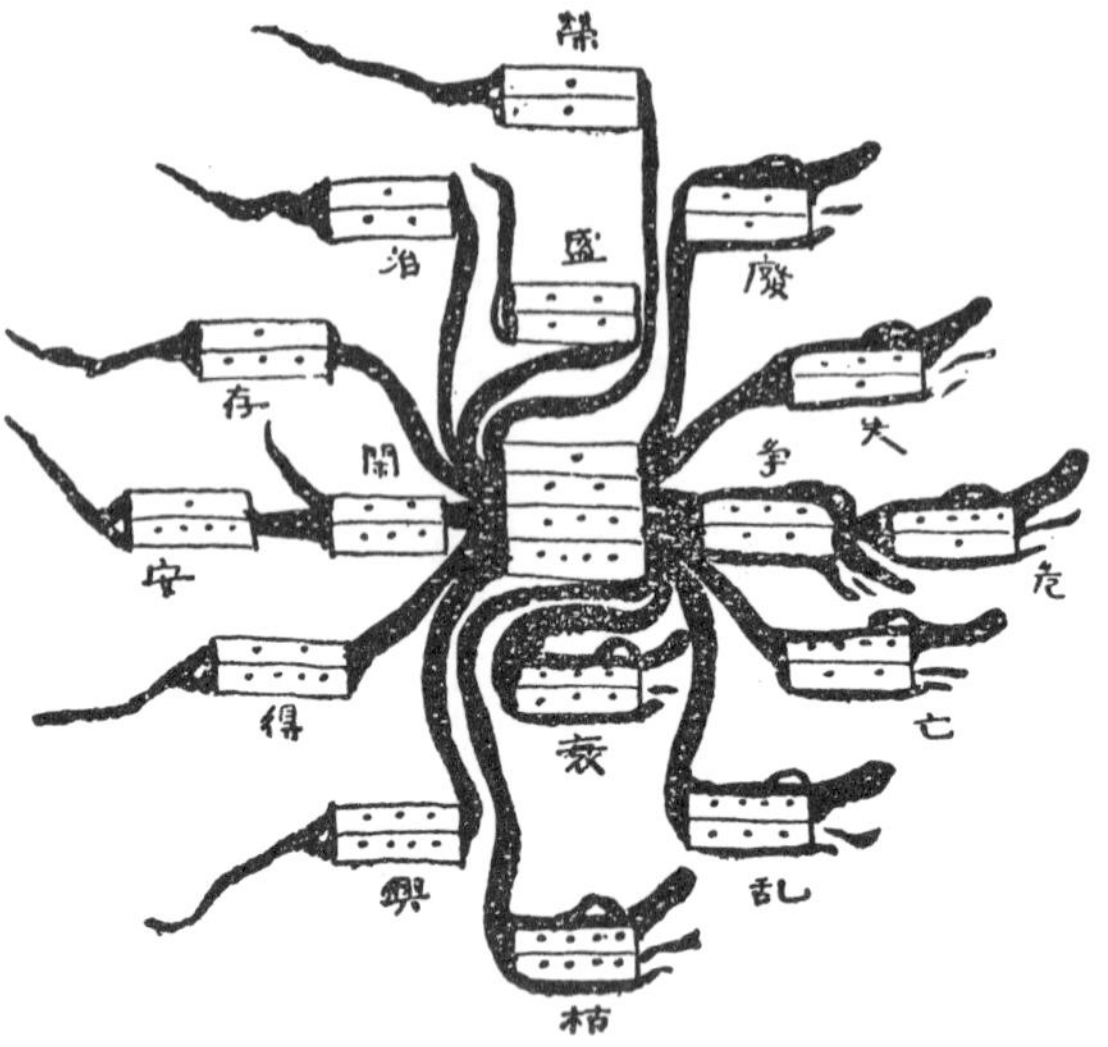

八岐大蛇の相

神田も矢張宮地が爲したと同じ方式を以て、十六神性を分類して見たが、一面は善なる方面で、一面は惡なる方面であることに直に氣が附いた。其處で彼は斯く考へて見たのである八岐大蛇の「頭」の八つは治、興、得、存、安、閑、榮、盛の八つであつて、大蛇の「尾」は亂、廢、失、亡、危、爭、枯、衰の八つである。尾に到つて草薙劍を獲るとは……？

「草薙劍がこれでは「惡」と爲つて來る」と氣が附いて治、興……の方が尾で亂、廢……の方が頭かと考へて見た。

あゝされだ――亂、廢、失、亡、危、爭、枯、衰の惡相を切り剖けて見ると、尾には其對照があるので治、興、得、存、安、閑、榮、盛が尾である。

第三十二圖

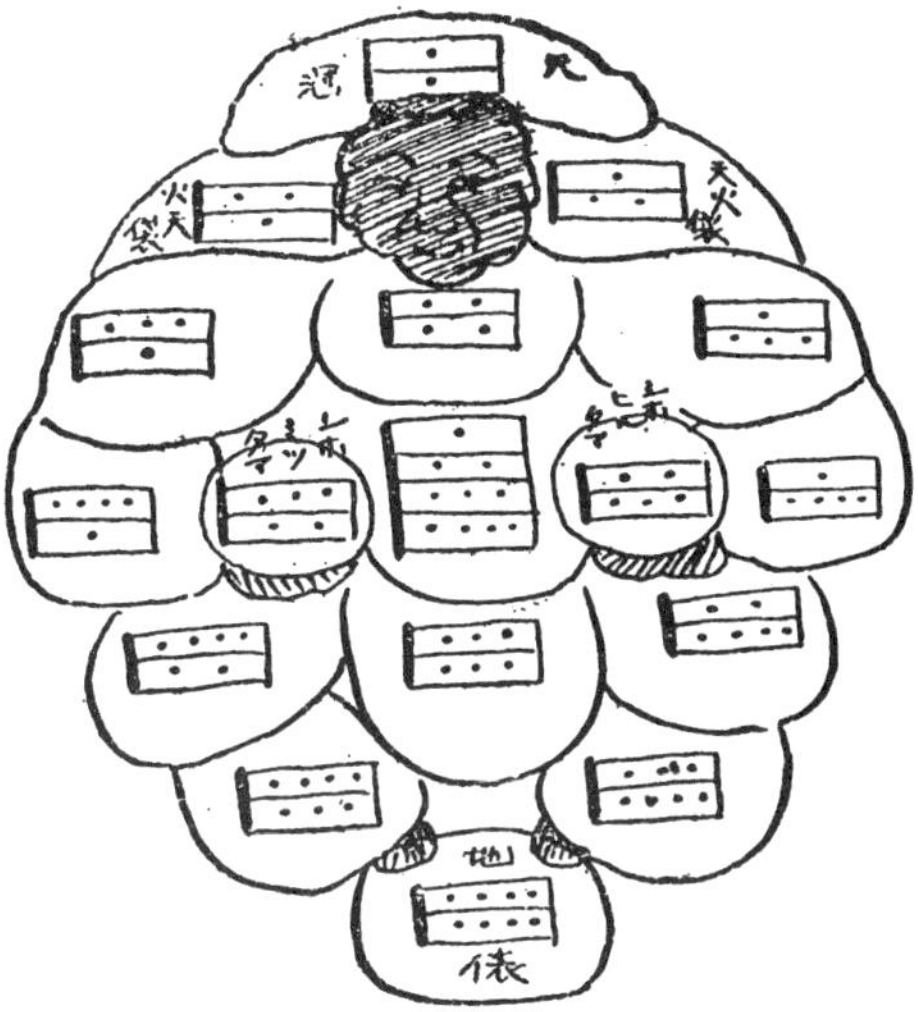

大黑天の像

しかし皇典の意義から謂へば首尾一貫して昭明大和の達觀に至つた所が、一切解決一切無障碍の利劒であるから、頭とか尾とかいふのは解釋が面白くない。何とか今一層徹底した意義を見出さねばならぬと苦慮するのであつた。

俄然彼の思ひ當つたものは「尾」とは最後卽ちヲワリである。大八島を切り分け切り分けして、最後《オハリ》に至つて大悟徹底した所に「草薙劒」があるのである。

「これで完全な解決が出來た」と

神田は咲ましげになつて、大八島の相に頭と尾との形を描き添へて見るのであつた。

「ヤマタヲロチ」

頭八つ尾八つ、

而して切り分けた最後に、天地本來の神聖なる永遠生命の大義が見出される。

「あゝ尊い事だ――」

神田は「草薙劍」が最後《オハリ》の解決であり、宇宙の根本眞理を解き分ける利劍であるといふ意義を知つて無上に喜ぶのであつた。而して或は彼の「尾《ヲ》羽《ハ》張《ハリ》の劍《ツルギ》」なるものが、矢張「草薙劍」と一體のものではあるまいかといふ問題に接したのであつた。

「天之《アメノ》尾《ヲ》羽《ハ》張《ハリ》の劍《ツルギ》」

と幾度も幾度も口に唱へて見たり或は「最後《ヲハリ》の解決々々《ケジメ》」と夜も晝も唱へ續けるのであつた。が彼には遂に次回の會合の日までに其の解決は與へられないでしまつた。「殘念だなァ――」と會合に出る時まで、彼は道々呟くのであつた。

【五四】

皇典研究會の次回の會合が如何に華々しいものであつたかは想像される事であらう。鳥居の「不動明王」の研究「龍」の研究「十字架上の基督像」の研究發表を皮切りに、杉森の「人體禮讃」、「地獄」の研究、最後は「宇宙現象と內臟器官」といふ不可思議な研究發表があり、次て宮地の「三面神像」の報告、神田の「八岐蛇の眞相」等があつたので沸え返る程も――僅か五人の會員だけれども――滿室が緊張味と熱烈さとを以て滿たされたのであつた。何れの研究發表も火の出るやうな熱烈さで全部の發表を終つたのは夜の十二時過であつた。

八神は鳥居、杉森、宮地、神田等の研究發表を聽いて、心の底から喜び且つ其偉大なる發見を驚いたのであつた。併し五人の會員中四人までが世にも珍らしい大研究の發表を爲たのに、自分一人だけが何等發表の資料なき事を痛く悲んだのであつた。「私だつて決して怠ては居らない、一心に研究はしてゐるのだが、彼の人々の如き偉大な發見も創見も出來ない。實に愧づべき事である。次回には必ず何

か偉大なる發見をせねばならぬ」と
八神は遂に其夜は一睡もせずに「天津金木」の前に端坐して深い祈禱を神に捧げるのであつた。
彼は終夜の祈禱に疲れた體を起して、未だ明けやらぬ黎明の天を仰いで見た。有明の月の光が青白う光つて、涼しい風がほてる彼の頰を微かに冷やすのであつた。庭へ出て樹の繁みの間から月光を仰ぐと何となく慕はしいような、一種の感が起るのであつた。
まだ鳥も起き出ては居らない。唯だ月の光と曉光とに映じ出された百合花がほの白う見えるのみてあつた。「ソロモンの榮華の時の極みだに……」と聖書の一句を口ずさんで、百合花に接吻すべく口を花瓣に寄せて見ると、香しい匂が鼻を衝いて得も言はれぬ情緒である。曉天は神代の氣分を味はしめるものである。而して地上の花はこの時天の意を傳へる。
「月は母であつて花は愛孃である。天地の秘密を人間に傳ふべき許諾を花は月に訴へたのでもあらうか」乃至
「それは人間が神秘を探るに最も佳い機會でもあつたのであらう。」

八神の頭には「花」といふ神秘的の表現物に對する眞相が知つて見たい感が起つた。

「野の百合花よ——否な我が庭の白百合花よ……汝《ナレ》は、そも、いかにして咲きつるぞや」と彼は人にもの云ふ如く問ひ寄るのであつた。其時八神の頭には薫しい靈想が宿り來る事を知つたのであつた。彼の靈想なるものは次の如きものであつた。

「八岐《ヤマダ》大蛇《オロチ》といふのは山田颪《ヤマダオロシ》である。文屋康秀《ブンヤノヤスヒデ》が「吹くからに秋の草木の萎《シボ》るればむべ山風をあらしと云ふらん」と詠んだ、その嵐がアラシでありオロシであり、轉訛してオロチである。大蛇に呑まるゝといふ小女の名は、眞髪振《マカミフ》る櫛名田《クシナダ》姫《ヒメ》である。眞髪振《マカミフ》るは草が風に偏れてゆら〳〵と振《フ》る狀態である。草は女性的なものであるから、眞髪振《マカミフ》るが頗る適合してゐる。櫛名田《クシナダ》は櫛稻田《クシイナダ》である。稻田《イナダ》が櫛の如く並んでゐる狀態である。稻田《イナダ》に秋の風卽ちオロチが訪づれる時は、これ卽ち稻の成熟する秋であり、而して最後は稻禾の枯れる時であり、稻の實の收獲される時である。

稻の實卽ち米は成熟して——(秋の嵐に襲はれてこそ成熟すれ)——而してその滋養は醸されて酒とも

成り、一般的に謂へば「乳靡」となつて人類始め生類の滋養となるのである。釀《カ》まれて八鹽折酒《ヤシホヲリノサケ》と成るとは稻の實の滋養の醸化である。

我々は八岐蛇である。櫛名田姫を喰つて之を滋養と爲し、血液と爲し、生命保存の原料と爲すのである。稻實の中に生命保持の劒が宿る。

これが卽ち皇典古事記の八岐蛇の物語の眞相なるものであらう。櫛名田姫《クシナダヒメ》の父母たる手名椎《テナツチ》足名椎《アシナツチ》は手足を椎《ツチ》の如く使用して、稻田を培養する農夫の事である。山田大蛇は年々に來て、この稻田を枯らし且つ稻の實を熟せしむるのである。天地の妙用がこの神話中に普ねく宿されてゐるのである。

須佐之男命《スサノヲノミコト》は植物愛護の神として(現在でも)奉祀されてゐる事は誰も知る所であるが、動物が植物を食して生命保持の糧と成し、植物が動物を肥料として生命維持の根源と爲すの妙諦が、矢張この神話の中に宿されてゐるのである。

稻の實は動物に喰はれて始めて成佛するのである。生命を棄てゝ永世を得るとはこの義である。若し米が人に食はれなかつたならば、彼の生命は人の生命として、復活する事は出來なかつたであらう。

「身を棄てゝこそ浮む瀬もあれ」とはこの義である。「若し一粒の麥地に墮ちて死なずば……」と基督は謂つた。翌年蕃殖する麥の新芽は、一粒の麥が地に墮ちて死んだからの復活現象である。櫛名田姫《クシナダヒメ》は年々に榮えて、如何に山田颪《ヤマダオロシ》が訪づれても、其種の盡きる時が無いのである。「種及び種の起源」は八岐蛇《ヤマチオロチ》の物語に之を求めねばならぬ。八岐蛇の神話は皇典の「大生物學」である。斯樣な發見が溫順な八神によつてなされたといふことは、飽まで一種の奇蹟と認むべきものである。

【五五】

次の會合の日に八神は「八岐蛇」に對する奇拔な新説を發表して一同を驚かしたのは謂ふまでも無い事である。八神の發表が終ると、杉森が

「只今八神氏の發表された八岐蛇神話の解説は非常に我々に感興を與へ且つ研究上に多大の資料と方向とを與へられた事を感謝致します。僕は只今の發表から思ひ附いて少々復活物語の紹介を致したいと存じます」

と前置して「埃及神話《エジプトシンワ》」に於けるオジリスの復活神話を物語るのであつた。

オジリスはゼフ（地の神）とヌイト女神（天の神）との子で、父の位を繼承して埃及《エヂプト》に君臨した。時は神朝時代であつた。彼の初めて誕生するや「萬物の主降誕せり」とテベスのバミレスなる者が特別の啓示を受けたと傳へられてゐる。基督降誕の一條とも此事は關係がある。オジリスは成長して其の祖先の失敗した所に成功したが、此は其妹にして且配偶なるイジスの人を魅する力に依れりと申してある。オジリスは人民に初めて其養料となるべき植物を敎へ、小麥大麥及び葡萄樹などの栽培を爲さしめ、又た初めて人に鑛山發掘業を敎へ、またトート神と共に大に文藝を興した。（トート神は我が少彦名神に當る。）オジリスは更に埃及以外の蠻民を文明に導き、實に功勞の偉大なるものがあつた。然るにオジリスの王弟にセツト亦の名はチフオンと名くるものがあつて、巧なる謀略に由つてオジリスを箱の中に閉ぢ込め、蓋に釘を打付け、箱の縁に鉛を流して密封し、之をニール河に投じたので、箱は海へ流れて行つた。オジリスの妻なるイジスは慟哭して髮を切り喪服を着け、慟哭の餘り處々方々馳廻りて、人毎に箱の所在を尋ねた。箱は流れてアドニス都市シリアのビブロスに到つたが、藪があつて之を隱蔽した。然るに神屍の功德によりて、藪は大に繁茂して、國王の宮殿の柱に充つる程にもなつた。イジスは天啓によりて、ビブロスに到り、漸く箱を求めて埃及のブトといふ都市に來たが、弟のセットは月夜遊獵に出でゝ箱を發見し、オジリスの屍體を認めて、之を十四分に寸斷し、四方に散じた。イジス再び泣きの涙で之を拾ひ集め、凡ての部分を發見したけれども、唯だ川に流されて魚の腹に葬られたものゝみは得る事が出來なかつた。イジスはオジリスの屍體を求むるや、其の部分の見付かりたる所に一基の墳墓を建立し、十四廟宇の僧官に各自オジリスの全屍體を有すと信ぜしめて祀らせた。

オジリスの悲慘なる受難終を告げ、其屍體は各々墳墓を有するに至つたけれども、神の義憤と人民の報恩の念は、未だ滿足されずオジリスの子ホールスはトート、アヌビスの二神及び敬虔なる隨信者の援助を借りて、セット及び與黨と大に戰ひ、永い苦戰の結果、最後には正義勝利を得てオジリスの後裔、ホールスが王位を占むるに至つたのであつた。而して玆にオジリスの受難といふ事が問題となり、之を蘇生せしめなければ、遂に生命あるものが絕滅の非運に遭會せねばならぬといふ事

になり、イジス、神妹ネフチス、トート、アヌビス、ホールス等はオジリスの教に依て、之を倘ほ

第三十三圖

オジリスを蘇生せしむる魔術

美はしき新生命に復活せしむると同時に、生命の存續に對する秘訣を發見したといふのである。此はオジリスの道と稱したがブルタルクスは「イジスは不死の藥を發見せり」と謂つた。これがオジリス復活の大奇蹟であるのですが、デンデラー及びヒレに於ける浮上彫刻にはオジリス復活の狀態を銘刻してゐる。初には屍體天に向て床上に横臥す。イジス及びネフチス二女神は其の屍を覆はんとするの狀を示し、其手を動かして新たなる骨格を改造するの意を表明す。夫より脚足、半身、頭部等が魔術的手眞似に應じて順次に動き始め、最後に神の全身復活し、急遽横向きとなり、手を其顏に當て、微笑を洩らし頭を擡ぐ、倘ほ他の彫刻にはオジリスが植物の如く生長せる狀を示すもの

がある。木乃伊の臥せる處に於て、一人の僧之に水を洒ぎ、體中より新麥穗高く凸出す。神話によれば是れ名《ナツ》く可からざる者（オジリス）の形が、其の生命を更新する所の水より起り出る所なりと云ふ。

第三十四圖

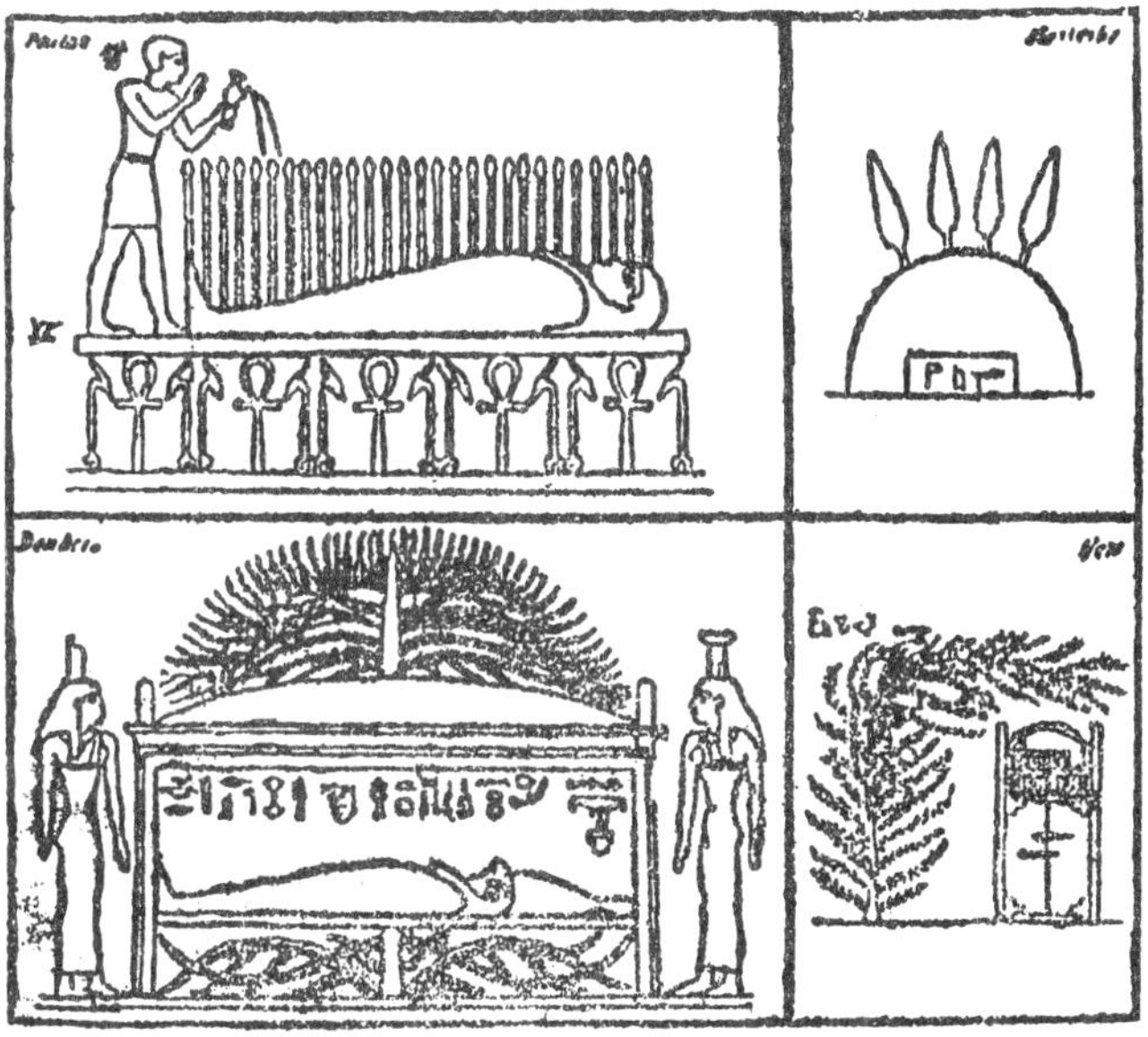

オジリスの陵墓

オジリスの此の復活は生命の永存を立證して、神人救濟の基を開く事となつたのである。基督教の永世思想も其源は此處に發してゐると思はれる。

オジリスの墳墓の狀は種々あるが、今茲に掲ぐる第一圖は僧官がオジリスを蘇生せしむる水を灌げる所で、神體より二十八穗の新芽が出てゐる所、第二圖はイジス及びネフチスがオジリスの墳墓を守れる所であつて、一樹神體より繁生す。第三圖はオジリスの葬られたる陵にして、四本の樹木之を覆へり。第四圖は陵墓の光景にしてオジリスの靈魂が鳥の形を借りて墳墓より發生せる樹枝に止まつてゐる所である。

プルタルクスの說に曰く「太古オジリスはニール河を表現して地の表現なるイジスと配合し、セツト、チフオンはニール河の岐れて流れ入る海なり。故に埃及の僧侶は海を忌み嫌ひ、鹽をセツトの泡なりと云ふ。オジリスは一切人類の始源、一切生產物の根源、一切種子の本質にしてセツト、チフオンは之に反し、火熱の始源、旱魃の原因、人類の仇敵なり、チフオンがオジリスの陷穽を設くるは旱魃がニール河の溫泉を吸込みて、炎威を逞うするの表明なり、オジリスの身體が箱の中に閉込められたるはニール河の減退して消失するを示すに外ならずしてホールスが其後セツトを打破りたるはニール河が氾濫して再び全地を濕すを意味す」と

希臘の學者は曰く「チフオンは太陽界を示し、オジリスは月界を示す。月は夜間露を降し、濕氣及び肥沃の本源にして、動物の繁殖及び植物の發生を助長するものなれども、太陽は之に反して炎威

第三十五圖

オジリスの死去

イジス　オジリス

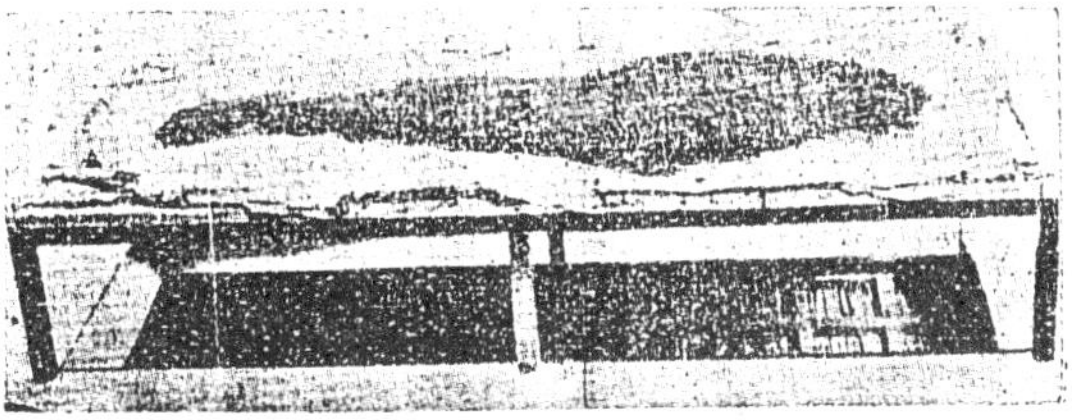

死者蘇生の狀（草木發芽の形狀）

ポムペイに於けるイジス神廟

を逞うして以て地を旱魃にす」と

フラゼル氏はオジリスは農神の一にして、毎年收穫の時に麥刈鎌の刄に懸りて寸斷せられ、播種の季節に葬られて、春來れば新たに萠芽す……即ちオジリスは種子が雨の爲に土中に濕さるゝが如く天と地より生れ出でゝ、人々に農業の富源を啓示す。然れども成熟の年に殺されて、其身體寸斷せられ、埃及十四郡を膏腴ならしめて、頓て草木又は麥穗の形の下に發生す云々……と

オジリスの死は、我が皇典の須佐之男神《スサノヲノカミ》並に大國主神《オホクニヌシノカミ》の物語と符節を合すべきものであつて、生物の子々孫々の生命存續を傳ふる「大生物學」、「根本生物學」の顯示である事は、決して動かぬ所です。埃及民間の物語にはオジリスを「麵麹の魂」（バタオウ）と云ふのでも疑なき所であるが、この神話が根本を爲して、基督教の基礎を構成してゐる事も亦疑のない所と信ぜられます。

オジリスは殺害、寸斷、埋葬を甘受して、萬民救濟の爲に自ら犧牲となりて、救世主となつた。勘忍と希望とを以て一切人類に善き死の道を示したのである。是れ聖書の所謂「死に忠實なれ。我れ汝に生命の冠を與へん」と云ふ意にして、使徒ポーロが「身體は朽敗して播種せられ光榮の身とな

りて蘇生す」と反覆したと同意義である。人生の歸趨も亦草木の榮枯と同じ道理である事の立證、未來永遠の春(天堂)に對して切實なる希望を囑した埃及神話は眞に宏遠なる大眞理を物語つたものである。現代の學者が如何に努めても、この太古の大神話の如き大眞理の發見は難いものです。皇典の須佐之男《スサノヲ》、大國主《オホクニヌシ》神話中より聖書以上の聖書、宗教以上の宗教を見出し得なかつた事は、我が國民の大なる恥辱であつたのです。然し何事も時期の問題です。麥の穗の出づるは何時の時ぞ櫻の花の咲くのは何時の時ぞ」

杉森のオジリス遭難物語は長かつた。しかし一同は多大の興味を以て之を歡迎し且つ大に思想の袋を豐富ならしめたのであつた。

この時神田が頓狂な聲を出して一同を呼びかけた。

「諸君、僕は今突差の間に偉大な靈感に接したよ。それを物語るべく餘りに惜しい氣がせるが、諸君に發表致します」といつて一同の驚く顏を心地よげに見遣りながら、

「僕はクサナギノツルギといふ名稱に就いて長い間苦しんで居たが、これはクサナリノツルギでナリ

がナギに轉じた事を今忽ち知つたのです。クサナリは×形《クサナリ》であつて×狀といふ事です。×は十とも書く事があるが、十六結びの天津金木方陣排列は卽ち×であり同時に又た十狀であるではありませんか。

エヂプトのスフインクス（女面獅身像）は×の人 Sphynx 卽ち疑問の人の謂であつて、外面如菩薩内心夜叉とは女面獅子像を謂ふのであつて、ヤシヤとはエクスの訛りであるのです。

×をロオマでは田書いてゐるなぞは、愈々方陣排列の眞相表示ではありませんか。×はクシとも響いて我が奇（クシ）に合致してゐます。

クスリ（藥）は醫藥の奇效をクスと謂つたのでクスにリを添へるのはクスクス笑ふをクスリ／＼笑ふと云ふに同じく一種の添語である。支那で之をヤク（藥）といふのは×をクと發音して音勢を强める爲にヤを添へたので西洋でもクスをエクスと謂つてゐます。

兎も角も×は非常に神秘的な奇怪な發言の文字ですが、我が草薙劍が神秘的な意義を多量に具へてゐるに對應してクサナギはクサナリであり、ツルギのギも×に相違ない。切（キ）るは刀と物とが交又して×の字形になるをいひ、クム（組）は×をクと發音したので、ムス（結）はクスをムスと訛つたものに相違ないのです。天津金木に於てクムといふ語が如何に緣深い語でせう。而してムスビといふ語も……

我々は×狀《クサナリ》に導かれて將來幾多無量の神秘を探る鍵を投げられた感があるではありませんか」神田が滔々と述べ立てた時一同はこの神秘不思議の新發見に驚かされたのであつた。「眞にクシキ發見だクスクス笑ふ所の騷ぎてない」と杉森が妙な發音で感歎の聲を發したので皆が思はずクス〳〵笑ひこけてしまつた。

「日本で醫師の事をクズシといふのも×の人の義で、病を轉じて健全と爲し、死を轉じて生に復するの義を讃歎したものでせうね」と鳥居がまた眞地目に×を問題にして來たので、一同がさま〴〵に×に對する感想を述べる事になつた。

「勿論さうでせう。藥師如來なぞもヤクシ、ヤクス、の發音で木村鷹太郎氏の日本太古史では希臘神話のヤッコスに關係づけて例の酒は百藥の長を高唱して居ますよ」と杉森が自分だけ知つたような

へす。すると杉森も負けては居らず、
「杉森君の酒物語には隨分一同が醉はされたのだが、酒よりは菊の水の方が長壽藥ですよ」とまぜか
顏で言ふ。すると神田が
「菊と謂へば菊はXrysanthemumは「禁裡樣《キンリサマ》の御紋《ゴモン》」の發音に近いと謂はれてゐるが、菊は太陽（十字）の象徵であるから、日（太陽）といふ字をクサxaと讀んでクサカベ（日下部）といふが、此處に鏡劍一如の神秘が含まれてゐて非常に妙味があると僕は思ふ。神田君の菊水に今度は僕が醉はされた譯だ」と大聲に笑ふ。すると神田がまた、
「藥は卽ち毒で毒は卽ち藥といふ事があるよ。×には陰欝、陰秘、屈曲、私曲、紛糾、錯雜、傾斜、挫折なぞの意味もあるではないか。して見れば×の一面は八岐大蛇の頭で一面は尾となる道理だ。晝夜の境を撤廢し、藥毒を一如し、善惡正邪を不二と見、生死を超越し、煩惱卽菩提、婆娑卽寂光の境地が所謂達觀世界ではあるまいか。一切の封建的差別的見地を其儘に達觀の世界に入るのが×を正解したものではあるまいか。醉ふも醒むるも最早や問題に非らずだ。杉森君以て何と答へ玉ふ

か」と超然として涼しい顔をせる。

「それは僕のいふ事だよ」と杉森は眞赤になつて、「僕がオジリス神話を紹介したのも其の意味であつたでないか。ヌス（盜）といふ語も×の發音ですよ」とむきになる。「ヌス」（盜）は酷《ヒド》いね。しかしもうクツ（屈）して置かう。其處らで誰かクサミでもするとわるいから、とはいふものゝ宇宙の×に對して正解し得るものは單に我々あるのみだね。×を永久に解き得ぬ人間を流轉輪廻の衆生といふのだ」と笑ふ。

「ク（苦）もグ（愚）もヤク（厄）も皆悉く×から出てゐるから妙だ」と宮地が謂ふ。

「クサナギ研究には×（十）を除いては到底おもしろい發見は出來ない」と一同が打解けた笑聲裡に一座が一層緊張味を加へたらしく見えた、この時

「又た天津金木の方陣排列から見て僕は更に諸君を驚かすべき一つの解説を思ひ着いたよ」と神田は叫んで、

「天津金木の方陣排列は見方によると三の形が上下左右にむらがつてゐる形であるから中央の目を變

じて亖と爲すべきものと斷定せなければならぬ。而して隨つて其名稱も雲狀排列とせなければならぬと思ふ。亖は正しく層雲の狀でなくてはならぬ。雲形が上下左右にむらを爲してゐるので、むらくもではあるまいか」

第三十六圖

「而して更に」と神田は聲を高めて「而して更に亖の形は直にこれ文字であつて古代の×の發音を表はす亖の字原でなくてならず、また我が祓に使用する御幣《ゴヘイ》の形でなくてならず、×の古字たる丰でなくてならず、

支那文字の串《クシ》の字原でなくてならず、

「×形《クスナリ》のつるぎ」はまた「丰《クシ》なりのつるぎ」でなくてならぬ。

斯樣な道理で天叢雲《アメノムラクモ》もくすなりもくしなりも同一のものである事が知られるのです。

このくしき「くしなりのつるぎ」を以て天の八重棚雲《ヤヘタナクモ》即ち叢雲《ムラクモ》を伊頭《イツ》の千別《チワキ》千別《チワキ》て一切萬有の根本解決を成就し、本來相を究めて根本潔齋するのが大祓《オホハラヒ》の行事ではあるまいか。これで草薙劍の眞相は粗ぼ解決した譯であるが、更に我々はこのむらくもなす雲狀排列の內容に如何に奇《ク》しき靈物の宿り居るかは、我々自身が須佐之男神と成つて切り分け切り分け最後《ヲハリ》に到るまで些細に研鑽せなければならぬものと思ふ。諸君大にそれ努め玉へ」

神田のくしき解說には一同が大に驚かされたのであつた。而して一同が

「然り〳〵、我々は徹底的に八岐蛇を解剖し盡くさねばならぬ」

と非常に緊張した態度を以て口々に言ひ張るのであつた。

【五六】

神田の解說が終つて暫くしてから宮地は徐に、

「杉森君のオジリス神話の紹介は大層有益でしたが、僕も復活神話の一つとして日本武命《ヤマトタケノミコト》の『白鳥神話』に對する感想を一言述べて見たいと思ひます」と云つて、次の如く述べ初めた。

「日本武命の白鳥神話は、矢張草薙劍の物語の連續であつて、草薙劍の研究には、日本武命を離して

考へる事は出來ません。白鳥神話の梗概は次の通りであります。

「日本武命」が崩御遊ばされて「八尋白智鳥《ヤヒロシロチドリ》」に化して、天に翔りて處々を飛行されました、そこで其后《キサキ》や御子《ミコ》が其の白智鳥《シロチドリ》を追ひかけて、鳥の止まる所毎に「御陵《ミササギ》」を御作になるといふ物語で、埃及神話に餘程よく似た所があります。其の后や御子の追ひ従ひ給ふ道すがら、お歌ひに成つた「御《ミ》歌《ウタ》」が、深刻なる宗教的の聖歌であるのです。

古事記には

此時御病甚急《コノトキミヤマヒニハカニナリヌ》　爾御歌曰《コヽニミウタヲ》　袁登賣能《ヲトメノ》　登許能辨爾《トコノベニ》　和賀淤岐斯《ワガオキシ》　都流岐能多知《ツルギノタチ》　曾能多知波夜《ソノタチハヤ》

歌竟　即　崩《トウタヲヒヘテスナハチカムアガリマシヌ》

日本武命の御生涯は「草薙劒」の御一生であつたのです。其御崩御に當つて最後の「終焉歌」は矢張「草薙劒」を懐かしみ慕ひ給ふ切情の御表白であらせられたのであります。「基督」が十字架上の最後の言葉たる、エリ、エリ、ラマサバクタニ、(神よ神よ、何ぞ我を遺《ス》て給ふや)に比して感慨無量なるものがあります。曾能多知波夜《ソノタチハヤ》の餘韻が、いかに深刻に我等の胸に響く事よ

「草薙劒」を外にして「日本武命」は解せられません。

爾《カレ》 貢上驛使《ハユマツカヒヲタテマツリキ》 於是生倭后等及御子《コヽニヤマトニマスキサキタチマタミコタチ》 等諸《モロ〳〵》 下到而《クダリキマシテ》 作御陵《ミハカヲツクリテ》 卽匍匐廻其地之那豆岐田《ソコノナヅキバニハラバヒモトホリ》

而哭爲歌曰《テミネナカシツヽウタヒタマハク》 那豆岐能《ナヅキノ》 多能伊那賀良邇《タノイナガラニ》 伊那賀良爾《イナガラニ》 波比母登富呂布《ハヒモトフロフ》 登許呂豆良《トコロヅラ》

この歌は人の死んだ時は、妻子眷族が集まつて悲歎する事は、永遠の世を通じて如斯する事であらう。夫は道理至極の事であるが、皇道の本義を知らぬものには止む事を得ぬ次第であるといふ意義である。

於是《コヽニ》 化八尋白智鳥《ヤヒロシロナドリニナリテ》 翔天而《アメニカケリテ》 向濱飛行《ハマニムキテトビイマシヌ》 爾《カレ》 其后及御子等《ソノキサキタチミコタチ》 於共小竹之苅杙《ツノシヌノガリクヒニ》 離足跳破《ミアシキリヤブルレドモ》

忘其痛以《ソノイタミヲモワスレテ》 哭追《ナク〳〵オヒイデマシキ》 此時歌曰《コノトキノミウタ》

阿佐士怒波良《アサジヌハラ》 許斯那豆牟《コシナヅム》 蘇良波由賀受《ソラハユカズ》 阿斯用由久那《アシヨユクナ》

是に「八尋白智鳥」とあるのは命《ミコト》の精靈を申すのです。新約全書に精靈白鳩の如く降ると謂つてゐる。總て精靈を白鳥に見るのが神典の常であります。

阿佐士怒波良《アサジヌハラ》の御歌は、精靈は天を翔つて自在の飛行があるけれども、肉體を具へた我等人間は、自在の飛行が出來ずして、肉體の爲めに種々の勞苦を重ねるのであるが、しかし精靈に感じて忘我の信仰に達すれば、最早肉體のあると無いといふ事は問題では無くして、一如である。信仰が強く固いのが神を慕ふ根柢であるといふ義であります。

又入其海鹽而《マタソノウシホニイリテ》　那豆美《ナヅミ》　行時歌《ユキマシシトキノミウタ》　曰

宇美賀由氣婆《ウミガユケバ》　許斯那豆牟《コシナヅム》　意富迦波良能《オホカハラノ》　宇惠具佐《ウヱグサ》　宇美賀波《ウミガハ》　伊佐用布《イサヨフ》

この御歌も同樣の意義であつて、神と偕ならば何處までも——喩へ大海の中へなりと、逆卷く怒濤の中までも私は厭ひませぬ。信仰の極致は最早一切の身體の苦痛等は問題でない。身を棄てゝ永世を獲るの一筋あるのである。

又飛居其磯之時歌《マタトビテソノイソニヰタマヘルトキノミウタ》　曰　波麻都知登理《ハマツチドリ》　波麻用波由迦受《ハマヨハユカズ》　伊蘇豆多布《イソヅタフ》

この歌も同樣で、我々の信仰の赤誠は、常に神に通じて熱烈なる願求には必ず之に應ずる加護冥福が與へられる。我等は赤子の心を忘れずして、一意專心御跡を慕ふべきである。「何等の疑もなく御跡を慕ふ眞心」が信仰の極致といふものであるといふのです。

是四歌者《コノヨウタハ》　皆歌其御葬也《ミナソノミハブリニウタヒタリキ》　故至今其歌者《カレイマニソノウタハ》　歌天皇之大御葬也《スメラミコトノオホミハフリニウタフナリ》

彼の乃木將軍が「うつし世を神去りまし〻大君のみあとしたひて我はゆくなり」と歌つて殉死されし心情が誠にこの皇典の意義に能く合致致してゐるのです。

故自其國《カレソノクニヨリ》　飛翔行《トビカケリイマシテ》　留河内國之志幾《カハチノクニノシキニトヾマリマシキ》　故於其地作御陵《カレソコニミハカヲツクリテ》　鎭坐也《シヅマリマサシメキ》　即號其御陵《ソノミハカヲ》　謂白鳥御陵《シラトリノミサヽギトゾ》也《イフ》

「白鳥御陵」の由來は右の通りであるが、「日本武命」の復活の深遠なる意義が、未だ國民に知悉せられずして、「白鳥御陵」が宗教的崇敬の標的と成つてゐないのは遺憾な次第であります。

宮地が語り終つた時、一同は嚴肅なる禮拜を天に向つて捧げるのであつた。

「熱田にも「白鳥御陵」があるが我々は未だ一度も參拜した事がないのは宗教的深遠なる意義を知らなかつたとはいへ、非常に敬意を失して居た譯でしたね」と

暫く經てから八神が云つた。宮地は敬虔な態度で

「全くさうでしたね。畢竟我々はまだ宗教的の熱烈な信仰が足りない事を感じなければならぬと思ひ

ます。劔に肉身の一切を托して、何等の疑も何等の惧れもない態度、信ずるものゝ御跡を慕つて勇猛精進するの大決定がまだ足りない感じが致します。將來我々はこの方面に對する修行が大切と思ひます」

と答へるのであつた。すると神田が

「宗教的信仰に基いて献身的に猛進するでなければ、到底永世といふが如き極致には達せられるものでないと私も慥に信じます。彼の弟橘姫《オトタチバナヒメ》——御承知の「日本武命」にお隨ひして東國の方にまで赴いた寵姫弟橘姫《オトタチバナヒメ》が荒卷く怒濤の中に身を投じて、命の危難をお救ひしたといふ物語の如き、單に我々は其の壯烈なりし當時を思ひ遣る位なものでそれが深遠な宗教的見地に立つて考へて見た事さへないが、眞に弟橘姫の入水の一條の如きは、深遠なる神劔思想の活きた基範とさへ見らるべきもので涙ぐましい程に感ぜられますね」と鼻をつまらせながら云ふのであつた。

「戀愛だよ、あゝ戀愛なるかなだ」と杉森は奇聲を擧げて叫んで「一切は戀愛だ、宗教は神への戀愛だ、阿豆麻波夜《アツマハヤ》!!あゝ何たる深刻なる戀愛の絶叫であらう。地獄の釜の中までも彼と偕ならば辭せずだ。彼とは神であり、劍であり、乃至彼の事だ」と云つて狂氣したやうに狂ひ廻るのであつた。

第三十七圖

白鳥御陵

「杉森が狂氣したよ。非常に戀愛を絶叫する態度は稍々變だね」と鳥居がいふと、

「君等の知る所でない」と杉森は怖ろしい勢で叫んで「僕は熱烈なる信者として今から白鳥御陵へ參拜する」と云ひ捨て席を蹴て戶外へ飛び出てしまつた。

「おい待てよ、君何處へ行くのだ」と一同は杉森の後を追驅けるのであつた。夜は痛く更けて家々の戸は悉く閉されて居た。杉森の後を追ふ一同は暗い夜道をあえぎ〳〵「白鳥御陵」の方へ馳せ行くのであつた。

【五七】

十月一日の例會には三つの注目すべき發表があつた。一は鳥居の「生物の進化に就いて」二は杉森の「原子排列に就いて」三は神田の「尺度の基準に就いて」といふのであつた。

鳥居の進化論に對する研究發表は次の通りである。

「ダーウヰンの進化論に依りまするると、生物は永遠より永遠に渉つて進化を爲して行く可能性が認められまするが、進化の可能性といふものの根柢は果して何に基くのであるかといふ事を研究する必要があると存じます。

勿論事實に於ては進化の可能性を失つて、種の絶滅を見る事も澤山あるのでありまして、太古の動物の遺骨等が化石と爲つて掘り出される事もあり、現在地上に生存してゐる生物中にも漸次退化し

つゝあるものも認められまするので、強ち進化のみと限らないやうでありまするが、其の退化とい
ふ事がその實、よく考へて見れば進化の可能性を却て立證するものであつて、生物の機能が常に變
化する事――夫は進化もあり退化もあるが要するに變化し得るといふ事が、進化可能の立證であつ
て、退化といふ事は進化可能の放棄といふ事に成るのです。進化を光明に向ふ所以と見れば、退化
は暗黑に向ふといふ事になつて、暗黑の最後は死であり、種の絶滅といふ事になるのです。
然り而して其の光明に向ふ進化と云ひ、暗黑に向ふ退化といふ事は何に基くかと云へば、僕はそれ
を生物其物の信念の如何に在りと信ずるものであります。生物に信念といふものがあるかといふ疑
問が必然起る事と存じまするが、僕には確に在るものと信ぜられるのです。「活きんとする努力」こ
れが一般生物に對する信念の根柢であると存じます。活きんとする努力は克く圏境を支配するの力
を發揮するのであるが、この力に乏しいもの若くば弱いものは漸次機能を退化せしめ、遂には生存
に耐へずして死滅するに至る譯であります。
單に活きんとする努力といふのみでは、人間の如き高等なるものに對しては盡くさない言葉の如く

聽えますけれども、矢張詮じ詰めれば「活きんとする力」といふ事で宜いのだと信じます。活きるにも色々ありまするが、永遠に活きんとする信念――これが人間に於ても最も奥底の最大要求でなくてはならぬものと存じます。

活きんが爲めに生存競爭を爲し、弱肉强食を爲すといふ事は、或る一時的の努力であり、範圍の狹い信仰であつて、眞に活きんとする力、永遠に榮え永遠に存在せんとする信念は、萬有と偕に共存し共榮し、相互扶助せなければならぬといふ決論に達するので、活きるといふ問題は非常に根本的であり且つ深刻なるものと申さねばなりません。

現今の進化論者の中には尙ほ生存競爭弱肉强食を自然法と心得て優勝劣敗を皷吹してゐる者もありまするが、我々人類としては飽くまでも永世に立脚して、共存信念の上に健實なる勇猛心を抱くでなくては、或は人類絶滅の期が無いとも限りません。否必然到來する事であらうと思ひます。

草薙劍は殺人劍ではなくして活人劍です。しかし我々も亦一面には肉を備へてゐます。他の動物の如く肉塊五尺の身です。故に肉體維持に對しては最も巧みなる環境の順應と、環境支配の力とを備へなければなりません。この肉體持續の方策として物質文化の賜を飽くまで貴ばねばならぬのですがしかし物質とは靈の逆流に外ならぬ物であるから、靈力の强度に應じて自然に物質構成は發現されるものです。故に我々は靈力發揮を根本律として勇往邁進する事が最も肝要なりと信ぜねばなりません。信ずる念が先に立つて、與へられる事は附屬物なんです。

我々が微生物時代から最も高等なる生物にまで達し得た過程には、祖先の幾多無量の信念が貫徹しでゐるのです。母胎内では元始體から現今までの進化の順路を經過するといふのであるから、人類の祖先以來の奮鬪努力がいかに貴いものであつたかゞ思ひ遣られるのであります。

蛙の卵がオタマジヤクシに成り、オタマジヤクシに脚が生え、手が生え、顋が肺に變じ、水棲動物が兩棲動物に變化する、その進化の偉大さには喫驚せねばならぬものがあります。卵が青蟲に化し青蟲が繭を作つて蛹に成り、蛹が蛾に成り、蛾が卵を產むの妙諦は何たる奇蹟でありませう。埃及のミイラが蛾に成る事は不可能でも、蠶の蛹は何れも皆な蛾に化り得るではないか。一粒の麥は地に埋まつて、再び若々しい芽を生じて來るが、我々の骸からは若々しい子孫は生じて來ない。

しかし我々にも不死の細胞が備つてゐる。彼の生殖細胞がそれである。子々孫々の脈統が生殖細胞に基いて永遠に若々しく復活する。若しも杉森君をして謂はしむれば、一切の神秘の奥底は戀でなくてはならぬといふ事に成ります。

僕は不粋ですから戀の物語は出來ませんが、斯様な意義から考へて參りますると、結婚といふ事の如きは非常に深遠な意義があるものと存ぜられます。若し夫れ遺傳といふ問題の如きに至つたならば、更に複雑な關係が生じて來るものであつて、優生學とか優種學とかいふ方面の研究も、大に興味ある事柄と思はれるのであります。

更に翻つて生存狀態の內密に探り入つて、酵素とか、刺戟素とか、免疫體とかいふやうな解剖學上の研究內分泌液《ホルモン》に對する有機的共存の機密等に關する研究、更に生物機能の發生に對する原因、細胞の構造及び組織等にも及んだならば隨分おもしろい研究が出來る事と存じます。

現今の生物學は餘りに顯微鏡的であり、結果に立脚し、歸納的にのみ陷つてゐるのですが將來の生物學は、天から降る「天津金木」の演繹的靈解を加味し、彼の卵と精とが相和合して一體の生物を

第三十八圖

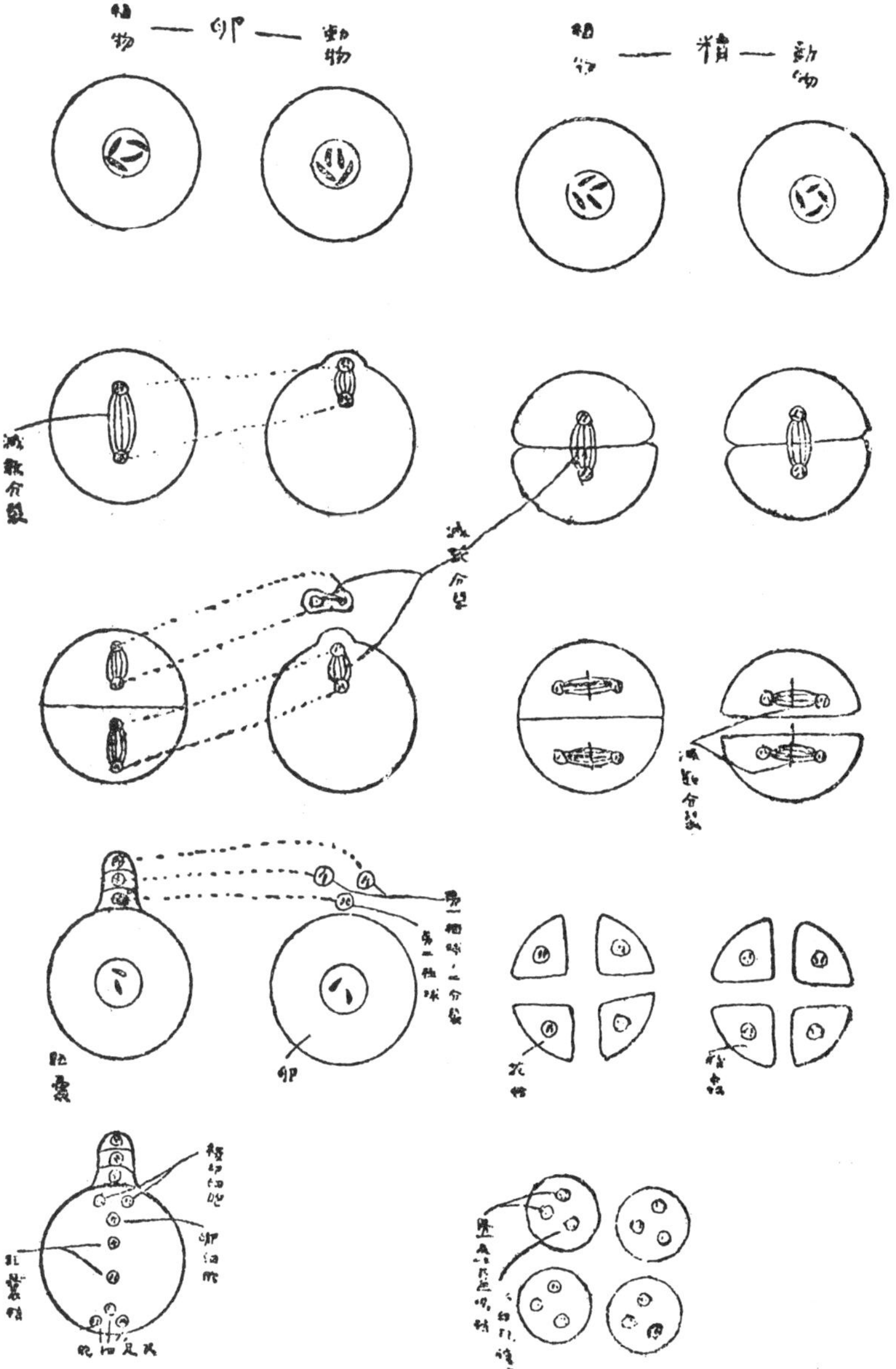

發現するやうな方式に爲して行かねばならぬものと存じます。「天津金木」の構成がいかに顯微鏡的の研究に一致してゐるかは、「卵精一如」の妙諦を目前に示さるゝが如き感があつて、無量の欣快を覺えるではありませんか。」鳥居の發表はこれで終つた。

杉森の原子構造に對する說は次の如くであつた。

「僕の原子構造論はまだ中途のもので今發表するのは稍々早いのですが、少々輪廓だけなりと書いて見たいと思ひます。

要するに僕の原子構造論は現今學者の唱へてゐる原子構造論に根本奧底の種子を與へ、中途に彷つてゐる彼等に眞の光明を與へるのが目的で、天津金木排列の構造を以て學者の顯微鏡的研究を統合せんとする企であるのです。

僕がこの研究を思ひ着いて以來、現今學者の著書を多數漁つて見ましたが、科學的研も深遠な處まで漕ぎつけて居ますよ。

また一面我々の金木研究に多大のヒントを與へ、好資料を提供して吳れる點も多いのです。彼の周期率の問題なんかゞそれです。周期率も天津金木の最後は統一的權能の中に包容さるべきものではあるが、週期に於て第一週より第七週期を算し、第一輪より第七輪までを排列し、精密に原子番號によつて秩序整然と組織してゐる所なぞは、學界の進歩の偉大なる事を驚歎せねばなりませぬ。我々は是非共天津金木學上に原子排列論の比較研究を爲さねばなりません。僕が少し研究しただけでも、十六結合の圓陣排坐の圖形に修正を加へねばならぬ事を發見した位です。

(杉森が圓陣排列の誤を正したといふのは、中央の四組の發射を廢して、外方へ更に展出した所に四組の結合を構成するのであつた)

天津金木の圓陣排列圖を現今學者の描いてゐる原子構成圖に比較する時、何といふ驚くべき一致點を見出す事でせう。克く仔細に觀察を願ひます。

要するに物質文化は大國主文化であつて、この文化の爲めに學術は大なる進歩を致しますが、根が物質的文化であり、地から生《ハ》えあがる歸納的のものであるから、統一の大能力を缺如し、世の中は愈々混亂の狀態に赴くのみです。

ですから、此處に天から降臨する所の靈的文化、天津金木文化なるものが出て至治の源を築くこと畏れ多くも　皇孫御降臨の如くでなければならぬと思ひます。僕の原子構造批判はまだ仔細に發表するには到りませんが、この研究が如上の如き偉大なる意義ある事に深く御留意が願ひたいと存じます」云々

【五八】

「私は度量衡の中特に「尺度」に就いて述べたいと思ひます」と前置して神田は草薙劍の權威發揚の一方面を私は「世界標準尺」の制定なりと信ずるものであります。度量衡が物質計量の基本として、人類社會の律法を定むる事は、誰も知る所であるが、其の度量衡の基本を定めて萬人に之を守らしめるといふことは、一種の偉大なる制度と申せねばなりません。然るに現今我邦の學者中に、之に關して根本的研究を積まんとしてゐるもの有るを聽かざるは歎ずべき事であります。古史に依れば、我が神代には「天沼矛《アマノヌボコ》」の制定があり、手置帆負《タヲキホオヒ》、彦狹知《ヒコサジリ》二神は「天御量《アメノミハカリ》」を

以て神寶神具等を作成された事が傳へられてゐます。平田篤胤翁は古今稀に見る篤學の士であるだけに、尺度制定に非常なる烱眼を馳せて「皇國度制考」を艸せられたが、何しろ彼の時代では、漸く支那古制の比較や、言語學上の知識を少々應用する範圍位に止まつて、天文學上の知識等も貧弱であつた爲に、あれ以上の研究の出來なかつたのは當然であるが、現今に於ては、幾多の基礎知識も與へられてゐるのであるから、我邦の學者の中から、權威ある度制を發見して、之を世界度制の基本と爲す覺悟が頗る大切な事であると存じます。我邦も大正十一年四月十一日法律第七十一號を以て「メートル法」使用の發令を見たのでありまするが、現今に於ける度量衡の制度としては「メートル法」が其の基礎に置ても、使用の上に於ても、最も權威たるものたるは世界の公認してゐる所でありませう。

佛國に於ては、度量衡の原器は自然界の定數に基いて作らなければ、原器毀損の場合に、之を再製するに容易でないと云ふので、千六百七十年里昂のムートンと云ふ人が、長さの單位を時計の振子(一晝夜に八萬六千四百回振動する)の長さを單位として、後は十進でやらうと云ふことを唱へたのが始めであつたが、後彼の革命亂の起るに及んで延引し遂に一千七百九十年の四月ルイ十六世の時代、當時の僧侶タレイラン氏議會に提議して、之を英國皇立理學奬勵會に協贊を求め、兩國學者の協力に俟つたのであるが、英國は故あつて應じなかつた爲に、佛國は獨力を以て同年十二月之に着手したのである。乃ち佛蘭西學士院で當時の碩學五人を委員として愼重審議し、長さの單位は

(一)一秒時の振動期を有する振子の長さを單位と定むるか。

(二)地球赤道の周圍の長さより割出して單位を定むるか。

(三)地球子午線の長さより割出して單位を定むるか。

の三說あつたが、第一の振子の長さを單位とする說は、地球の廻轉期に變動を生ずることゝあらば、從て長さも亦伸縮するから、其を長さの單位とするは面白くないといふので否決となり、第二の赤道の長さは實測上に不便があるといふので之を見合すことゝなり。第三の地球子午線の長さより割出す事となり、メシエーン、デランブル兩氏に托して子午線の長さを定めしめたが、兩氏は一千七百九十一年より七ケ年を費して、其の結果を發表した。委員は測定の結果に基いて、地球の長徑短

徑の差と長徑の割合を $\frac{1}{334}$ なりと假定し、子午線の長さを測定し、其の四千萬分の一の長さを基本として、之を「メートル」と名づけたのである。メートルは佛蘭西語で希臘語の metror 英語の measure の意を採つたのである。メートル原器は佛蘭の國寶を藏めて置く處と、巴里の天文臺と、博物館と研究所とを兼ねたる處に置く事になり、メートル條約に加盟した國には原器に基き製作した原器を配付する事となり、我邦にも明治二十六年メートル原器二十二號が備へ付けられたのであります。

然るに今日に於ては實際地球子午線の長さは變化することを知つたので、(即ち四千萬分の一の長さは一メートル〇〇、八五六なること)更に光波を測定して基本となさんと研究しつゝあるのであります。

皇典上大神《オホカミ》の大御體《オホミヽ》の御丈《ミタケ》といふ義が明瞭しなかつたので、種々の説も出で、伊勢神宮の心御柱《シンノミハシラ》は徑四寸長五尺(伊勢神宮御鎭座記)等と誤つて來たのであらうが、「天津金木」の寸尺等も大に研究の必要があります。「天津金木」の色彩は太陽の三原色に基く以上、光波測定が尺度基準を定むる原則なるは當然の歸結の如く思はれます。兎も角も度量衡の權威を立てゝ、其原器を熱田神宮に奉祠し、世界萬國の上に之を實施せしめねばならぬものと信じます。諸君の御考へが承りたいものであります云々といふのであつた。

【五九】

燈火親むべき候になつて以來、一層猛烈に成つた會員の研究發表は、到底茲に小發見や特に優れた研究でないものは記錄に止める事が出來なくなつた程發表の數が增して來た。甲論乙駁殆ど徹夜を厭はざる底の、聽いては興味ある事柄も內容に優秀なる意義を見出し得ないものは是亦紹介してゐるの勞にさへ耐へぬ事となつたのである。

併し何《ド》うしても茲に記述せなければならない研究が一つ宮地に依て發表されたのであつた。宮地は近頃殆ど研究狂と呼ばるゝ程の熱心さで皇典に突つて居るので、従て研究の結果も深刻なものであつた

「今日發表致します事は……自分自身としても大なる價値を認めねばならぬと思ひます程有意義なも

のである事を豫め申し上げて置きます」と宮地は劈頭第一に此語を吐いたのであつた。平素は謹直な宮地が、此の語を吐くに於ては如何に偉大なる發表であらうと一同が瞳を見張つたのは云ふまでも無い。

「僕の發表は『大倭豐秋津嶋《オホヤマトトヨアキツシマ》及其變相』といふ題目であります。古事記には大八嶋《オホヤシマ》の中へ此嶋も入れて、大倭豐秋津嶋《オホヤマトトヨアキツシマ》を生み給ふ亦名を天御虛空《アマミソラ》豐秋津《トヨアキツ》根《ネ》別《ワケ》と云ふとして「故因此八嶋先所生謂大八嶋國」としてゐる。これを古來の學者は「故《カ》れ此の八嶋ぞ先づ生みませるによりて大八嶋國《オホヤシマクニ》といふ」としてゐるが、こは訓み誤りであつて、「故《カ》れ此《コ》の八嶋《ヤシマ》に因《ヨ》りて、先《サキ》に生《ウ》みませるを大八嶋國《オホナシマケニ》と云ふ」と訓まねばなりおせん。古來の說では「大倭豐秋津嶋《オホヤマトトヨアキツシマ》」を入れて大八嶋であるが、「天津金木」の排列から見れば、十六結の大八嶋《オホヤシマ》が成立して最後に天御柱《アメノミハシラ》の變形より成立した大八嶋中央の「大《オオ》倭豐秋津嶋《ヤマトトヨアキツシマ》」が發現したので、

大倭豐秋津嶋は此八嶋《コノヤシム》

十六結の外圍の八對嶋が大八嶋國《オホヤシマ》

である事に成ります。故に「大倭豐秋津嶋」と「大八嶋」との關係は恰も細胞に於ける細胞質 Cytoplasm と核 Nucleus との如きであります。

第三十九圖

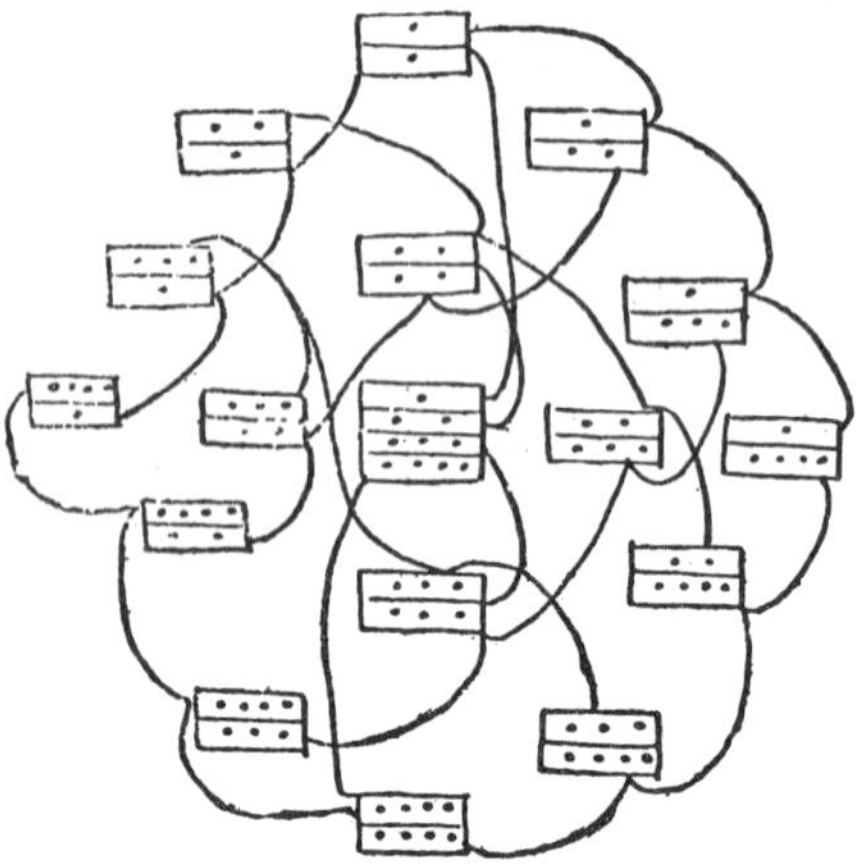

外圍十六嶋　大八嶋
中央四組一嶋大倭豊秋津嶋

「大倭豐秋津嶋《オホヤマトトヨアキツシマ》」なる核の內實を精細に表現してゐるものが、大八島相であつて、「大八嶋」を結晶し純化すれば「大倭豐秋津嶋」となるのであります牝鶏が卵を產んで卵から雛が出たとすれば、牝鶏は親で雛は子であるが、卵から牝鶏も牡鶏も生れて出ると見れば、卵が親で鶏は子である。「大倭豐秋津嶋」は卵であつて、「大八嶋」は雛である。「天津金木」の上から見れば、「大八嶋」は「大倭豐秋津嶋」の自然位が二柱宛の結合で展開された相であつて、一、二、三、四の點目順の排列であります。

然るに中央なる四柱の天津金木即ち大倭豊秋津嶋は單に一、二、三、四の順位結合のみでなく一、一、一、一、ともなり、四、三、二、一ともなり、一、二、一、二――二、三、二、三、乃至二、四、三、一――三、一、四、二等種々の結合が可能であるから「大倭豊秋津嶋」の結合の如何に因つて、外圍の大八嶋相は其色彩其意義が一々變る譯であります。

天津金木四柱の結合は、其變化の可能性が二百五十六種あるのですから、、外圍の「大八嶋《オホヤシマ》」の相が矢張二百五十六種に達すべき譯であります。今二三の例を擧げて「大倭豊秋津嶋」の變相に伴ふ「大八嶋相」の變化の狀態を示して見ようと思ひます。

大倭豊秋津嶋變相其一

第一は「大倭豊秋津嶋」が悉く一、一、一、一を示したので外圍の「大八嶋」も悉く一|、一| 一|、一|…

第一

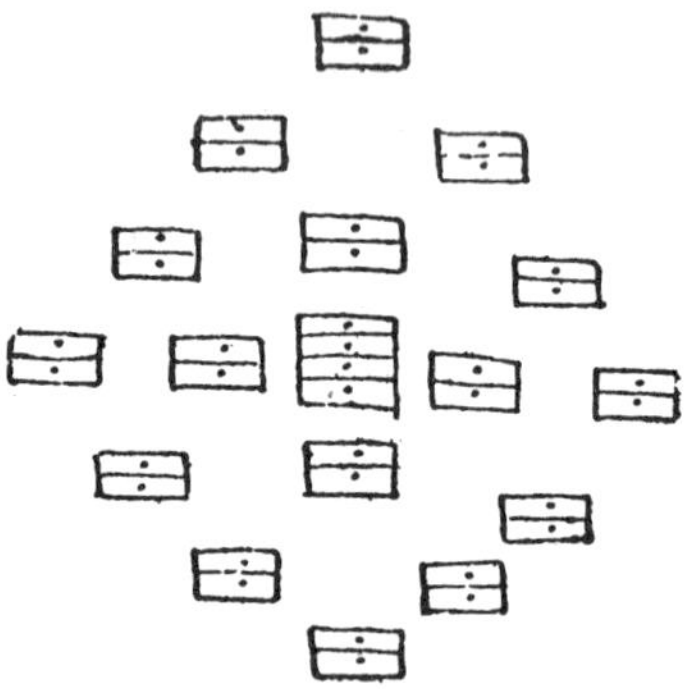

第二

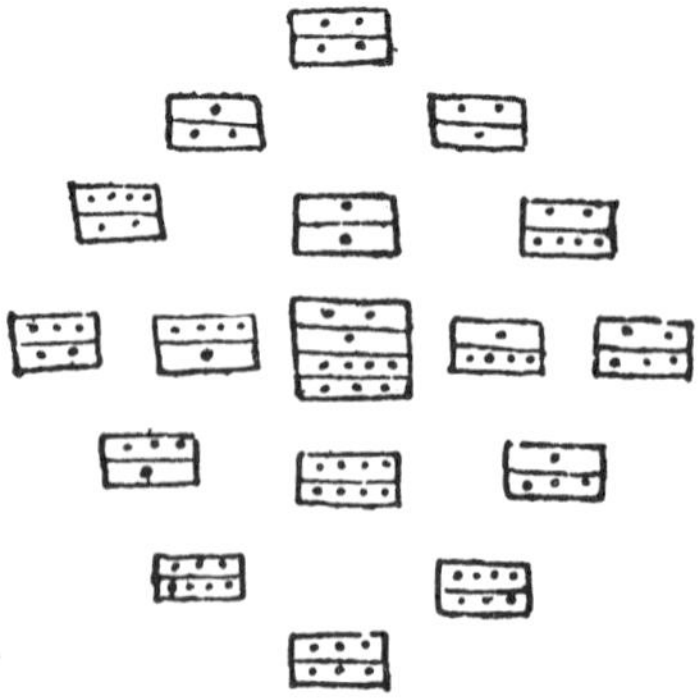

第三

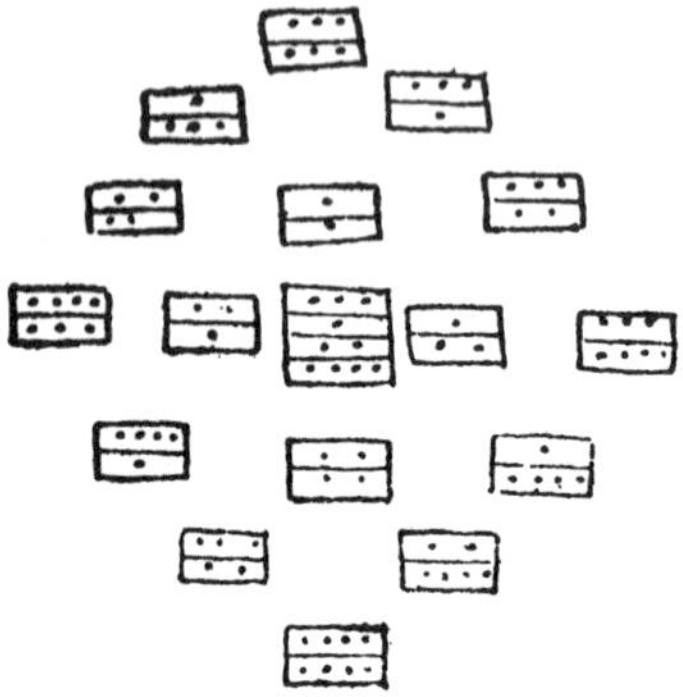

第四

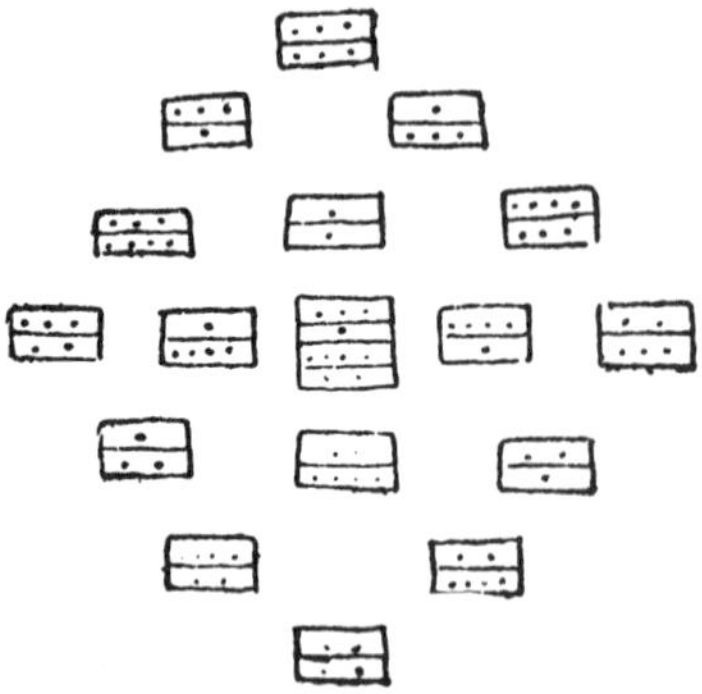

…のみの相を現じたのであります。

第二、は「大倭豐秋津嶋」が二、四、一、三と成つたのであるから、一、二、三、四であつた場合の一が二と變じ、二が四に變じ、三が一に變じ、四が三に變じたのです。

第三、は「大倭豐秋津嶋」が三、一、二、四及び二、一、四、三を現はした「大八嶋」の變相であるのであります。

「大倭豐秋津嶋」は斯樣に中央に位して「大八嶋」を自在に支配するの權能を保つ「天御柱《アメノミハシラ》の變相」でありまして、「天之御中主神」の直統を繼承してゐるのであります。「天御虚空《アマミソラ》豐秋津《トヨマキツ》根別《ネワケ》」は「大倭豐秋津嶋」の靈系名でありまして、この直統の御繼承が漸次に萬世一系に傳はりましたのが、大日本國の御皇統であらせられ、「大倭豐秋津嶋」の直統の繼承は天壤無窮の「大日本國」であるのであります。

「日本國は實に尊いですね……」と鳥居が思はず嘆稱する。

「眞に尊嚴無比だ」と神田が同ずる。

「然らば」と杉森が熱心な口調で「大八嶋といふのは我が地球の事をいふのですか」と質問を發すると、宮地は輕い口調で、

「いや……さうではないのです。伊邪那岐《イサナギ》伊邪那美《イザナミ》の段は宇宙の創造ですから、まだ地球は出來てゐません。大宇宙に中心の「大倭豐秋津嶋」があるのです。故に「天御虚空豐秋津」と申すのです。大宇宙も絶大なる細胞を爲してゐるのです。天體中に幾多の細胞（星團）がある譯です。太陽は卽ち其一つです。而して太陽は太陽系に於ける核であつて「大倭豐秋津嶋」の直統繼承の寂光相であります。地球は太陽から分裂した一個の細胞ですから、矢張その中に中心の核があるのです。夫が日本國です。故に日本國は元始の「大倭豐秋津嶋」には曾孫か玄孫かに當つてゐる「大《オホ》倭國《ヤマトクニ》」です。曾孫でも玄孫でも直統は直統であり「祖孫一體」の意義からして、無始無終の權威であります。萬世一系とは斯樣にして創めて宏遠を證し、天壤無窮とはこの意義に於て深厚であるのです。

「眞に偉大だ」と神田が叫ぶ。

「尊嚴窮りなし」と鳥居も叫ぶ。

「して見ると」と杉森は更に發問して「我が日本國が地球上萬國の中心を占めて居て、世界各國は日本國を擴大したとか、圍繞する所の果實の肉であり、卵の黄味白味に當ると謂つたような譯なものですか」と念を押すと、

「さうです」と宮地は明瞭に答へて「全くさうです。「天津金木」の排列から申せば日本と世界とは左様な關係に成つてゐます。故に皇典を極東日本の事とのみ解したら誤ですし、之を世界歴史の方ばかりへ持つて行くのも誤で、双方に同様な事柄が相映じ相起ると見ねばならぬと存じます」と答へるのであつた。

【六〇】

禱ることに因つて偉大なる發見を爲して來た八神が、更に一層深く熱烈に禱ることに由つて驚嘆すべき事件を發見した事は、玆に特筆大書すべき價値あるものであつた。八神は謙讓らしい口調で

「私は偶然――夫は偶然と申した方が適當と信じますが、一の偉大なる事柄を發見しましたから報告致します」

と謂つて「秋津臀呫《アキツトナメ》」といふ題で、次回の會合で次の發表をしたのであつた。

日本書紀神武天皇の巻に「三十有一年夏四月乙酉朔、皇輿巡幸、因登《テ》二腋上嗛間丘《ワキガミノホホマノヲカニ》一而　廻二望國狀《シテヲ》一曰《ク》　妍哉乎《アナニエヤ》　國之獲矣《クニヲエツ》　雖内木綿之眞迮國《ウツユフノマサキクニハアレド》　猶如蜻蛉之臀呫焉《ナホアキツノトナメセルガゴトクニモアルカテーニ》　由レ是　始有《テリ》二秋津洲之號《アキツシマノナ》一也云々」

とありますが、秋津洲《アキツシマ》の號は古事記によれば、既に伊邪那岐伊邪那美神《イザナギイザナミノカミ》の國土創造にこの名があつて、大倭豐秋津洲《オホヤマトトヨアキツシマ》の名は極めて古いものであるのに、書紀が斯様に書いてゐる事は、永い間の疑問と致して居ました。前回宮地君の「大倭豐秋津洲《オホヤマトトヨアキツシマ》」と外園「大八嶋《オホヤシマ》」との關係を承つて、私は非常に感動致したのであります。其後靜に考へまするど、神武天皇の秋津臀呫《アキツトナメ》と仰せられた語は、神武天皇が創めて仰せに成つたものではなくて、御祖神伊邪那岐伊邪那美二神が大八嶋並に大倭豐秋津嶋を御創造遊ばされた時に、歡喜の餘り仰せられましたものを、東征六年其に幾多の艱苦を嘗められまして、國土を獲給ひ、遂に高き丘に登りまして、四周を御廻望遊ばされた時に、矢張歡喜の餘り天地創造御當時の祖神の御言葉を自然にお唱へ遊ばされたものと信ぜられるのであります。
其の證左としては第一秋津嶋の號が、伊邪那岐伊邪那美二神の御時に既に在つたこと。第二小なる中央の大倭豐秋津嶋と外圍の大八嶋とは倶に秋津洲であつて、大八嶋は大なる秋津嶋、中央の大倭は小なる結晶的秋津嶋であるが、此大小の秋津嶋が密接不離の關係を保つて、中央の變化に對應して、外圍は必然變相を現じ、內外一體相戀ひ相慕ふ有様、並に其の外形までが全く秋津《アキツ》の臀呫《トナメ》し、相交合するが如き狀態なること――實に之れ蜻蛉《アキツ》の臀呫《トナメ》ではあるまいか。

「實に卓說！」と杉森が叫ぶ。

「で私は」と更に八神が語り續ける「天地間の萬象にして一體を爲してゐるものは大は天體諸星の星團から、小は一單細胞に至るまで、この秋津《アキツ》臀呫《トナメ》を爲してゐるものと信ずるのであります。

「同感々々」とまた杉森が叫ぶ。

私は太陽系に對しても考へて見ました。一個の果實に對しても其の種子《たね》と種子を圍繞せる果肉胚乳等に就ても考へて見ました。

「牝鷄と卵との關係もそれだ」とまた杉森が叫ぶ。

「先づ靜に聽き玉へ」と宮地が杉森に忠言する。八神はまた語り續ける、

で私は最も玆に偉大なる秋津《アキツ》臀呫《トナメ》の實體を顯示したいものだといふ念願を起しまして、終日終夜神に禱りました。神は私の誠意を嘉納あらせられたものか、或時私は偶然にも世界地圖を繙いて、世界萬國の形狀を熟視して居りますと、矢張地球上面の相が「秋津《アキツ》臀呫《トナメ》」を爲してゐる事實を明瞭に認め得まして、自分ながら驚いたような次第であります。」謂ひつゝ八神は世界地圖を示しつゝ、諸君。これは何たる不可思議なる現象でせう。先づ我が日本國を種子として……卽ち「小八嶋《コノヤシマ》」として外圍の萬國を「大八嶋《オホヤシマ》」として御覽下さい。

我が四國を眞直に下へ降つて見ると、そら此處に(指で濠洲を指しつゝ)大四國があるではありませんか。

カペンタリア灣は我が備後灘に、

ヨーク岬は我が三崎に——ウイルベルフオルス岬は大隅崎に、

第四十圖

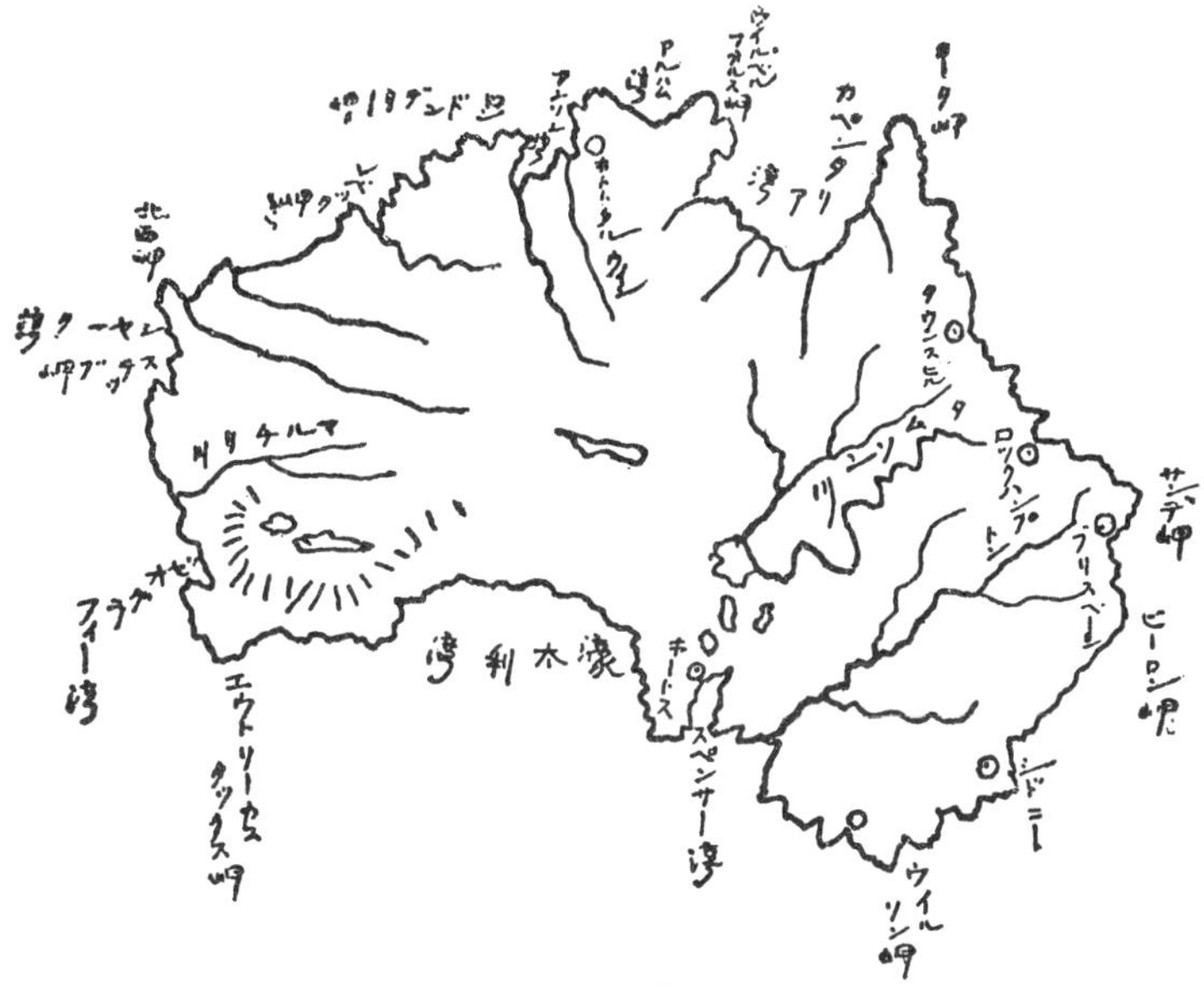
濠太利灣
スペンサー灣
カーペンタリア灣
ヨーク岬
サンデー岬
ブリスベーン
シドニー
ウイルソン岬
ロックハンプトン
タウンスビル
フィラグ岬
マルケラ川
カルンハクチン

濠州

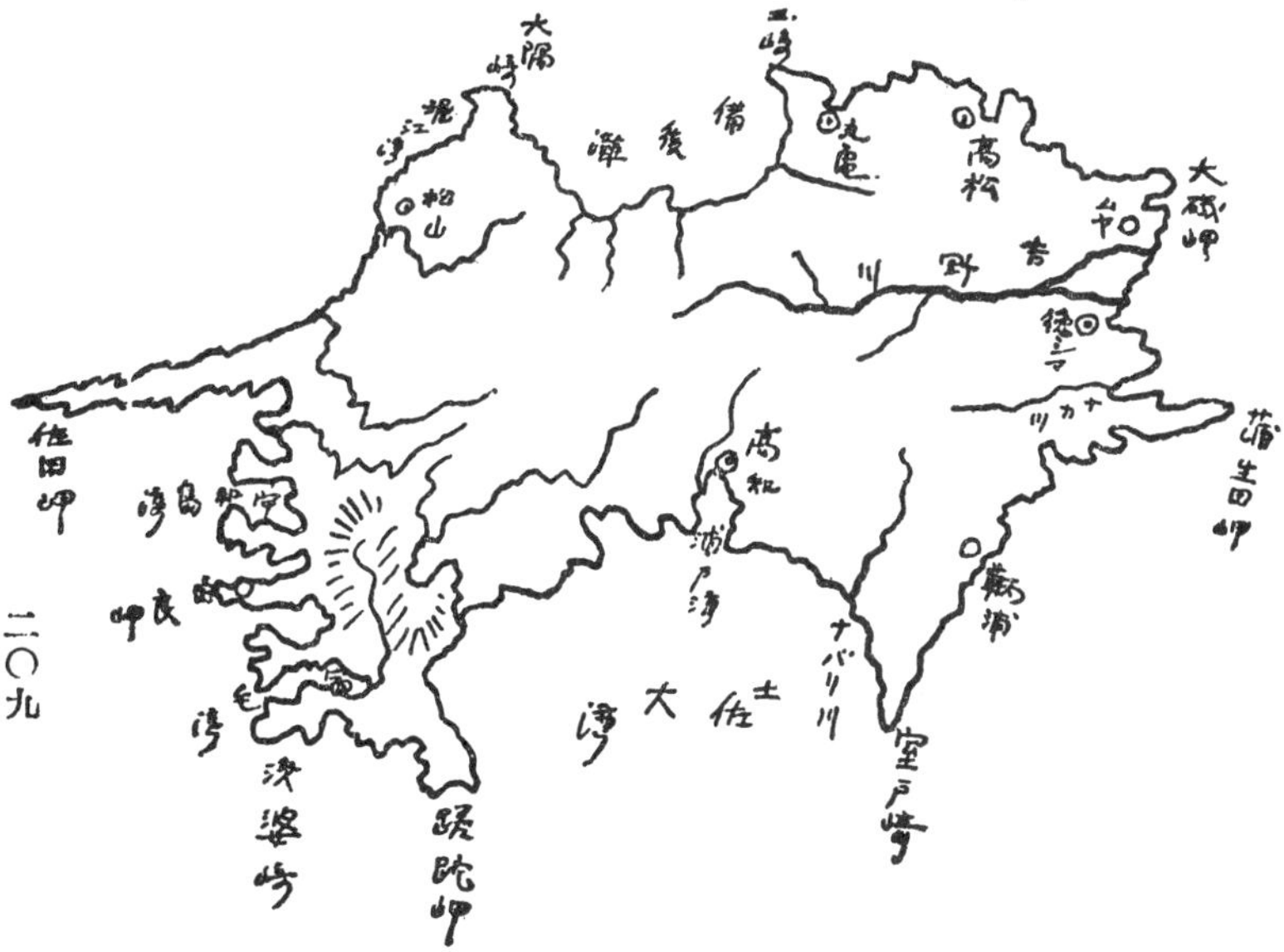
備後灘
大隅岬
丸亀
高松
松山
吉野川
徳島
大磯岬
高知
浦戸灣
土佐大灣
室戸崎
佐田岬
宇和島灣
蹉跎岬

四國

濠太利灣は我が土佐灣に――スペンサァ灣は浦戸灣に、と岬やら灣やら河流やら都市の位置やらを仔細に比較して示した時、一同は一方ならぬ驚きを感じたのであつた。

八神は更に北海道を右に辿れば「北米利加」といふ大北海道があると云つて、

メキシコ灣と噴火灣、ベーリング海峽と宗谷海峽、

セントローレンス灣と根室灣、ニユーフアウンドランドと國後嶋、

フロリダと襟裳崎、

等を始め、一々港灣や山川等を詳細に比較して示すのであつた。

「あゝ眞に神の御言を承るようだ」と鳥居が敬虔の態度で小聲に云ふ。

「何たる不思議だ」と一同が口々に驚歎する。

八神は進んで「亞非利加州」と我が「九州」とを比較し、一々仔細に比較對照の妙相を指示し、我が九州の西北部は出入頗る多くして、岬灣に富んでゐるが、亞非利加の西北部は極めて單純であるのは、

第四十一圖

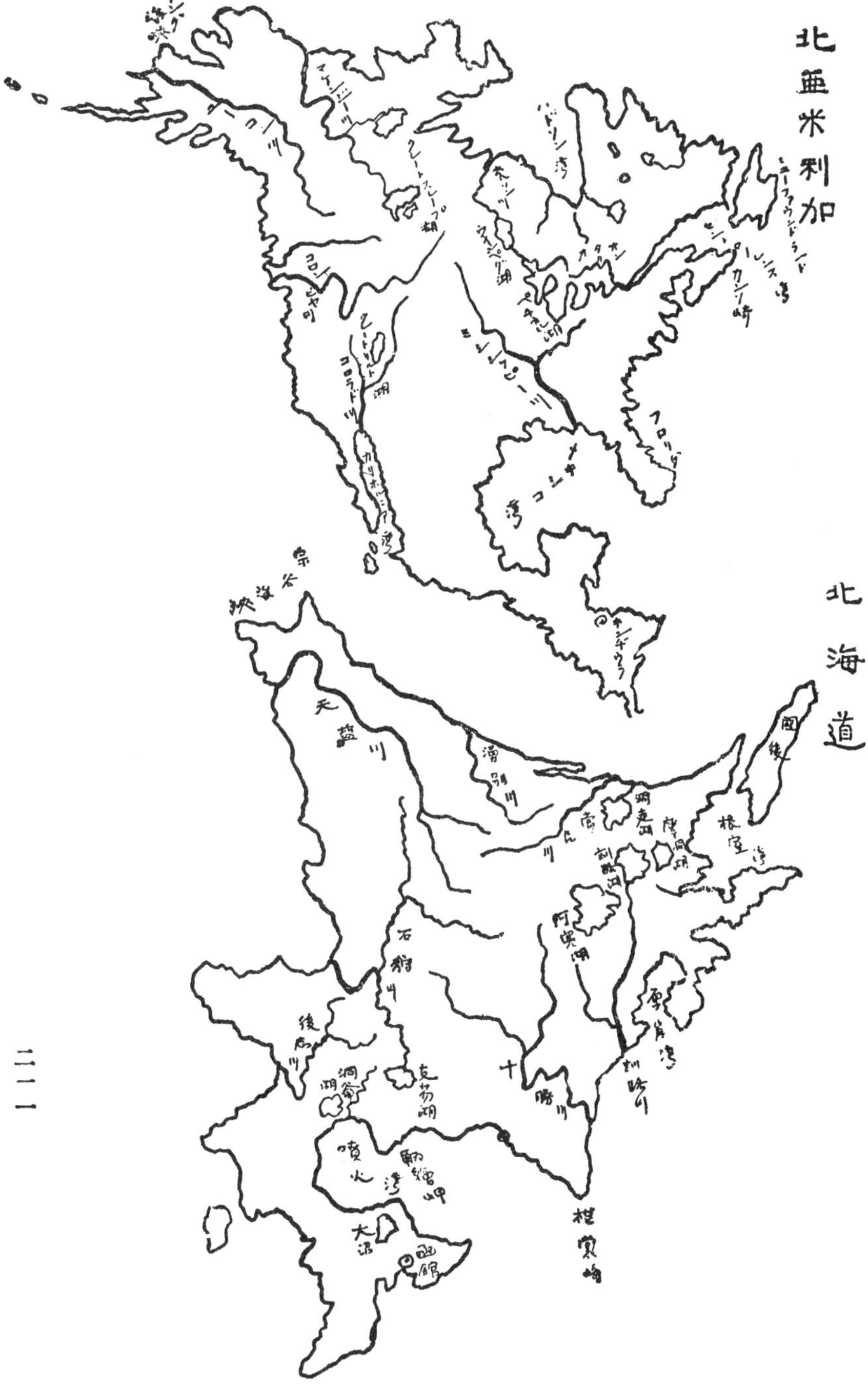
北亜米利加
ハドソン湾
グレートスレーブ湖
コロラド川
ミシシッピー川
フロリダ
メキシコ湾
カリホルニア湾
宗谷海峡
北海道
天塩川
湧別川
網走湖
摩周湖
屈斜路湖
阿寒湖
根室湾
国後
石狩川
洞爺湖
支笏湖
十勝川
釧路川
噴火湾
大沼
函館
襟裳岬

科學世界第五卷第九號を御覽になれば、其理由は明瞭する事です。

大西洋の底深く一萬尺乃至一萬二千尺の處に大陸沈沒の跡を發見したことは、學者の夙に認めてゐる所であります。

此頃我が海軍が日本海を測量した時に、日本海底にも大陸を發見したことは當時の新聞紙上で御承知でせうが、そらこの通り……と八神はスカンヂナビヤ半嶋を指して、日本の方には能登半嶋が其俤を殘してゐるのみで、この大半嶋に對應すべきものがありません、是れも必定海底に沈沒したもので、漸次斯樣な事が發見されて行く事は眞に愉快に堪へない次第であります。

「成程々々」と神田の眼からは玉のような淚がほろ〳〵と落ちて居た。

我が本州と亞細亞歐羅巴大陸との比較の如きは、妙味ある中の更に妙味あるものでありまして、地中海と瀨戸內海との一致は、瀨戸內海を小地中海と呼ぶのでも知られます。私は亞細亞歐羅巴大陸の地圖へ日本の地名を一々書き入れたものを持つて參りましたから御覽くだされば、秋津《アキツ》臀呫《トナメ》の實際が更に一層明瞭する事と思ひます。

第四十二圖

亜非利加
マロッコ
カイロ
ニール川
バルツーム
コンゴ川
ザンベジ川
オレンジ川
ケープタウン
九州
小倉
遠賀川
ナゴヤ
大分
筑後川
天草洋
緑川
球磨川
御池
大淀川
川内川

八神が斯う謂つて地圖を展べた時に、一同の視線が如何に炬の如くこの地圖の上に注がれた事であらう。熱心――それは最早熱心なんて言葉は疾に通り過ぎて、殆ど一同が醉ひ盡くした彼の如く、全く無我無心の狀態で地圖の記入を辿るのであつた。

ほら英國は我が壹岐對島。

ほら山口縣、ほら大阪灣、琵琶湖、

世界で一番大きい湖は日本でも一番大きい湖だ。

ヒマラヤ山が富士山……世界第一の高山が本州第一の高山。

ほら天龍川、ほら伊豆半嶋、鹿嶋灣、牡鹿半島、陸奥半島、

ほら能代川、御物川、最上川、信濃川、

ほら佐渡、隱岐、

と一同は全く應接に暇が無かつたのである。この時八神が

我が日本は小さいながらにも、寒帶溫帶熱帶の三帶に跨らねばならぬ關係上、細長く伸びてゐるが

第四十三圖

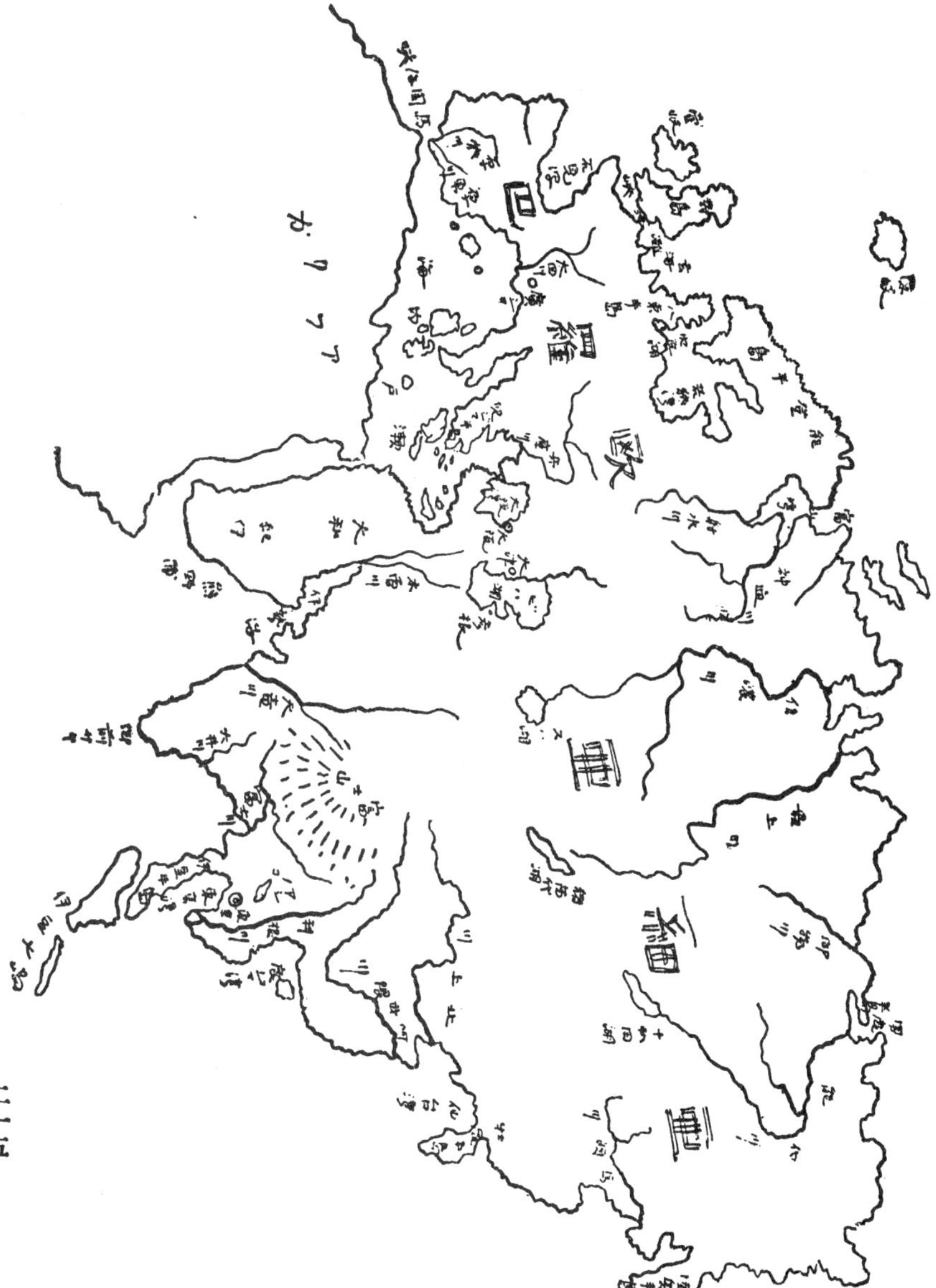

亞細亞歐羅巴大陸を日本本州と見て與へたる地名圖

世界は丸い球面に全部這入らねばならないから短小肥大になつてゐます。この千嶋の有樣を御覽下さい。いかに日本の千島が威張つて寧ろ引き伸ばされて永く聯つてゐるかを、而して世界の千島が斯く狹苦しく押し合つて這入つてあるかを」と謂つて兩者を比較した時、一同は思はず、

「アハ、、、」と哄笑を禁じ得なかつたのである。

八丈嶋小笠原群島南洋諸島が入り混つて、眞に蜻蛉臀呫の極致を現はしてゐるのには、一同が最も快心の笑を漏らさずには措かれなかつた。

「南亞米利加」と「臺灣」との比較を說き終つた八神は、

最も玆に更に妙味のある事柄は、世界地圖に於て大朝鮮が（夫は全く朝鮮の姿で）壹岐對島なる英國の北方に出てゐる事と、其の大朝鮮が大北海道卽ち北亞米利加の東北方へ樺太の半分として出てゐる事で、日本が樺太の半分を所有してゐる意義が、頗る端的に窺はれておもしろいではありませんか」と云つた。

「實に神秘だ」と宮地が感歎する。

オリノコ川
マグダレナ川
アマゾン川
パラ
ラプラタ川
サンフランシスコ川
リオデジャネイロ

南亜米利加

淡水
台北
台中
大肚溪
花蓮港
台南
台東

台湾

た。

「おいもう其邊で止めて呉れ。僕は餘り嬉しくて却て泣けて來るから」と涙聲で云ふのは神田であつた。

「もう止めますよ。これ以上は諸君が如何に細密にでも調べ得られる力を持つて居られますから」と八神は話を切つた。一同の感激は絶頂に達して、最早聲を出すものさへ無かつた。沈默は數刻に渉つて繼續した。

一同の胸深く種々なる感慨や思索が渦の如くに卷き、神の境致に徂徠するが如き譬へがた無い尊い狀態が、各人の心に廻つてゐるのであつた。斯樣な時である。最も聖い偉大なる泉が人間の奥底の或物から湧き出ずるのは。滾々として盡きざる清泉が無限の感激や、清冽なる思索の間から迸り出づる事は珍らしく無い事である。

「僕は一言して見たい事がある」沈默が餘程長く續いた後、漸く微に口を切つたのは鳥居であつた

【六一】

鳥居は深く感激に滿ちた面持で、

「地文學者などが地球の水面上に陸地が顯はれた原因に關して種々の臆説《ヒポテーゼ》を立ててゐるのですが、夫は飽まで臆説であつて、眞説ではありません。木の葉一枚さへ其成因を見る事能はざる人間が、什《ド》うして地球上面の神秘を探り得ませう。智識は盡く消滅すべきものです。而して神の言葉のみが永遠に遺るのです。八神君の秋津臀呫《アキツトナメ》の説の如きは、人間八神の説では無くて神としての八神の説と見ねばなりません。高慢なる學者の跋扈する間は神の説に觸れる事が出來ません。私は秋津臀呫《アキツトナメ》の説に傾聽して、次の如き事柄が思ひ浮びます。

大國主神――夫は諸君の御承知の通り出雲を以て本國として居られます。若しも世界地圖上に於て出雲の國を求めなば何處何國に當りませうか。

さうです、夫は「獨逸」です。獨逸の位置が日本の「出雲」であります。(一同は視線を獨逸に集める)

獨逸は大國主神の本國であつて、物質文明の泉源地です。

大國主神が多勢の兄神達に迫害されるといふ物語は、此の頃起つた世界戰爭が之を立證してゐるではありませんか。獨逸は歐洲に於ける後進國であつて末弟とも見られます。獨逸は多くの先進國に亡ぼされました。

しかし大國主神は必ず復活します。獨逸は大國主神の如く復活します。

されど、しかし獨逸の最後は皇孫に國土奉還を以て終る事を知らねばなりません。大國主神の國土奉還と全く同じ形式に於て……

大國主神の國土奉還の最後の御使として降り給ひしは、夫れ何神ぞ。

謂はずもがな――「建御雷神《タケミカヅチノカミ》」ではありませんか。

「建御雷神」は「天尾羽張神《アメノヲハハリノカミ》」の御子なるに於て、

大國主神の最後の解決は、この劍の威力たるを知らねばなりません。

あゝ「天尾羽張の劍」

この劍は神武天皇御東征の際に當つても、皇軍の窮迫その極に致つた時に於ても、之を救ひ給ひし劍ではありませんか。

「天尾羽張《アメノヲハバリ》の劍《ツルギ》……あゝ天尾羽張の劍……」

鳥居は最早聲も出し得ぬ程の狀態に成つて、最後は獨り歔欷するのであつた。

沈默はまた長い間續いた。

「吁々眞に尊い限りである」と暫く經てから微に叫ぶものがあつた。見ると夫は神田であつた。

「吁々、眞に尊い限りである」と神田は二度同じ事を云つて、

「八神君の發見、鳥居君の感想を拜聽してゐる間、僕は全く泣き續けました。僕は泣澤女神《ナキサハメノカミ》かも知れません。併し涙は美くしいものです。僕の涙の中に輝く光があつたのです。僕は偉大なる一事件の解決を得ました」

この語に驚いて一同が神田の方を見ると、彼は泣いて赤くした眼を見張つて、

「諸君、僕は畏れ多い事ではあるが、彼の神武天皇が宮殿御造營の際に御降下になつた、勅語の深遠なる御意義に觸れたような氣が致します。

自《ヨリ》二我《レ》東征一 於《ニ》レ茲六年矣《ナリ》 賴《ルヲ》二以《テ》皇天之威《ニ》一 兇徒就《ク》レ戮《ニ》（中略） 夫《レ》大人立《ツ》レ制《ヲ》 義必《ズ》隨《フ》レ時《ニ》 苟《モ》有《ラバ》レ

利《スル》レ民《ヲ》　何《ゾ》妨《ゲン》二聖造《ヲ》一　且《ツ》當《ニ》　披《キ》二拂《ヒ》山林《ヲ》一　經二營《シテ》宮室《ヲ》一而　恭《シク》臨《ミ》二寶位《ニ》一　以《テ》鎭《ム》二元々《ヲ》一　上《ハ》則《チ》答《ヘ》二乾靈
授《クル》レ國《ヲ》之德《ニ》一　下《ハ》則《チ》弘《ム》二皇孫養《フ》レ正《ヲ》之心《ヲ》一　然《シテ》後　兼《テ》二六合《ヲ》一以《テ》開《キ》レ都《ヲ》　掩《デ》二八紘《ヲ》一　而爲《テナスト》レ宇　不《ラズ》二亦可《タナ》一
乎《ヤ》(下略)

六合を兼て以て都を開き、八紘を掩て宇《イヘ》と爲すと仰せられてゐます。あゝ御宏遠なる御理想ではありませんか。併しこは　皇祖の御神勅に基いて樹てられました肇國宏遠の旨を御發表あらせられたまでの御事柄であつて、地文の象が之を長に保證してゐるではありませんか。」此時突然、「第三維新は近づけり。同士よ劍を執て立て」と叫んだのは杉森であつた。

「地に泰平《オダヤカ》を出ん爲に我來れりと意《オモ》ふなかれ泰平《オダヤカ》を出さんとに非らず刄《ヤイバ》を出さん爲に來れり……その生命《イノチ》を得る者は之を失ひ、我ために生命《イノチ》を失ふものは之を得べし」と更に大聲に彼は叫ぶのであつた。

「しかし」と宮地は泰然として「草薙精神は各國各士の國際的圓融大和に在るよ。各國各士の特質個性美の無碍の伸展が綾に畏き御皇威の稜威だよ。日本國民としては旺に皇道を普滿して世界に我が皇道精神を徹底さすのが神の思召だ。徒に白刄的固陋主義を叫ぶものは我が本來の使命を解しないものだ」と云ひ放つた。

【六二】

十一月三日は特に明治天皇の御誕辰たりし御日であるといふので研究會を開くことにした。

五人の同士はこの日「我こそ特に優れた發表を爲さなむもの」と、懸命の準備に沒頭した、中でも宮地は桃山御陵を參拜して偉大なる發見を爲し日本國礎の確立が期したいと祈念したほどであつた。熱烈なる祈願は必ず成就するものたるを立證するだけでも、當日宮地の發表した研究は價値の重大なるものであつた。

宮地は「天尾羽張劒《アメノヲハハリノツルギ》」の眞相といふ題目で「天津金木」を机を淸めた上に排列しつゝ次の事柄を發表するのであつた。

「諸君本日私は此の榮《ハエ》ある席上に於て「天尾羽張劒の眞相」を發表し得る光榮を有した事を天地の神

靈に感謝致します」と述べ、さて語を次て、

天之御中主神の御一體が靈と體との二大神系として御發現に成りし以來、二大神系は四大神統に分れ、四大神統更に八大神統に分統され、八大神統は大八嶋十六神統として發現し、十六神統に靈體二系の分系ありて、三十二神統の成就を見、此三十二神統の統理中主として、大倭豐秋津嶋《オホヤマトトヨアキツシマ》(體系名)天虛空豐秋津根別《アマミソラトヨアキツネワケ》(靈系名)の御出現ありしは、我等同人の研究に依て明瞭した所であります。

上來の神統分脈の有樣を推して考へて見れば、この次は必然六十四神統の御發現たるべきは動かぬ所と存ずる次第であります。

即ち天神系八神、風神系八神、火神系八神、雷神系八神、水神系八神、海神系八神、地神系八神、山神系八神の御發現が無くてはなりません。

乃ち知る「大事忍男神《オホコトオシヲノカミ》」以上伊邪那岐《イザナギ》伊邪那美《イザナミ》二神《フタカミ》の生み現《ウ》はし給へる水禊《ミソギ》までの神々はこの六十四神系の神々の御出現なることを。

然り而して、この六十四神系御出現の大根元たるものは、些細に研究すれば之れ正しく「天尾羽張《アメノヲハハリノ》

劒《フルギ》」の權威に基くことを知るのです。

「天尾羽張劒」の御尊嚴や知るべきであります。

然るに諸君、古事記には「既に國生み竟《ヲ》へて更《サラ》に神を生む」とあるのは如何なる意義に之を解すべきでありませう。

私は之を「天津金木二柱組」なる十六結の排列を完成しての意義と之を睨んだのであります。二柱組を竟つて更に神を生まんとすれば如何にすべきでせうか。

私は茲に三柱組のある事、「天津金木三柱組」に進むべきを仰せられたものではないだらうかと考へたのであります。そこで先づ

試に「天津金木」を採つて三柱組の種々相を盡くす事とせば、幾種の結合が發現するのだらうかと直に組んで見ました。然るに……あゝ然るに

勿驚、そは正しく六十四種結合であつたのであります。

「六十四種結合」「天津金木數壹百九十二柱」「點目數四百八十點」となるのであります。

さてこの六十四種結合は之を如何に排列したものであらうか。是が次の問題でなくてはなりません
私は先づ第一にこの六十四種結合を神系に由りて分脉分類し、
而して十六結の大八嶋の基準相に則つて
最も愼重なる態度で排列したのであります。
而して更に六十四種結合の「天津金木」相は彼の「易經」の六十四卦に比較すべきものたるに心附き、
「易經《エキキヤウ》」の卦名を一々に配當したのであります。
「易經」の原理は易學專門の大學者すら之を知り得なかつたのであります。
然るに「天津金木」の六十四組の排列は、「易經」の秘義を根本的に顯示したのであります。
易與《ハ》二天地一準《ズ》　故能彌《ニク》二綸《ス》天地之道《ヲ》一　仰以《イテテ》觀二於天文《ニ》一　俯以《シテテ》察《ス》二於地理《ニ》一　是故知《ノニル》二幽明之故《ヲ》一　原《ツキ》レ
始反《ニル》レ終《ニ》　故知《ニル》二死生之說《ヲ》一　精氣爲《シ》レ物《ヲ》　游魂爲《ス》レ變《ヲ》　是故知《ノニル》二鬼神之情狀《ヲ》一（易經繫辭上傳）
は天津金木の排列相を以て、正しく謂へば「天之尾羽張劔」の權威を以てして始めて之を謂ひ得る
のであります。

第四十四圖

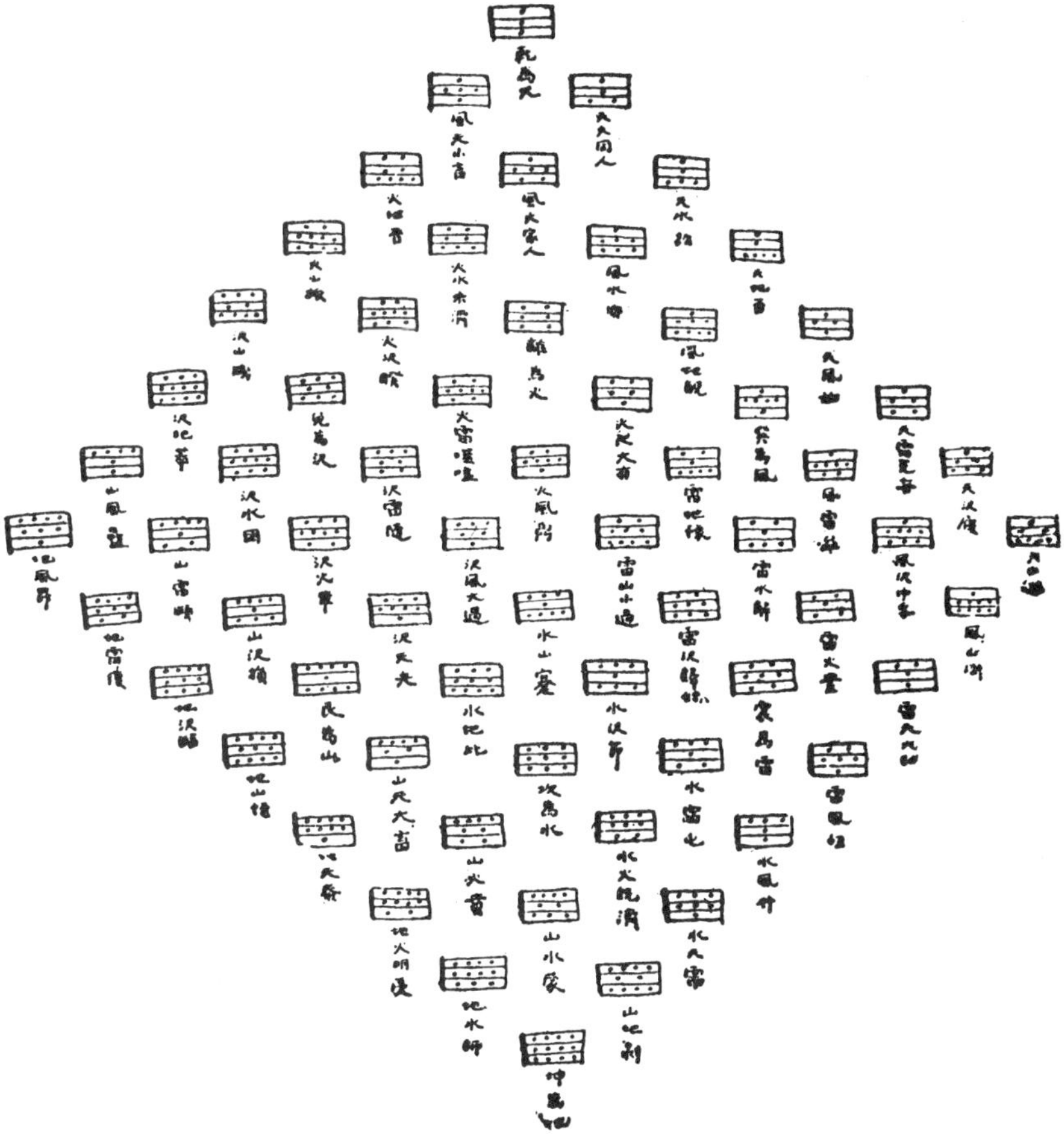

天津金木三柱組　六十四嶋　（方陣排列）

是ノ故ニ　天生ズ二神物ヲ一　聖人則ルレ之ニ　天地變スレ化ヲ　聖人效フレ之ニ　天垂レレ象ヲ見ハス二吉凶ヲ一　聖人象ルレ之ニ　河出シレ圖ヲ　洛出スレ書ヲ　聖人則ルレ之ニ　（同上）

天生二神物一とある神物とは何であるか。之れ「天津金木」ではないか。

古來の學者が「河圖《カト》」「洛書《ラクショ》」に對して何等の解説を與へ得なかつたのは當然の事です。古傳の河圖洛書の圖式の如きは大なる修正を要するものであるのです。

文字の成立に就いては今尚ほ研究中でありますから、何れ後日發表の期あるべきを信じまするが、

私は古語拾遺に

令シテ二手置帆負《タオキホオヒ》、彦狭知《ヒコサシリ》二神ヲ一　以テ二天御量《アメノヒハカリ》ヲ一　伐テ二大峽小峽之材ヲ一而　造二瑞殿一　兼テ作ラシメ二御笠及ビ矛盾ヲ一

令シテ二天目一箇神《アメノメヒトツノカミ》ヲ一　作二雜《クサ〈ノカタナオノオヨビサナギヲツクラシム》刀　斧　及　鐵　鐸一

とあるのは、劒③關係として是非述べたいのでありまするが、天目一箇神は宇宙構成圖案の神で、萬有の種々相を作成する事は、「大倭豐秋津嶋」の變化が外圍の大八嶋を變相せしめて、種々相 二百五十六種 を發現するのと同一關係の行事を以て推知すべきであります。

此の相が全く「天目一箇《アメノメヒトツ》」ではあるまいか。

此等は皆な文字構造の基準相を爲すものであるが、「天津金木」は宇宙創造《タカアマハラ》の基準相を根本的に研究する具なる以上、「天津金木學」は一種の「文字學」でなくてならぬ。否「根本文字學」でなくてならぬ。形象を以てコトバを表現する。即ち「神字學」であらねばならぬのであります。兎も角も「天尾羽張神」は天地間に於ける權威であらせられて

第四十五圖

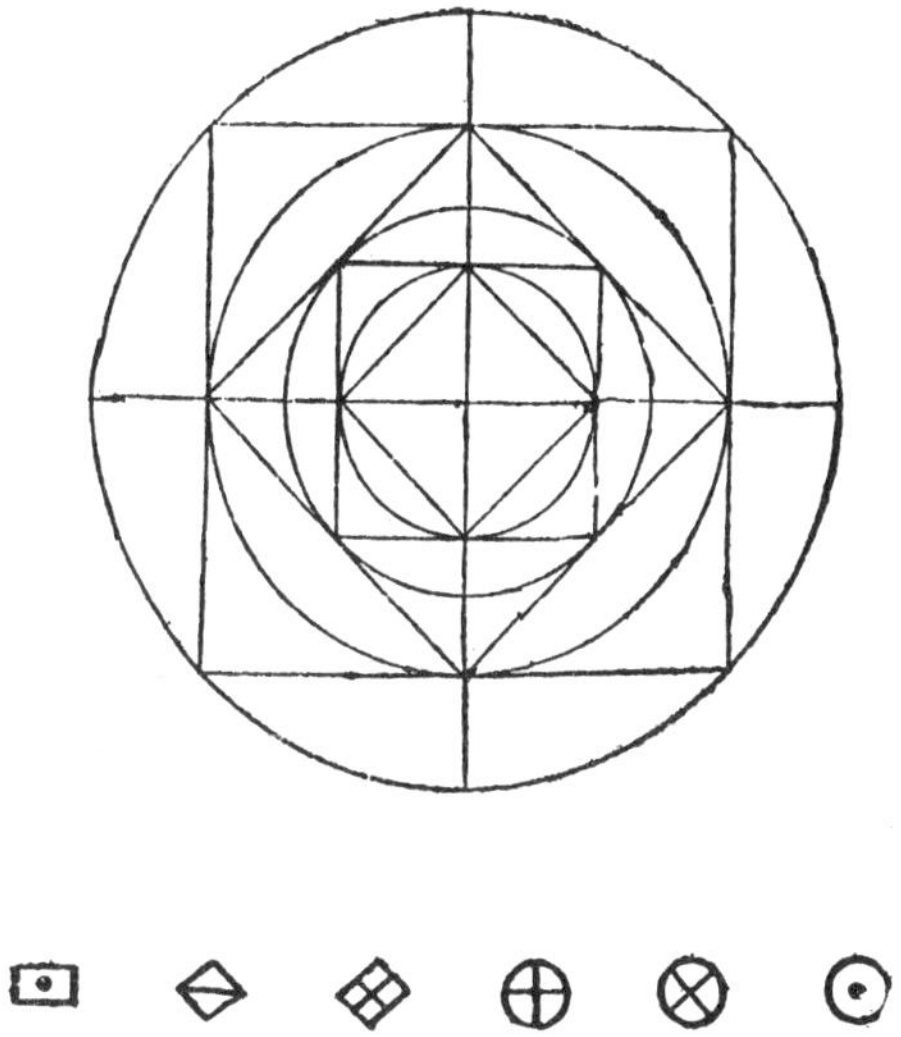

大哉《ナルカナ》乾元　萬物資《トツテ》始《ム》　乃《チ》統《ブ》レ天《ヲ》　雲行《キ》雨施《コシ》　品物流《シク》レ形《ヲ》　大明《ニニスレバ》二終始《ヲ》一　六位時《ニ》成《ル》　時《ニ》乘《ジ》二六龍《ニ》一　以《テ》御《ス》レ天《ヲ》　乾道變化《シテ》　各正《フシ》二性命《ヲ》一　保二合《ス》大和《ヲ》一　乃《チ》利貞　首出《トシテデ》二庶物《ニ》一　萬國咸寧《ナヤスシ》（易經象上傳）

とは「易經」の立證してゐる所であります。

この說を宮地の發表した時、宮地が全く人間以上のものゝ如く感ぜられて、誰一人頭をあげて宮地を正視するものが無かつた程であつた。

「日本の御國體の尊さがいやが上に感ぜられる」と神田が敬虔な態度で小聲に云ふ。鳥居も亦、

「六合を兼て以て都を開き、八紘を掩ふて以て宇と爲すの神武天皇の御聖語が彌々深く拜せられますね」と云つて神田を覗き込むのであつた。

「全くありがたいです」と神田の聲は震へてゐた。

「彌々近寄つて參りますね」と何事をか自分で覺つたらしく、鳥居が一同の顏を次から次へと眺め行くのであつた。

【六三】

負けぬ氣の杉森は兩三回に涉つて同士の偉大なる發表あるにも係らず、自分は何等價値ある發表を爲し得ぬ腑甲斐なさを嘆じつゝ、寒い夜中を遲くまで研究に耽るのであつた。神に祈る形式を知らぬ杉

森は、多數の書籍を渉獵して其の中より何ものかを發見せんとするのであるが、最早古今の書籍の中に彼を滿足さすほどのものは一つも見當らぬ事ほど彼の頭は進んだものに成つて居た。

「いゝどの書もどの書も殆ど讀むに足るべきものは無いのだ、なんて學者なぞいふものはつまらぬものだらう」

と屢々書を擲つては歎息の辭を漏らすのであつた。彼は書を擲つと毎時《イツモ》戸を排して庭へ出で、天を仰いて爛々たる星斗を凝視するのが癖であつた。

寒い夜風が音を立てゝ樹々に鳴る中に、熱した頭を冷しつゝ彼が天を仰いでゐると、種々の星坐が一眸の中に收まつて、宏大なる天體が秘密を囁くかのやうにも思はれた。

「あゝオアリアン星坐が轄然《カツキリ》と仰がれる、何たる尊嚴なる排坐だらう」と彼は感じた。

オアリアン星坐から尾を引いて流れてゐる星坐はエリダノス星坐で、埃及のニール河の相を寫したものと解し「尾羽張星坐」と木村鷹太郎氏は云つて居られる。

須佐之男神《スサノヲノカミ》の八岐《ヤマダ》大蛇《オロチ》の彼の簸川《ヒノカハ》も、このニール河で星坐エリダノスだ。

第四十六圖

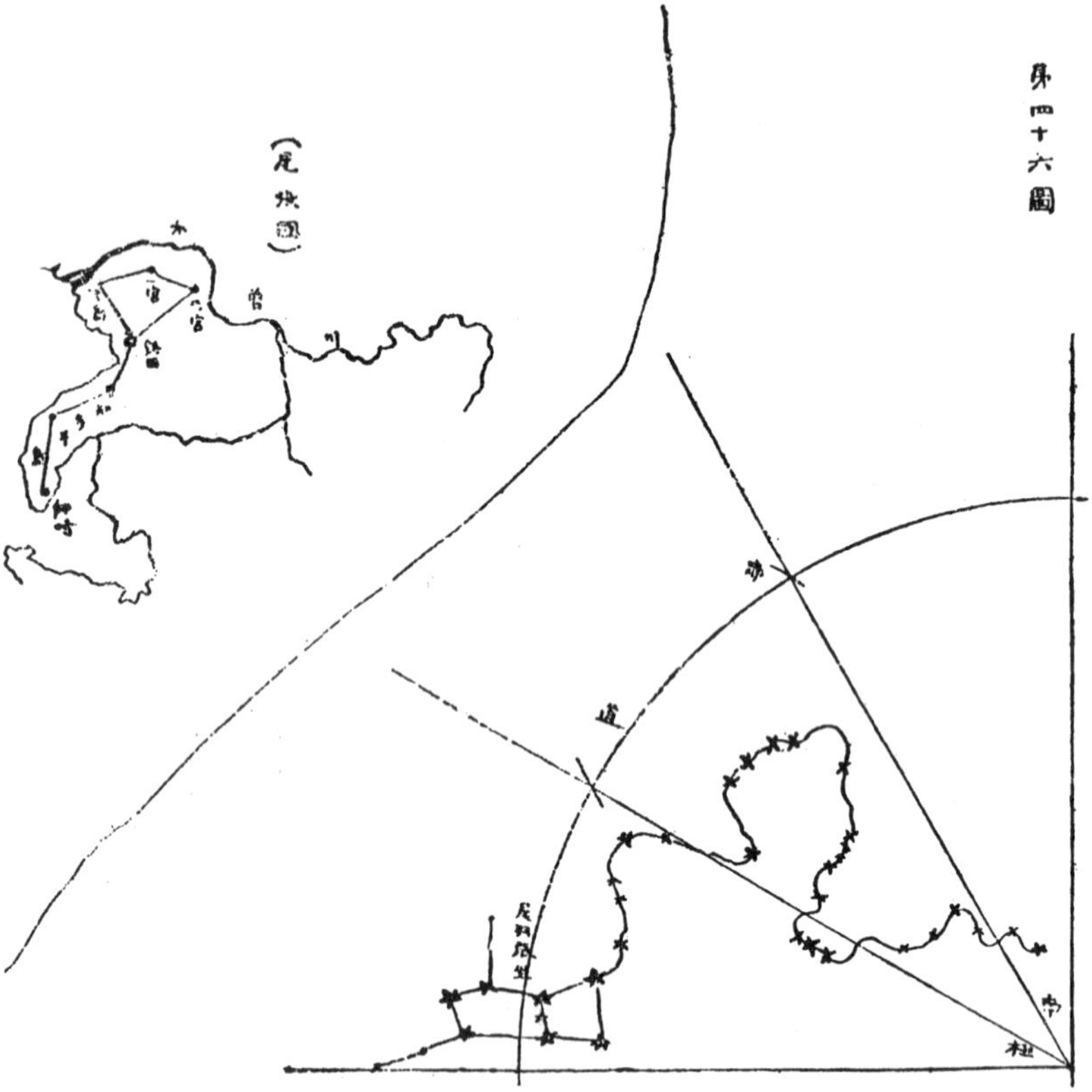

ニール河……夫は神秘的の川だ。

若しも八神が發表した秋津《アキツ》臀呫《トナメ》に移して考へて見れば、ニール河は我が九州の遠賀川に當り、尾張に當る位置が福岡縣に成るのだが……これは少々理窟が合はぬようでもある。

若しも我が東海尾張の位置をオァリアン星坐の位置と見れば、エリタノス星坐は正しくこれ我が「木曾川」でなくてはならぬ。

「エリタノス星坐と木曾川」と考へた時に、其の星坐の相が正しく我が木曾川に合致する事が明瞭に意識されるのであつた。

「あら……あら〳〵〳〵」

何たる之が神秘の顯はれであらう。

木曾川の位置に世界のチグリス、ユーフラテス川の夫であつて、

世界最初の人類が發生した地と呼ばれてゐる所。

星は一層燦として輝くのであつた。

「あゝ尾張の地よ……神秘的なる尾張よ」と彼は叫ばざるを得なかつた。

尾張は世のをはりであり、誤れる世相に終焉の宣告を降す地である。

熱田！アツタ……アツツチ……アカツチ……

赤土《アカツチ》山脈の尾に當つて尾張あり熱田ありだ。

赤土山脈！！こは何等かの秘密を示しつゝあるものに相違あるまい。

アカツチ……アツチ……アイチ（愛知）

愛知はアカツチで熱田と同語源である事が知られる。

アカツチ……カグツチ……あゝカグツチ！火の神迦具土《カグツチ》！！

火之神迦具土《カグツチ》の神の頸《ケビ》を切つて天體諸星は現はれたのだ。

その切つた劍が「天之尾羽張《アメノヲハハリ》」

カグツチ（迦具土）は火の神……

「火に照燒の二徳がある。照れば即ち闇《ヤミ》生せず、燒けば即ち物《モノ》生ぜず」

無明を照らして、煩惱を燒く、玆に大悟の達觀がある。

「火焰と龍と劍」この關係の神話が八岐大蛇の一條である。

「おや我々は斯の如くにしては居られないのだ……もはや皇典を天下に宣傳すべきの時だ。我が同士等が單に學究的態度を以てのみ滿足してゐる如きは遺憾至極とせねばならぬ。最早我等は天の秘密を探り當て、地の神秘を覺り得たのだ。之を天下に宣傳するのが我々の任務でなくてならぬ。身命を堵して……」と頻に杉森は興奮狀態で繰り返し〳〵斯麼ことを口走るのであつた。

【六四】

次の會が開かれるのを待構へてゐた杉森は、火焰の如き熱舌を一同に先づ以て浴せかけるのであつた。

「我々は斯く悠々然として研究にのみ耽つてゐるべき秋ではありません。既に我等には賜ふに「天之尾羽張劍」あり、以て天下紛擾せる思想界を征伏して皇道の權威を示さねばならぬではありませんか。諸君如何です。起ち玉へ、最早我々は劍を執て立つべきの秋です」

餘りの威勢に一時は一同が呆然としてゐたが、一同の胸中にも此の考は常に秘められて居た事であるので、

「然り杉森君の說に共鳴す」とか

「大にさうだ、最早我等の立つべき時だ」

と云ふ語が口々に發せられて來た。

「起たざるべからずだ……今にして起たずんば、天の使命を奈何せん」と杉森は更に大氣焔である。

「須らく起つべし」と神田も大聲に叫んで、

「併し起つは易いが、如何にして立つかゞ先決問題と思ふ。どうして起つか……」と一同を見廻した

「盛に演說會を開くべし」と杉森が叫ぶ。

「會員を先づ以て增加すべし」

「更に宣揚會を立つべし、事に依れば雜誌も出すべし」

等の意見が誰彼の口から出る。議論は囂々と沸へ返つたが、多數決で

「先づ第一着としては會員增加と云ふ事にした」

しかし、杉森は絕對に此說には反對で
「そんな手ぬるい事で大事業が出來るものか、諸君は學究的で困る」

とさへ怒鳴つた。

「何を云ふ？」と神田が顏を赤くして、突つ掛つたが、宮地が
「內輪喧嘩はよし玉へ、我々は異體同心でないか。最後の勝利が何より肝要でないか、急いて事を仕損じては取返しがつかないからね」

と宥《ナダ》めたので喧嘩には到らず、杉森も承認して、

「然らば會員は幾人までとするか」といふ動議が出で、

「多々益々辨ずべし、千人でも萬人でも宜いではないか」とまた杉森が叫ぶ。

「先づ第一着としては八人に……」

「十六人に……十六組を意味して――」

「三十二人」「六十四人」

等の説が出たが、漸次增加する方が却て健實であるといふので、

「十六人に」といふ說に決した。

これにも杉森は大に反對したが、宮地が

「我々には今一つ重大な責任があるよ。まだ熱田神宮の御紋章の解決が着いては居ないでないか。熱田神宮の御紋章を解せずしては、未だ社會的活動は少々早いのではあるまいか。まだ我々は研究時代だよ」

と謂つたので、これには杉森も一言なかつた。

彼等が會員を十六人に增加する事は何等の困難も無い事であつた。といふのは、彼等が研究會で發表した事は、一々之を天爵先生に報告して、其の承認を與へられ、承認を經たものは、天爵門下の人々に夫々吹聽する事に成つて居たので、天爵門下の中には皇典研究會員たらんことを熱望するものもあり、中には時々入會を申込んだ者も尠なくなかつたので、五人を除けば殘り十一人を得る事に何等の

困難は無く、餘程優秀な人物を選擇し得る見込が充分であつたのである。

「増員十一人の詮衡を仕やうでないか」

との議が出て、直に評議に及んだが、決議の結果は、

社本、鈴木、久留宮、榊原、白神、占部、神崎、

宮脇、幣原、祝、齋木

の十一人を選り出したのであつた。この十一人に對しての勸誘は、五人で分け持つ事として、玆に研究會の第一の擴張案が成立した。

杉森は最後に宮地に向つて斯う念を押した。

「若し熱田神宮の御紋章の意義が解せられた場合は、僕の意見通り大々的の發展策を採らるゝか。どうか。特に御意見を伺つて置きます」と、宮地は笑ひながら、

「我々が君にはそんなにいゝ弱いものに見えるかね」と謂つたので、杉森は宮地の手を確と握り締めて、

「あゝ許して呉れ……併し俺は天に昇るような氣がするよ……徹底的に行きませう」と云ふ。

「勿論」と簡單に答へた宮地の言に金剛の力があつた。

「草薙劍に身を托した我々でないか」と神田が叫ぶ。

「生死を超えて突進する覺悟は皆にあるよ」と鳥居も叫ぶ。

「神と偕に行くのです」と八神も云ふ。

「あゝありがたい」と杉森は狂氣した如く叫んで涙をはら／＼流した。

「我々は世界の極にまで行くのです。而して神の道を滿地に普及せしむるのです。我々は世界の大和《ダイワ》國民《コクミン》です、億兆同心の宣勅を普ぬく傳へて、紹明協和の大使命を完うするのです。日本國民は悉く皇教宣傳の天職を擔つてゐます。我々は生れながらにして宣教師です」と宮地は徐に諭すが如く云ふのであつた。


【六五】

十二月一日は會員が十六名に成つた最初の研究會日であつた。宮地始め舊會員の五名は、この晴の會に於て、最も偉大なる發表を爲さんものと深く決心するのであつた。然るに其發表題目が期せずして何れも「熱田神宮の御紋章」であつたのは奇とすべきであつた。
彼等の熱烈なる研究は最早何ものをも突破せずには止まないものがあつた。火氣のない寒い部屋で、孤燈に對して研鑽に耽る彼等の姿は、眞に殊勝なものであつた。（寧ろ神々しく）
當日は俄に會員が增加した爲め大層賑合しかつた。誰の顏にも緊張味が漲つてゐた。特に舊會員五名の顏付には非常に自信のある、今日の晴の會に於ける優勝者は我なりと云ふ面持が閃いて居た。
開會が宣せられると、先づ型の如く新入會員の紹介があり、挨拶がありなぞした。しかし何れも舊知の人で、單に入會したといふ丈けの事であるから、簡單に夫等は終つた。
愈々研究發表といふ段に成ると、杉森が
「僣越でありまするが、第一に僕に「熱田神宮の御紋章」に關する發表がさせて頂きたい」と申出た
すると神田が
「いや僕にも其發表があります」と叫んだ。すると鳥居と八神が殆ど同時に、

「私にも其の發表が……」と叫んだ。宮地も笑ひながら、

「いや私も其の發表がさせて頂きたいのだが」と云つた。

斯様に五人が五人ながら、同一題の發表があるといふ事は珍らしい事であるといふので、一同が思はず哄笑した。

「何だか五人で打合せて置いて發表するようでおもしろくないね」と鳥居が云ふと。

「では銘々から先づ御紋章を圖に描いたものを提出して、その一致不一致を見た後に發表の順を定めては如何でせう」と宮地が動議を出す。

「賛成々々」と他の四名も忽ち同意して、先づ銘々に御紋章を描いて出す事にした。

新入會員は非常な興味を以てこの提供を待つのであつた。

「いざ」といふので集つた五名の圖を展げて見ると——

驚くべし五名のが悉く同一のものであつたのには……新入會員の人々は一層其の闇合に驚いたのであつた。五名のものはお互に顔見合せて快心の咲を交はす。

其時宮地が

「なぜ諸君は桐の下に笹を附けられなかつたのですか」と云つた。此の問に對して直に答へたのは杉森であつた。

「これは笹が無い方が正確です」と、するとまた次て

「最初僕は」と神田が云つて「笹を附けて見たのですが、笹を附けるのは變則で矢張笹の無い方が僕も正確であると思ひました」と答へる。

「實は私も最初笹を附けて見たのですが」と八神も謂つて、笹の附いた圖を更に出して一同に示し、

第四十七圖

「この笹に意義が満更ない事はないが、附けるのは贅だと考へて止めました」といふ。すると鳥居も

「この點は僕も大層困つたのです。五枚笹は源氏の紋章であり、八岐大蛇の尾の一部を示し、大に意義はあるが、之を附けると四神系の本源が失はれて來て由々敷大事になるから、矢張桐だけでなくては正確でないと非常な確信を以て止めたのです」と答へる。この時宮地が「私は稍々諸君と異つた、他の意見をもう一つ持つてゐます」と唱へ

「私は熱田神宮の御紋章は方陣排列から來たといふよりも、圓陣排坐即ち螺狀排列より出たとするを一層適當ならずやと思ふ點があります。見給へ――もう一枚宮地は圖を示し乍ら――この圖に於て見らるゝ通り、上方の三瓣は花を爲し、下方の五瓣は笹を爲すのであると見るのが、最も適當なりと考へられないでせうか。内部の桐葉は諸君の描かれたものよりは、稍々其の形狀が拙いようでありますが、しかし其の脉理の模樣等には最も妙味が宿つてゐるではありませんか。

草薙劍はクサナリノツルギといふ說が出て居ますが、私は方陣排坐のクスは×であつて、圓陣排列即ち螺狀排坐の方は∞であると考へるものです。故に方陣排列も圓陣排列も共に草薙劍相であつて、其の外輪は桐葉御紋章の夫であり、方陣排坐は單に桐のみなるも圓陣排坐の方は之に笹＝五枚

笹」が附くといふ事になるのです。笹のあると無いと何れを可なりとするかと謂へば、双方共に可であるが、私は現に熱田神宮の御紋章に五枚笹が附いてゐるのであるから、圓陣排坐から來た方が一層正しいと申したい氣が致します。諸君の御考へはいかゞでせう」

宮地の五枚笹説が出た時に、新入會員の全部の人々は、宮地説を以て優れたりと讃したのであつた。

がしかし

「宮地君の説も最も有力なものには相違ないが、御皇室の御紋章には笹がないのだから矢張我々は笹のない方が良いと思ふ。

と舊會員は固く自説を持して讓らないので、宮地も

「私にも尚ほ疑問があります。で最初は笹の無い方を出して見、後で笹の有る方を出して見たのですが、笹の有無に對しては、しかく輕卒に決定すべき問題ではないと思ひますから、尚ほ宿題として後日の解決に讓ることにしては如何でせう」と發議したので、一同が

「それが宜いでせう」

「それが最も正しい行き方でせう」

なぞ述べる者が多數なので、この義は宿題に讓る事にした。

宮地がこの時更に口を切つて、

「草薙劍の別名寧ろ本名とも云ふべき都牟刈之大刀《ツムカリノタチ》は私は正しくツムジナリノタチ（旋風型大刀の義）の轉訛なりと考へるものでありますが諸君のお說は如何でせう。旋風之狀《ツムジナリ》とは何たる妙味ある語でせう。又た日本書紀に素盞嗚尊の八岐蛇を斬り給ひし劍を十握劍《トツカツルギ》、蛇之麁正《ヲロチノアラマサ》、蛇韓鋤之劍《ヲロチノカラサビノツルギ》、天蠅斫《アメノハヘキ》之劍《リノツルギ》、等の名を以て申して居ますが、これは要するに天津金木二柱十六結の中央を爲せる四柱十點を指してゐるものであつて、其の展開したものが草薙劍となるのであります。日本武命の條に出てゐる比比羅木之八尋矛《ヒヒラギノヤヒロホコ》と申すのも、大國主命の國土經營された八尋矛《ヤヒロホコ》と申すのも盡く天津金木の螺狀排坐雲狀排坐等を指すものであると私は斷定致したいのであります」

と熱心に述べ立てるのであつた。

「全く然り」、「全然同感」「最早證明の要なき程の事柄だ」等の語が離れ彼れの口から發せられたが、

この時杉森が突拍子もない大聲で「諸君」と叫んで一同を見廻し乍ら

「諸君！兎も角も熱田神宮の御紋章が判つた以上は、お約束通り僕の意見に從つて、大々的發展策に向ふのに異義は無いでせうね」

と宮地に向つて責め寄せるのであつた。

「それは勿論です。併し御紋章の件はまだ宿題ですよ」

「宿題？　好しや夫れは宿題でもかまはないのです。最早大々的發展策に同意を否む理由にはなりません」

「大々的發展とはどうするのですか？」と神田が横合から口を入れる。

「知れた事さ、まづ第一が公開演說……第二は大々的遊說……」

「公開演說贊成」と新會員で叫ぶものがある。

「見給へ　もう時期は張り裂ける程も熟して居るよ。さア一同が皇道の爲めに教義的宣傳に取掛りませう。起てよ同士」と杉森が得意に絶叫し初めた。

「公開演說も時々は宜からう」と鳥居が贊成せる。
「時々でない盛に遣るのだよ」と杉森が怒鳴る。
「公開演說贊成々々」の聲が新會員の方から却て盛に起る。
「一度遣つて見るかね」と宮地も贊意を表する。
「之を決行《ヤラ》んでなるものか」と杉森は既に演說してゐる心持らしく述べ立てる。

【六六】

來春匆々第一回の公開演說會を開く豫定を決議したが、愈々公開するといふ事に成ると、諸種の準備の甚だしく整つて居ない事が知られて來た。
第一に皇道を敎義的に宣傳する爲めには、兎も角も敎義の組織的綱領を樹てねば無意義である。單に學說の一端を披瀝したりなぞする位の事ならば雜作はない事であるが、苟も敎義として發表し宣傳する以上は、鞏固不拔の信條があり、敎義の組織立つた經典も要るのである。

「これは非常な大事業だ」と一同が顔を見合はせたのも道理である。

「併し何れは一度作成せねばならぬものであるから、草案だけでも作成するのが必要だ」といふので舊會員の五名が草案委員に擧げられて起草に着手する事となつた。

五名の起草委員は殆ど連日會合して草案の作成に取り懸つたが、事實雲を摑むようなもので、單に甲論乙駁の中に日を送るのみであつた。

「これでは何時出來るかも知れない」と氣は逸るけれども、兎も角も一大新敎義を樹立して、宣傳するといふ大袈裟な事業であるから、其草案が爾かく容易に出來るものでないのは當然である。併し彼等の熱誠で一歩一歩草案の基礎が成立して行つて、五日目には敎、行、證の大方針が確立したのであつた。

〔敎〕豊葦原の水穗國は吾が子孫の代々君たるべき地なり。

〔行〕汝皇孫行いて治ろしめせ。

〔證〕寳祚の隆えまさん事天壤と與に窮なかるべし。

この教行證が日本の國體としての深遠なる基礎たるは勿論、一切の諸教義に對して、最も權威あるものたるは搖かぬ大信條であらねばならぬ。

教、行、證の確立を見た以上は、之を詳細に教義づけ、且つ組織的綱領を作る事は容易であらうと考へられた。併し事實に於ては組織的綱領を作成するといふ事は、決して〳〵容易な業ではなかつた。寒い夜な夜な午前一時乃至二時、時には三時頃までも彼等が熱烈に論じ合つたり、諸書を研鑽したりなぞした辛勞は、到底何人も之を想像する事は出來ないものであらう。

教義の組織的記述としては

第一編　本體論＝神の本質を顯示闡明す。

第二編　神則論＝神の律則を顯示闡明す。

第三編　神教論＝神の教を信じ之を實行する義を闡明す。

これで體、相、用の三大を盡くす譯であるが、之では國體的教義としては餘りに一般的で特質が顯はれて居ない。其處で更に大々的の研鑽を積む事として、

第一編　天皇（本體論）
第二編　天法（神則論）
第三編　天治（神教論）

として見たが、尚ほ不充分なるを覺えて、

第一編　皇命（天　皇）
第二編　皇道（天　法）
第三編　皇教（天　治）

として大方針を決定したのであつた。
斯く大方針を樹立した以上、茲に二個の大なる研究が必要なる事に遭遇した。
一、は從來の宗教（佛教基督教等）に對する根本的の研究。
二、は皇典を今少し徹底的に研鑽するの必要。
これであつた。この二個の大問題は其一方を究めるだけでも容易でないのに、況して比較研究の上に

皇典の光華を闡明し、且つ之を宣揚するといふ事は、決して容易な業では無いといふ事に氣の着いた時、一同は更に

「これは到底短日月の間に成就すべきものではない」

の嘆息を漏らさゞるを得なかつたのである。

「まだ我々は「草薙劍」の研究を終つただけで、「八咫鏡」に關する徹底的研究も、「八阪瓊曲玉」に關する研究も爲遂げて居ないではないか、斯樣な事で何《ド》うして皇典を教義的に大成する事が出來よう、まだまだ前途は遼遠だ」

「成程さうだつた」

と一同が深い反省に陷るのであつた。

「杜撰なものを發表して人に笑はれるよりは、「草薙劍」の研究に一ケ年を費したのだから、更に「八咫鏡」の研究に一ケ年、「八阪瓊曲玉」の研究に一ケ年、都合今から向ふ二ケ年間は研究に全力を傾注して、皇典を徹底的に研鑚し、其間に悠々と教義を組織的に研究して行く事にした方が正しい仕方

ではあるまいか」

「今更委員に擧げられて面目ないが、會員に此旨を報告して、二ケ年の猶豫を乞ふ事にした方が宜い」

「それより致し方があるまい」

が一同の意見として決定され、次回の研究會で承認を乞ふ事として、この大問題は一先づ見合はす事としたのであつた。

「殘念々々」と叫ぶものがある。

「いや却てその方が決局は勝利だよ。二ケ年間熱心に錬れば相當なものが出來よう。何れは永遠の事業だからね」

と諭すように云ふものもあつた。

「あゝさうだ永遠の事業だ。我等の肉體は亡ひても、この事業は永久に朽ちないのだ。一年二年を決して急ぐべきでない。」

「委員は矢張委員として起草を終るまで責任を脱する事は出來ないのだ。單に草案作成の時期を延ばして貰ふだけの事だよ……」

といふものもあつた。

「しかし如何にも僕は殘念で恷らない」と杉森は尙ほ呟やく、

「殘念は君一人でない。我々全部が同感だよ。しかし殘念といふ語を吐くのはまだ早いよ。我々には最後まで殘念といふ語は無い筈だから……」と鳥居が云ふ。

「敎行證の大綱領さへあれば最早充分でないか。宣傳しつゝ研究するのが却て硏究を確實ならしめはせんか」と杉森は飽くまで急進を逼る。「しかし硏究時代に確と硏究しないと上滑りがしていけないか今暫らく辛棒すべし」といふ說が多數で杉森の說は遂に通らなかつた。

【六七】

例會は矢張例會として開かれた。起草委員から敎義の綱領に關して

「來春までには起草が出來難いから暫く延期を乞ふ」といふ歎願が出たが、別に何等の異存もなくて

直に承認された。

「悠くり練つて立派なものを起草して貰ひたい」

といふ說も出た程で、五名の委員はほつとしたのであつた。

今日は舊會員の五名が起草委員として沒頭して居たので、誰も發表するものがなくて淋しくはないかと思つたが、意外に新會員の意氣は凄ましかつた。

新會員の鈴木が第一席に發表に當つた。

「非常に頭の進んだ先輩の居られる席上で、私の如き者が發表するのは空怖ろしい氣が致しまするが五名の方は起草委員として御盡力に成つて居たので發表がないとの事ですから、鐵面皮を省みず硏究の結果を發表し、諸兄の批判を乞ふ事に致します」と前置して、

「私は「大祓《オホハラヒ》」といふ大袈裟な題で少々申し述べて見ます。

先づ第一に私は「大祓《オホハラヒ》」は劒行事、言ひ換へれば武裝的神事なりと解するものであります。大祓祝詞《オホハラヒノリト》の劈頭には、

集侍《ウゴナハレル》　親王《ミコ》　諸王諸臣百官人等諸《オホキミマヘツキミモモノツカサビトタチモロ〳〵》　聞食止宣《キコシメセトノル》　天皇朝廷爾仕奉《スメラガミカドニツカヘマツ》ル比禮掛伴男《ヒレカクルトモノヲ》　手繦掛伴男《タツキカクルトモノヲ》
靫負伴男《ユキオフノトモノヲ》　劒佩伴男《タチハクトモノヲ》　伴男《トモノヲ》ノ八十《ヤノ》伴男《トモノヲ》ヲ始《ハジメ》テ官官《ツカサツカサ》ニ仕奉《ツカヘマツ》ル人等《ビトタチ》ノ過犯《アキマチヲカシ》ケム　雑雑罪《クサグサノツミ》ヲ今年《コトシ》六月晦之《ミナツキツモゴリノ》
大祓《オホハラヒ》ニ祓給《ハラヒタマ》ヒ清給事《キヨメタマフコト》ヲ諸《モロ〳〵》聞食《キコシメセ》ト宣《ノ》ル

とありまして、何れも神事執行官が武裝的である事が知られます。これを單に神事に於ける敬意を表する禮裝とのみ解するのは頗る淺薄なるものと存じます。神事なればとて必ずしも手繦《タツキ》を掛《カ》け、靫《ユギ》を負《オ》ひ、劒《ツルギ》を佩《ハ》くの必要はありますまい。武裝的の神事なるが故にこそ、この祭裝が極めて適切であると拜知するのであります。大祓祝詞は勇壯なものであります。壯烈なるものであります。科戸《シナト》の風の天之八重雲《アメノヤヘクモ》を吹放事《フキハナツコト》の如く、朝之御霧《アシタノミギリ》夕之御霧《ユフベノミギリ》を朝風夕風《アサガゼユフカゼ》の吹き掃《ハラ》ふ事の如く大津邊《オホツベ》に居る大船《オホフネ》を舳《ヘ》觧《ト》き放《ハナチ》、艫觧放《トモトキハナ》ちて大海原《オホウミノハラ》に押放《オシハナ》つ事《コト》の如く彼方《ヲチカタ》の繁木本《シゲキガモト》を燒鎌《ヤキガマ》の敏鎌《トガマ》以て打掃《ウチハラ》ふ事《コト》の如く遺罪《ノコルツミ》は不在《アラジ》と祓《ハラ》ひ給《タマ》ひ清《キヨ》め給《ダマ》ふべき

大々的御神事であり、尊嚴至烈なる御行事であります。何しろ天下四方の罪といふ罪を悉く祓ひ清めて、清淨寂光の世を斯土に顯揚する所の、偉大なる神事であるから斯くあるべきは當然の事と存

じます。

我が日本國には斯樣に尊嚴至烈な神事が行はれ、六月十二月の兩度その御實行があるのであるが、世の中の思想は漸次に險惡に赴き、稍もすれば國礎をさへ危からしめんとする程の不祥事件が勃發するのは何故でせうか。

大祓神事は單に一種の形式的の行事であるのみのものでせうか。

否々決して左樣なものではないと存じます。なぜならば

天津神《アマツカミ》ハ天之八重雲《アメノヤヘクモ》ヲ伊頭《イヅ》ノ千別《チワキ》ニ千別《チワキ》テ所聞食《キコシメサム》
國津神《クニツカミ》ハ高山之末《タカヤマノスエ》、短山之末《ヒクヤマノスエ》ニ上坐《ノボリマシ》テ高山之伊穗理《タカヤマノイホリ》、短山之伊穗理《ヒクヤマノイホリ》ヲ撥別《カキソケ》テ所聞食《キコシメサ》ム

と申す程の神の御誓のある神事である以上、決して虛儀や形式であるべき道理は毫頭無い筈と信じます。

然るに、其神事の實果無きは何故でせうか。疑はしさの限りであります。

しかし能く考へて見れば「大祓」の神事には、

「天津《アマツ》金木《カナギ》の神事」
「天津《アマツ》菅曾《スガソ》の神事」
「天津《アマツ》祝詞太祝詞《ノリトノフトノリト》神事」

の三大神事があつて、之が「大祓」の最も重要なる中心を爲してゐるのであります。

三大神事が行はるゝが故に、天津神《アマツカミ》國津神《クニツカミ》の御發動があるのであります。

「大中臣《オホナカトミ》……此《カ》ク宣《ノ》ラバ天津神《アマツカミ》ハ……」

と續く文勢であつて、全く「大祓」は天津金木始めの三大神事が根本であるのであります。然るに現今の神事は、其中の一つさへ執り營んで居ない有様であります。斯くして何《ド》うして天津神、國津神の御意に副ひ奉る事が出來ませう。

これ專ら虚儀形式に止まる所以であらうと信ずるものであります。

しかし之は祭官が惡いのでも何でも無くて、天津金木始めの行事神具は從來誰も知らなかつたのであるから止むを得ません。

速に學者――天津金木學者の徹底的學説に聴いて「大祓」を神聖なる正確なるものと爲し、此の尊嚴至烈なる神事に因つて、天下四方の罪が忽ち祓ひ盡くされ清め盡くさん事を祈つて止まないものであります。

鈴木の發表はこれで終つた。一同は

「眞に同感々々」、「君の着眼最も敬服する」等の語が喧しく起つた。

【六八】

「只今鈴木君の發表を聽いて居ながら思ひ着いた事がありますから、僕も少しく述べさせて頂きます」と杉森は云つて、

「鈴木君のお説は至極同感であつて、天津金木、天津菅曾、天津祝詞の三大行事を抜にして「大祓」を營むのは、骨抜きの虚儀形式に終るのは當然であります。

全體この「大祓」の神事の根本意義は何處に在りやと申しますれば「罪の解除」といふ事に在ります。

故に「大祓」の研究の第一は「罪とは何ぞ」といふ意義から定めねばなりません。然るに罪には天津罪《アマツツミ》即ち精神的の罪と、國津罪《クニツツミ》即ち物質的の罪とあつて、大祓には「天津罪トハ畔放《アハナチ》、溝埋《ミゾウメ》、樋放《ヒハナチ》、頻蒔《シキマキ》、串刺《クシサシ》、生剥《イキハギ》、逆剥《サカハギ》、屎戸《クソヘ》、許許太久《コヽダク》ノ罪《ツミ》ヲ天津罪ト法別《ノリワケ》テ國津罪トハ生膚斷《イキハダタチ》、死膚斷《シニハダタチ》、白人《シラヒト》、胡久美《コクミ》、己母《オノガハヽ》犯罪《オカセルツミ》己子犯罪《オノガコヲカセルツミ》、母與子犯罪《ハヽトコトオカセルツミ》、子與母犯罪《コトハヽトオカセルツミ》、畜犯罪《ケモノオカセルツミ》、昆虫ノ災《ハフムシノワザハヒ》、高津神ノ災《タカツカミノワザハヒ》、高津鳥災《タカツトリノワザハヒ》、畜仆シ《ケモノタフシ》蠱物爲罪《マジモノセルツミ》、許々太久乃罪出《コヽダクノツミイデ》ム」とあります。

天津罪は精神的罪惡であつて、「畔放《アハナチ》」は畔《アゼ》を放《ハナ》つて水の蓄へてあるものを乾かし損害を與ふるが如く、他人の事業、計劃に對し、之を破壞して其の成就を不可能に終らしめ、又は利益を壟斷して、他人の事業を失敗せしむる等の罪惡であり「溝埋《ミゾウメ》」は他人の事業、計劃を防止して、之を不成功に終らしむる事「樋放《ヒハナチ》」は其事業計劃の細部に渉る部分を遮斷し、若くば交通上の防害を企てゝ其計劃を無效ならしむる罪惡であり、「頻蒔《シキマキ》」は他人の事業計劃に對して、更に同様の事業を其上に加へ、乃至其發達に有害なる事業計劃を重設せしめて、利益を皆無ならしむる等の罪惡、「串刺《クシサシ》」は他人の自由を束縛し、強制的に組合聯盟等に加へて、之を苦しめる罪惡、「生剝《イキハギ》」は他人の名譽を毀損する罪悪、「逆剝《サカハギ》」は他人を欺いて事業に引き入れ、思はざる損害に遭はす事、「屎戸《クソヘ》」は自己の悪事を陰匿し、外面を欺いて心中に邪念のみ蓄ふる罪悪である「許許太久《コヽダク》」は其他幾多の罪悪の義である。

國津罪は物質的罪悪であつて、「生膚斷《イキハダタチ》」、「死膚斷《シニハダタチ》」は殺生の義、「白人《シラヒト》」は强盗、「胡久美《コクミ》」は窃盗、「己母犯罪《サノガハヽオカセルツミ》以下」は姦婬罪で、「畜犯罪《ケモノオカセルツミ》」は女郎賣等の罪である。「昆虫災《ハフムシノワザハヒ》」は傳染病を他に傳へる罪悪で、「高津神災《ダカツカミノワザハヒ》」は官憲の威を借りて人民より無法の税等を取り立てる事であり、「高津鳥災《タカツトリノワザハヒ》」は高利貸の罪悪である。「畜仆《ケモノタフシ》」とは喧嘩口論し他人に傷を負はす罪悪であつて、「蠱物爲罪《マジモノセルツミ》」は詐欺横領の罪悪である。「許々太久《コヽダク》」は其他幾多の罪悪である。

右の罪悪を取纒めて謂ふ時は、罪悪とは圓融大和の天理の根本に叛いて、利己主義の結果、流通の大法が凝滯して、社會の安寧が害せられ、人々の自由が防壓せられ、物質的には所有の本義を害し種々なる意義に於ける秩序の紛亂を來たす事である。

故に罪悪といふものを解除するには、國家社會の圓融大和の本源から之を潔濟せなければならぬものである。然るに國家社會は多數の人類の集合であるから、罪悪の解除は個人々々の精神的の缺陷からして矯正せなければならない。個人の精神を矯正するのは宗教、教育の任務であつて、身體の缺陷を整理するのは醫術の任務です。人に由ては身體的の缺陷ある爲めに罪惡を犯すものが多數ある。然るに現今の醫術では充分に之を整理する事が出來ない。何ぜならば身體——人間の身體なるものが、天地の全象を具備してゐるといふ根元を知らないから、天地の法則即ち大和圓融の理に徹してゐないからである。人一人は孤立的のものではなくて、上には天を戴き、下には地を踏み、萬象一體の一員一分子として存在してゐるのです。故に天地潔齋の術に通ぜねば、人體の醫術は近視眼的醫術に止まるものです。見玉へ、彼等は天を仰がすして強度の近眼鏡即ち顯微鏡とかいふもの許り覗《ノゾヒ》て居る。斯樣な強度の近眼者流が、どうして醫術の蘊奥を解し得ませう。之を大國主醫法と名けるのです。即ち物質的に陷つた醫術であつて、皇道醫術ではありません。大國主《オホクニヌシ》醫術は必要ではあるけれども、天を仰ぎ地に俯して天地の大元に達觀したもの、もう少し言ひ換へれば、靈體二系神の大和の神業を解せねば、到底萬民をして眞實の靈體を保つ人と爲す事が絕對に不可能です。宗教、教育といふ事も亦同樣であつて、現今に於ける教育の如きは、全く人の子を害つてゐるものです。彼等は精神作用の根元が天地に根ざし、靈、體二神の脉統に基いてゐる事を知らないで居ます。社會問題が起り、思想問題、何々問題等の雜多な問題に對しても、一として徹底した見解を有しません、片假名の人名をふり廻せば學者らしく取扱はれる世の中です。政事上の事柄なんかは更にお話にならないものてす。

圓融大和これを日本の根本語ではカアマハラといふのです。カアマハラは草薙劍の威力であつて、この劍は天上天下を支配し、救濟し、治療する所の活劍であり、大醫王刀であるのです。日本の「天皇陛下」は大醫王であらせられて、この名刀は上御一人のみの御使用遊ばす「大醫王刀」です。建御雷神《タケミカツチノカミ》が大國主神に對して施された威力は、專ら醫王刀の切れ味を示されたものです。「草薙劍」を殺人劍と思つたら大なる誤です。「草薙劍」は活人劍であり、人に永遠の生命を附與する寶劍であるのです。人に永遠の生命が自覺されないのは、種々なる障碍が精神的に物質的に蟠つて居るからの事であつて、全く疾病に罹つてゐるからです。現今は世界萬人悉く病人です。斯様に無數の病人があるから、(病氣の中には精神病がある) 人々の爲す所は悉く狂氣の沙汰です。

彼等の日常窩しつゝある所の事、一として狂氣の沙汰ならぬはない。靜に世相を觀察して見玉へ。悉く狂人のみである事が忽ち判るから、狂人にして而かも身體的に病人です。病院の病室は常に狭きを訴へてゐるではないか。重輕症の差こそあれ、人は悉く病人であるのです。精神的肉體的に病み疲れ、氣の狂つてゐる萬衆に對しては、今日の教育や醫術では其治療は決して及びも附かぬ事です。あゝ奈何せんやである。この疾病者を一擧に治療せしむるの術が「大祓《オホハラヒ》」でなくてはならないのです。「大祓神事」何ぞそれ偉大なるやです。

杉森の長口舌は滔々として盡くる所を知らなかつた。會員の一同はその雄辯に搫たれ、其の述べる所の宏遠なるに驚いた。「流石《サスガ》は杉森だ」と一同が敬服した。

【六九】

杉森の長口舌が終つた時、

「私も少々」と謂つたのは宮地であつた。「私も少々述べさせて頂きます。大雄辯家の後へ出て、訥辯な私が述べるのは全く割の悪い役廻りですが、私は說といふほどのものではありませんが、感想や平素の所見を此の際述べて見ます。

最早杉森君の說で一切が盡されてゐるやうですが、圓融大和即ちカァマハラといふ語が、今少し史實的に且つ敎義的に述べて見たいと思ひます。

神武天皇の東征の御詔勅を拜誦致して見ますると、

皇祖皇考　乃《チ》神乃《チ》聖　積《ミ》レ慶《ヲ》重《ネ》レ暉《ヲ》　多《ク》歷《タリ》二年所《ヲ》一　云々　而《モ》遼遠之地　猶《ホ》未《ダ》レ霑《ウルホハ》レ於二王澤《ニ》一遂《ニ》使《シム》下邑《ニ》有《リ》レ

君村《ニ》有《リ》レ長　各々自《ラ》分《ツテ》レ疆《ヲ》　用《テ》相《ヒ》凌轢《セ》上

とあります。この有樣を一言で謂へば、これ即ち封建の世相であり、群雄割據の世相であります。封建、並に群雄割據といふ狀態が全く世の混亂に趣く原因を爲してゐるのです。我が一身に就いて考へて見ても、一身が一有機的組織であつて何處にも封建は無く、群雄割據はありません。然るに我身が疾病に罹つた際には、忽ち封建制度が現はれ、群雄割據が行はれるのです。故に飽まで封建相を打破して大和圓融の有機組織を發現せしむる事が必要條件であります。然るに天地人の三者は

其根元が一體であるからして「大祓《オホハラヒ》」の行事が、

第一、宇宙乾坤の大潔齋。

第二、國土（世界萬國）の大潔齋。

第三、人々の潔齋。

といふ事になるのです。如何に個人々々の上に潔齋を爲さんとしても、國土が潔齋されねば、萬人は決して潔齋され救濟されませぬ。國土も亦其通りであつて、宇宙乾坤の間に障害があつては、如何に辛勞すとも國土安穩には到らないのであります。故に最も留意し其根元に突き込む所は、宇宙乾坤の潔齋の義であります。宇宙乾坤とは大祓祝詞に在る「高天原《タカアマハラ》ニ神塞《カミツマ》リマス」であります。即ち神々の間に於ける圓融大和であります。神界が亂れて國土が亂れ、國土亂れて人が狂し且つ病むのです。

然るに神界の潔齋といふ事は、非常に重大なる事であつて、先づ以て神界の事情に通ぜねばなりません。神界の事情に通ずるのがマツリであります。故にマツリといふ事が天地人一切の潔齋の源

を爲すといふ事になります。マツリの方式には、

第一、宇宙乾坤卽ち神界の相を明確にすること。

第二、天律神則に基いて潔齋の實を行ふこと。

第三、之を天下四方に傳へて等しく潔齋に入らしむること。

の三つになります。

第一の行事が天津金木神事で

第二の行事が天津菅曾神事

第三の行事が天津祝詞神事

となるのです。この三大神事が行はれて、宇宙乾坤卽ち高天原《タカアマハラ》の大潔齋が行はれるのであるから、「大祓《オホハラヒ》」といふのです。大祓の大は單なる美稱ではなくて、眞實に大なる祓であるから「大祓《オホハラヒ》」といふのです。

三大神事の中、天津菅曾神事は靈的交通の作法であつて、神界に通じて潔齋の威力が及ぶのであり

ます。これは神人の感應作用に基くものであつて、全く神秘的な作法に屬します。天津祝詞の神事は萬民に教を宣《ノ》るの作法となつて現はれ、勅命を以て萬衆に皇道を示し守らしめ給ふ事となるのです。故に皇道は廣宣流布といふ段に到らねばマツリは終結したのでは無くて大祓祝詞《オホハラヒノリト》に、

四國《ヨクニ》卜部《ウラベ》等《ドモ》　大川道《オホカハヂ》ニ持退出《モチマカリイ》テ祓却《ハラヒヤレ》ト宣《ノ》ル

とあるのが此の義です。

宮地の說にも一同は非常に感激したのであつた。新會員の人々は什《ド》うして斯樣な說が突差の間に考へ附かるゝかを驚かないものは無かつた。

【七〇】

「僕も少々述べさせて頂きます。只今鈴木君杉森君宮地君の發表される間に心に浮んだ事がありますから……」と鳥居が云つて、

「僕は大祓の後段に於ける「瀨《セ》織津《オリツ》比《ヒ》賣《メ》」始めの神業に對する愚說を發表して見たいと思ひます。大祓

祝詞に、

遺罪《ノコルツミ》ハ不在《アラジ》ト祓給《ハラヒタマ》ヒ淸給《キヨメタマフ》事《コト》ヲ高山之《タカヤマノ》末《スヱ》短山之《ヒクヤマノ》末《スヱ》ヨリ佐久那太理《サクナダリ》ニ落多支都《オチタキツ》　速川《ハヤカハ》ノ瀬《セ》ニ坐《マ》ス　瀬織津比賣《セオリツヒメ》ト云神《イフカミ》大海原《オホウミノハラ》ニ持出《モチイデ》ナム　如此《カク》持出《モチイデ》ナバ荒鹽之《アラシホノ》鹽《シホ》ノ八百道《ヤホヂ》ノ八鹽道之《ヤシホヂノ》鹽《シホ》ノ八百會《ヤホアヒ》ニ座《マ》ス　速開都比賣《ハヤアキツヒメ》ト云神《イフカミ》　持《モチ》可可呑《カガノミ》テム　如此《カク》可可呑《カガノミ》テバ　氣吹戸《イブキドニ》坐《マ》ス氣吹戸《イブキド》主《ヌシ》ト云神《イフカミ》　根國底之國《ネノクニソコノクニ》ニ氣吹放《イブキハナチ》テム　如此《カ》ク氣吹放《イブキハナチ》テハ根國《ネノクニ》底之國《ソコノクニ》ニ坐《マ》ス　速佐須良比賣《ハヤサスラヒメ》ト云神《イフカミ》　持佐須良比失《モチサスラヒウシナヒ》テム　如此《カ》ク　失《ウシナヒ》テハ　天皇《スメラ》ガ朝廷《ミカド》ニ仕奉《ツカヘマツ》ル官官人等《ツカサツカサノヒトタチ》ヲ始《ハジメ》テ天下四方《アメノシタヨモ》ニハ自今日始《ケフヨリハジメ》テ罪《ツミ》ト云《イ》フ罪《ツミ》ハ不在《アラジ》ト云々

とあります。此の祝詞の意義は、從來の學者には、全く解されてゐませんでしたが、僕は次の如く解するものであります。

地球上面の地殼といふものは、常に新陳代謝を爲してゐるものであります。その新陳代謝の大原因なるものは、先づ高山や低い丘陵等から土砂や植物の枯れたるもの、動物の死體等の混じたものを水の力で川に持ち出し、川が之を海へ運ぶのです。之が瀬織津比賣《セオリツヒメ》の神業といふのです。萬川悉く海に注ぐのであるが、其水中には多量の泥砂始め有機物等を保つてゐるのです。日夜に海に注ぐ斯様に多量の埋積物が、海底に沈澱したならば、海は漸次埋る道理であるが、夫が毫も埋らない、といふのは大海の底に此等の埋積物が到着すると、夫が十重《トヘ》に二十重《ハタヘ》に揉《モ》みにもまれるのであります所謂これ鹽之八百道《シホノヤホチ》の八鹽道《ヤシホチ》であつて、無限複雑なる篩《フル》いが掛けられるのであります。此の複雑無限に揉まれた沈澱物は、盡く或海底の一所に集められるのです。之が速開津比賣《ハヤアキツヒメ》の神業でありますこれが鹽《シホ》の八百會《ヤホアヒ》といふのであつて、此處に集められたものが地球の内部に呑み込まれるのであります。之が氣吹戸主《イブキドヌシ》の神業です。斯く地球の内部に呑み込まれた埋積物は、地球の中心を爲してゐる氣體圏内に強い勢で吹き込まれるのです。斯様に吹き込まれたものは、最早强烈なる熱氣の爲めに渾然たる一種の物質に化せられてゐるのです。この物質が今度は内部の强烈なる蝸卷の氣體の爲めに、外圍の地殼内へ夫々の道を通つて吹き還されて、再び地殼の動脈血を爲し、爲めに地殼が玆に循環的の新陳代謝を爲し、地球が一種の生物として永遠に活きて行くのです。之れ速佐須良比賣《ハヤサスラヒメ》の神業です。地球上面の動植物は夫れ自體活きてゐるが如く見えて居ますが、斯様に地球其物が生物であり、不斷の新陳代謝が行はれ、動植物の生存に必要なる充分の滋養が供給されてゐるといふ根本の大原因を解せねば、道傍の草一本が生育してゐる事すら解する事は出來ないのであります。

この事を古事記では須佐之男命の神業として傳へてゐるのであります。

於是《ココニ》　八百萬神共議而《ヤホヨロヅノカミトモニハカリテ》　於速須佐之男命《ハヤスサノヲノミコトニ》　負千位置戸《チクラオキドヲオハセ》　亦切鬚及手足爪令拔而《マタヒゲヲキリテアシノツメヲヌカシメデ》　神夜良比夜良比《カミヤラヒヤラヒ》
岐《キ》　又食物《マタオシモノヲ》　乞大氣津比賣神《オホゲツヒメノカミニコヒマツリス》　爾大氣都比賣《コヽニオホゲツヒメ》　自鼻口及尻《ハナクチオヨビシリヨリ》　種種味物《クサグサノアヂモノ》　取出而《トリイデテ》　種種作具而《クサグサツクリソナヘテ》
進時《タテマツルトキニ》　速須佐之男命《ハヤスサノヲノミコト》　立伺其態《ソノシワザヲタチウカガヒテ》　爲穢汚而奉進《キタナキモノヲタテマツルトオモホシテ》　乃殺其大宜津比賣神《スナハチソノオホゲツヒメヲコロシタマヒキ》　故所殺《カレコロサレシ》
神於身生物者《カミノミニナレルモノハ》　於頭生蠶《カシラニカヒコナリ》　於二目生稻種《フタツノメニイナダネナリ》　於二耳生粟《フタツノミミニアハナリ》　於鼻生小豆《ハナニアヅキナリ》　於陰生麥《カクレニムギナリ》　於尻生大豆《シリニマメナリキ》　故《カレ》
是神產巢日御祖命《ココニカミムスビノミオヤノミコト》　令取茲《コレヲトラシメテ》　成種《タネトナシタマヒキ》

とあるのが是であつて、これより八岐《ヤマダ》大蛇《オロチ》の物語となつて參るのであります。八岐蛇の物語は既に本會に於て研究された通り、生物發生の根元、種の存續等を顯示する「根本的生物學」を示すものであるのです。

尚ほ此の「大祓」の後段の一節は、單に地球の新陳代謝を示すのみのものでは無くて、是が我々人類始め生物體の新陳代謝を顯示してゐるものである事は、實に妙味の深い事であります。我等が食物を攝取して口の中で齒で咀嚼し、之を呑み下す有樣が、川が土砂始めを水の力で海へ持ち出すと同樣な事情であります。胃腸は即ち大海であつて、此處では複雜に揉《モ》まれて咀嚼されるのであります。此の有樣が鹽《シホ》の八百道《ヤホチ》の八鹽道《ヤシホヂ》であるのであります。斯樣にして咀嚼されたものは血液中に吸收せられて、一度は必ず肺臟に持ち來されるのであります。肺臟は即ち氣吹戸主《イブキトヌシ》でありまして、此處で淨化された新清なる血液は、心臟即ち速佐須良比賣《ハヤサスラヒメ》によつて大動脈に傳はり、漸次細管に分れて全身に行き渉り、生體を養つて行くのであります。斯くて古くなつた血液は再び前の如き經過を循環して生物が新陳代謝の妙用を持續して行くのであります。「地球の新陳代謝」と「我等人體の新陳代謝」とが全く同一であるといふ事は、何たる天機の妙用であるでありませう。

天變地天を以て偶然の出來事とのみ思つてゐる愚昧な學者の説に耳を傾けてゐる間は人類世界に決して幸福は到來せぬのです。人は病の容れ物と心得てゐる人の愚昧にして可憐なると毫も異らないのであります。石炭を肆に堀り出して、文明の源泉であると心得てゐるが如き愚昧なる人類の上には天變地天は決して其上に苦い責呵を降すに躊躇せぬのであります。退屈すれば吾々にも欠伸《アクビ》が出ます。地震は欠伸《アクビ》の一種であつて、血行不順か因であります。鐵の文明、石炭の文化は禍なるかなであります。「大祓《オホハラヒ》」の原則に基いて地上に大々的の潔齋を行はざる限り、人類幸福の源泉は求められないものなる事を忘れてはなりません。」

と鳥居が說き終つた時は夜も痛く更けて居た。

一同が感激に撃たれて、寂々たる室内は恰も太古の夫の如く、乃至神々の發動が新らしく開始される時のやうな狀態が見えるのであつた。

「全大宇宙が神の御一體であると云ふ事は信じ乍らも、矢張自己といふものを問題の中へ入れる際は毎時でも利己的の考が混《マジ》るから、一體觀が破れ圓融大和が破れて來る。一體觀の破れた時が惡世亂世騷擾の巷となるのだ」

「今日の人間の狀態は全く我利我慾の極度に達したもので、自分さへ善ければ他は什《ド》うでも良いといふ猛惡な有樣だ。これでは到底平和は永久に來ない」

「排他主義が國際間に於ける最も禁物で、この思想の強い國は要するに人類の敵であり、惡魔の使徒と見ねばならぬ」

「我欲を去つて本來の皇命一體觀に結着するのが宗教の大根柢ではあるまいか」

「我利々々亡者なるものは、其實頗る氣の毒な憐むべき人物なのだから、例せば水に陷つて溺れ死なんとしてゐる有樣であるから、我々は少々手荒い事をしてでも之を救ふのが大慈悲といふものだ」

「其れが所謂草薙精神で治療を爲すには切開も必要だ、荒療治も必要だ、夫は憎む爲めでなくて深く愛すればこそだ」

「深く愛する＝これが天地初發の大精神だ、切るのどうのといふのは末の事で時に應じて宜きに適するのが至情發露の愛の極致といふものだ」

など雜談に更に時を移したが尙ほ散會せやうとはせず、神田が新らしい話の緒を切つて、

「諸君、劒研究に於て、左手にコーランを持ち右手に劒を提げて、天地も耳を傾けよと絕叫した彼の快雄マホメットを逸する事は出來ますまい」

と熱烈な聲で謂ひ出したので、會衆の眼は一層さえにさえて來た。

「諸君、イスラム教旨の示す處に依れば死後の生命は別に新たなる生命ではなく此の現實の生命を守節する事に於て知り得る神祕の齎らす靈感の内に實在する所のものを云ふのです。總ての人間は自分自ら進んで天の樂園へ加入し得る權能を賦與せられてゐるから、吾等は吾等自らの努力に由つて此の高貴なる參與への光榮を克ち得なければならぬのです。即ち今世は後世の種を播く地であるのです。

天の樂園に加入し得る此の神聖なる福祥を感知する力の發育が不充分なる處に惡と云ひ又罪業と云ふものが醸されるのです。自己の懶惰に依つて此の生命の教育を不充分にしたのは遂に籍を地獄に置き永遠の苦惱を餘義なくする羽目に陷るのです。コーランの教ふる處に從へば總ての不淨を清淨たらしめんが爲めに自分自ら苦惱の中に戰ふ事は生命が至福の處に到らんとする事に關して最も適合した恰好の行爲であるのです。

イスラム教の教旨の本原は粗ぼ次の五つの點に在るのです。

第一、は聖書コランを身心ニ讀し之を他人にも然かせしめる事。

第二、は祈願、第三は斷食、第四は布施、第五は巡禮であります。
イスラム教徒は謂ひます。コーランを他に讀ましむる爲めに戰はねばなりません。戰は悲しむべき事でありますが、神の道を妨げ、神を信せぬ事は神の目に對してそれは戰よりも尙悲しい事です。神の爲めに死する者は敵も味方も天の樂園に登ります。世界の宗教を統一する迄は劍と火を以て全人類を說伏する爲め熱血を注いてコーランを染めなければなりませぬ。神はモーセ、佛陀、耶蘇、等十二萬四千に及ぶ使徒を送りて德、智、奇蹟、神に非ざれば成し不能《アタハザル》、事を示したが遂に神の敎へを統一する事が出來ませんでした。最後に神祕的勇の威力をマホメットに降しました。これは神業統一に相應しい事でありますといつてゐます。が併し
餘り精しくも知らない事柄を喋々するのは如何ですからこれ位で止めます」一同は深い感に擊たれ乍ら全く散會した時は時計の短針が三時の處を指して居た。

【七一】

次の會を以て今年の研究會は終るといふので會員は何れも何か偉大な研究を發表せんものと非常に熱烈な態度で研鑽に耽つた。年末も追々接近して一般の人々は東奔西走の間に忙殺されてゐる間に、この一團の人々のみは寒い夜すがら、萬事を打忘れて只管研究に餘念が無かつた。

第一席は例の杉森が「罪惡の起元と罪惡の解除」といふ題目で

舊約のアダムとイヴの罪惡觀に說き起し、ミルトンの失樂園を紹介して、要するに罪惡の起源は靈と肉との爭鬪、肉の橫暴、靈肉圓融の障碍等より起るものであつて、之を社會的に見る時は男女の關係、國と國、人と人との間に於ける專橫狀態。融和の缺如、一言に謂へば利己的行爲といふ事が基を爲すのです。更に之を深刻に本源的に謂へば戀愛の破滅といふ事に成るのです。之れ即ちミムスビの紛糾錯綜であり、阻止であり、障碍であり、騷亂であり、破滅であるのです。伊邪那岐命《イザナギノミコト》と伊邪那美命《イザナミノミコト》との黃泉《ヨモツクニ》に於ける大戰鬪は、全く靈と肉との爭鬪であります。この絕大の爭鬪が『筑紫《ツクシ》の日向《ヒムカ》の橘《タチバナ》の小戸《ヲド》の檍原《アハギガハラ》』に於ける『みそぎはらひ』を以て大解決する所に『大祓《オホハラヒ》』の根本意義が宿り、大和圓融の至源が立證されるのです。而して信仰の人は永遠に滅せず、日本國は千萬無量の大軍襲來すとも永遠に亡びない、無所畏の國、不滅の國、昭明大和の國、潔齋詔命の國、寂光の國、なる大保證が、この内に垂示されても居るのです。いかに紛糾錯綜究りなき無限の錯綜、絕大の混亂を來してゐる場合でも、之を解き分け之を本來の融合に立ち還らしめる事が可能であるのです。なぜならばタカアマハラそのものの本來天爾の大根元は圓融大和の至樂境であるのであるから、紛糾と見え擾亂と見える所も、夫は一時の變態であつて、根本解除の可能を保證する所に「大祓《オホハラヒ》」神事の權威が宿り、「草薙劍」の威力が示されるのです。法華經には

衆生劫盡きて大火に燒かるゝと見る時も、我が此土は安穩にして、天人常に充滿せり。園林諸の堂閣、種々寶を以て莊嚴せり、寶樹花果多くして衆生の遊樂する所、諸天天鼓を擊つて常に衆の伎樂を作し、曼陀羅華《マンダラケ》を雨らして佛及大衆に散す。我が淨土は毀れざるに而《シカ》も衆は燒盡きて憂怖諸苦惱、如レ是悉く充滿せりと見る。是ノ諸ノ衆生は惡業の因緣を以て、阿僧祇劫《アソウギカウ》を過れども、三寶の名《ミナ》

な聞かず。（法華經壽量品偈）

と說いてゐる。三寶とは三種神器の本義と心得べきです。斯樣な達觀的の至樂境は到底普通の學問だけでは決して解されません。罪惡の根本的絕對的解除はこの境致に立脚せねば出來ないのです

杉森は更に一段聲を高め

罪惡の根本解除、絕對的潔齋の可能を確信して、其の威力を事實の上に示すのが神劍精神即ち無所《ムショ》畏劍《キノツルギ》といふものです。

神劍精神が要するに絕對的潔齋の本源であつて、永遠に涉る戀愛の成就です。「戀愛＝そは深刻な無限な言葉を以てするも現はし得ざる……無言の……

杉森は謂ひさしたまゝ、深い無言に陷つたのであつた。感激性の彼の平素を知つてゐる一同さへ彼の今日の態度の餘りの深刻さには驚いたのであつた。

「君には……おい君には」と杉森の肩を搖りながら宮地が

「君には其對照たる戀の相方があるのだね」と揶揄するように云ふと、杉森はやゝとの事で我に還つ

て、

「どうして君にそれが判る？」と目を据えるのであつた。

「だつてそれは判るよ」

「どうして？」

「君の態度は空虚な感慨でなくて實質的なものだといふ事を證明してゐるから仕方が無いよ」

「おい白狀し給へ」と鳥居が口を入れる。

「お安くないね」と神田がからかう。

「おや〳〵」と杉森は笑ひ出し、「忍ぶれど色に出にけりかなア」

「人知れずこそ思ひそめしがだらう」と宮地が云つたので、一同が大笑となつた。

【七二】

第二席は鳥居が「僕も罪惡観に對して」話させて頂きますと云つて、

杉森君の罪惡觀で盡きてゐるのですが、同じやうな事柄を少々述べて見ます。

希臘神話にワルガンの鍛冶物語のある事は御承知の通りでありますが、あのワルガンの鍛冶屋が一切の罪惡の種子となるべきものを作り出したといふ物語は肉の執着といふ事を考へずには解釋する事が出來ないものと信じます。

ワルガンの物語中心が眉目秀麗な一少美女であつた事が深き思索を我々に與へるのです。美はしき目、佳き聲、閑雅なる容姿、優しき心、諸の藝能、物ゆかしと思ふ心の持主たるバンドラー姫對にして誰か戀々思慕の念の起らないものがあらう。しかし圓滿具足を表現する名を保てるバンドラー姫から一切の衆惡の種子は滿天滿地に播き廣げられたのではないか。(希臘神話參照)

我々の最も戀ひ慕ふ所のもの、そは却て我々に罪の種子となる。我々の目、我々の耳、我々の鼻、我々の舌、我々の皮膚、我々の心、それは我々に最も忠實なる使徒であり、我が最も親しい友である。

然るに我目は我を地獄に陷れ、我が耳は我を奈落に導く、我が舌、我が鼻、我が皮膚、我が心それ

第四十九圖

ワルカンの工場——ヴエラスケツス筆

は果して我が爲めの忠實なる使徒か、友か、果た敵か、間諜か？

油斷のならぬ事である。して見れば我等は我が目を抉り、我が舌を切り、我が耳を捩り去るべきであらうか。否、否然らずである。我が目我が耳我が舌……は人間の個々性を表現する所の人體莊嚴の六根《ロクコン》である。六根を滅盡すれば人は無い、單に人が無いばかりでなく神も無くなる。タカァマハラが消え失せる。斯樣な事があるべき道理がない。故に我々は六根を滅盡してはならぬ。

根を滅盡せずして本來の至樂に永久の榮えを求め、根本清淨の我を確立せねばならぬのである。

「普賢經」の偈を願くば誦唱するを許し玉へ。

若有眼根惡 業障眼不淨 但當誦大乘 思念第一義 是名懺悔眼
盡諸不善業 耳根聞亂聲 壞亂和合義 由是起狂心 猶如癡猿猴
但當誦大乘 觀法空無相 永盡一切惡 天耳聞十方 鼻根著諸香
隨染起諸觸 如此狂惑鼻 隨染生諸塵 若誦大乘經 觀法如實際
永離諸惡業 後世不復生 舌根起五種 惡口不善業 若欲自調順
應勤修慈悲 思法眞寂義 無諸分別想 心根如猿猴 無有暫停時
若欲折伏者 當勤誦大乘 念佛大覺身 力無畏所成 身爲機關主
如塵隨風轉 六賊遊戲中 自在無罣礙 若欲滅此惡 永離諸塵勞
常處涅槃城 安樂心憺怕 當誦大乘經 念諸菩薩母 無量勝方便
從思實相得 如此等六法 名爲六情根 一切業障海 皆從妄想生

若《シ》欲《セバ》ニ懺悔《センイ》ー若　端坐《シテ》思《ヘ》ニ實相《ヲ》ー衆惡《ハ》如ニ霜露《ノ》ー慧日能《ク》消除《ス》是《ノ》故《ニ》應《ニ》下至心ニ

懺ニ悔《ス》六情根《ヲ》ー

誦し畢つた鳥居は、深い瞑目に入り一同も亦深い思索や感慨に耽るのであつた。

【七三】

「私の罪惡觀をも」と宮地は云つて「この際少し發表したいと思ひます。」

「先達杉森君からオジリス（埃及神話）の復活物語を紹介されまして、大に喜びましたが、オジリスは現世に於ける大王であるばかりでなく、地獄の大王であるといふ事が私には非常に意義深いものに受取られます。埃及神話は最早諸君が讀んで居られますから今精しく玆に紹介する必要はないと存じますが、オジリス地獄大王の使用されるといふ「罪惡の天秤」といふもの、卽ち死人の罪惡を秤量する所の「地獄の秤《ハカリ》」といふものに就いては研究の必要がある事と存じます。

勿論埃及神話の「地獄の秤」も佛教でいふ「焰魔大王」の使用する「天秤」も皆一つであつて、米法、英法等の差別は「あの世」では無い事でありますから、其一つを研究すれば足りるのであります。

地獄の天秤が「駝鳥の羽」の姿であるといふ事を知つた時、我が同士の誰でもが「あゝそれでは――

第五十圖

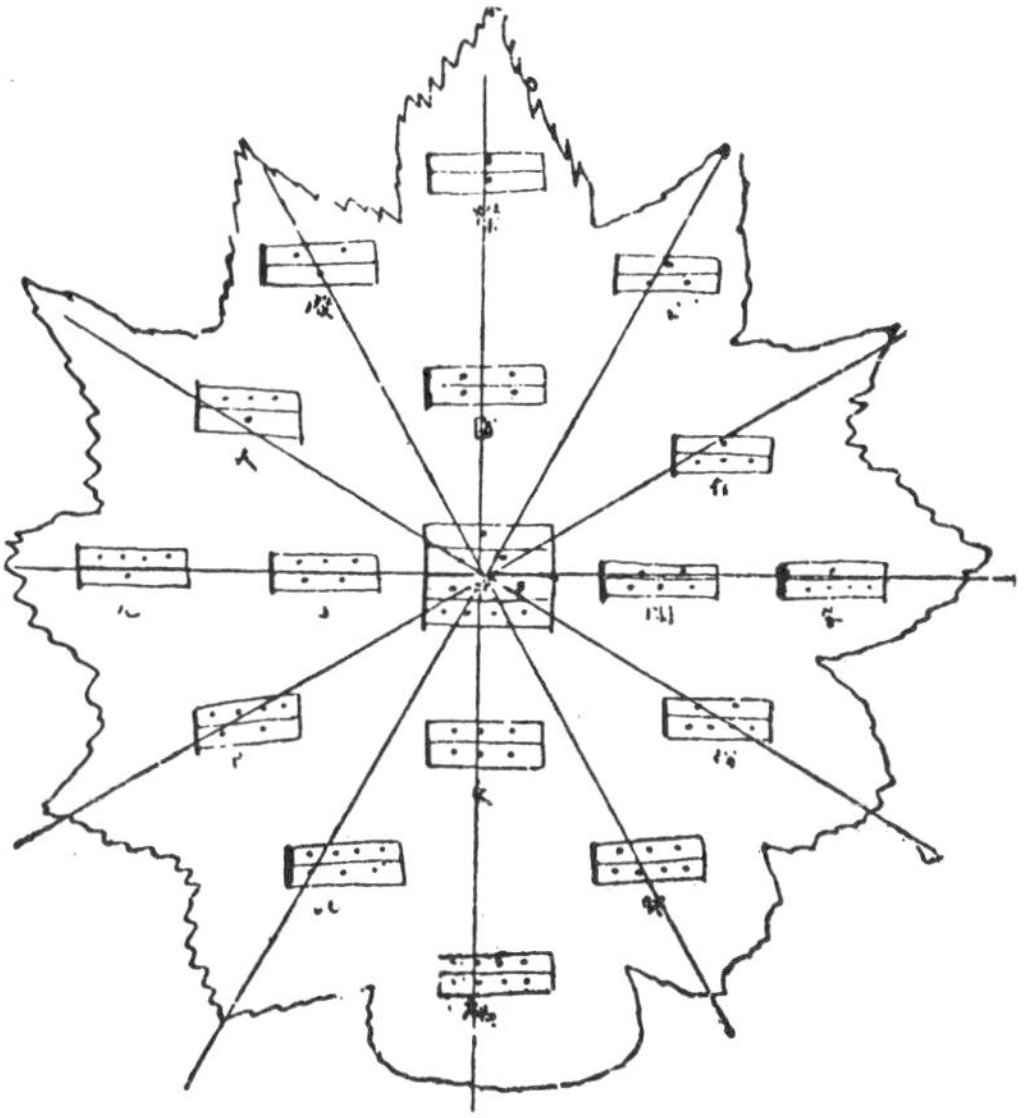

矢張天御量《アメノミハカリ》であつて、大八嶋相であつて、劔の權威のそれであると氣着かない方は無いと存じます

一切の罪惡は天秤の搖るがまに／＼定まらないのでありますが、要するに根本達觀に到來せざる所にのみ、陰影はあつて、陰影のある所に障碍が宿り、罪惡が蟠り、疾患災難が潜伏し、紛擾が起るのです。全一寂光と大觀した所に何等の陰影はなく罪惡はありません。杉森君も鳥居君も同様な意義を申し盡されたのでした。が

私は百尺竿頭一歩を進めて申して見まするならば、基督の奇蹟も眞言祕密之法も其の本源は明確な

ものであつて、別に夫が奇蹟でもなく、祕密法でもない事を見出すに難くない事と存じます。彼の基督が疾患を治療した方式の如きは、全く草薙劍方式であつて、「爾《ナムチ》の信爾《ナンチ》を癒《イヤ》せり」に結局するのであります。信とは天地を作成する事であり、自己を構成する事であり、各々自建立の力であるのです。故に疾病を思ひ、之を苦慮し、之に執着し、之に囚へられてゐる所に、疾病苦惱の發現があるのです。疾病を忘れ、之を解除し、之なきを信ずる所に疾患苦惱は決して止まる事が出來ません

「冀ふ所必ず成る」

といふのが「高天原《タカアマハラ》」の天則であります。疾病を怖るゝが故に緣に隨つて疾病は來り、災厄を念ふが故に災厄が來る。ヨブの豫言に聽け「恐るゝものは皆我に來れり」と貧乏を怖れて貧乏に苦しめられ、不成功を怖れて不成功を招き、死を怖れて死を招くのである。「思ふが如くならぬが浮き世」といふけれども、浮き世の一切は「思ふが如く成つてゐるのである」

眞に長壽永世を冀ひ居るや否や、眞に長者福德を冀ひ居るや否や。眞に冀ふとは信仰の確立である底《ソコ》津岩根《イハネ》に大宮柱太敷《オホミヤハシラフトシ》き立《タ》てる事である。

人間萬事思はざるに不幸災厄群り來つて、願へども善事福運更に來らずといふけれども、不幸災厄は陽に思はざるのみにて、根柢には深く强く冀求（それは怖れ招く方式で）して居て、善事福運は陽には冀ふらしく見えるけれども、陰には强い拒否が蟠つてゐる事に氣が着かないのです。斯様な事柄は見易い道理であるけれども、多くの人の心着かざるは眞に可憐なものと存じます。現今醫藥治療とか、精神治療とか、靜坐法とか、氣合術とか、乃至大靈道とか何とか謂つて居る多數の輩があり、或は腕へ針を貫したり、火を渉つたり、寒中水に浴したりして喜んで以て奇蹟として ゐる輩があるが、眞乎高天原の根本義に徹しないものは悉く邪法であり、魔法であると斷言せねばなりません。世の中の一切の邪法魔法妖術の輩を征伏し、一切の迷信迷夢から救ひ出す事が「草薙神劍」の威力、皇道の權威――皇國の使命――乃至我等のまた天職でなくてはなりません。」

宮地が說き終つた時、神田がさも感に堪へぬといふ面持で、

「信念の確持が一切成就の根因であるといふ御說は頗る意義深遠なる事を感じます。至誠神の如しと謂ふが、信念確持卽ち之れ神である。思ふが如く成る所これ神の創造の威力である。故に宇宙乾坤

は神の意志卽ち吾人の信念に因つて動いてゐるといふ事に成ります。勇氣の缺如した所に罪惡は宿るとニーチエは云つてゐます。信念の力豈に偉大ならずやですね」と叫ぶ。

「實にさうです」と宮地は答へて「天理神則の至嚴言ひ換ふれば因果應報律の至嚴といふ事は神の意志表示であつて、いかに神の御意志の至嚴なるかを知るべきであります。因果應報律の至嚴といふ事が根元を爲してこそ、我等の信念に基く成就の絕對可能――旋轉變易の無障碍といつて宜い――圓融流通の妙機と謂つてもよいものが――行はれるのですよ。」と云つた。

「それが共の四つ巴の妙機といふものだ」と杉森が叫ぶ。

「全くです」と更に宮地は答へて「眞言密敎では六大無《ロクダイム》凝常瑜伽《ゲショウユガ》の語を以て表はしてゐるが、私は矢張「易經」に謂ふ所の天地設《ケテ》レ位《ヲ》而易《エキ》行《ハル》二乎其《ノ》中《ニ》一矣成性存存道義之門と謂つてゐる語が頗る感じ良く思ひます。天《ハ》尊《ク》地《ハ》卑《シクシテ》乾坤定矣《サダイル》、卑高以《テ》陳《シテ》貴賤位《ス》　動靜有《リテ》レ常、　剛柔斷矣《サダイル》、方以《テ》レ類《ヲ》聚《リ》　物《ハ》以《テ》レ群《ヲ》分《レテ》吉凶生《ス》矣。在《テハ》レ天《ニ》成《シ》レ象《ヲ》　在《テハ》レ地《ニ》成《シテ》レ形《ヲ》變化見《ハル》矣。是故剛柔相摩《シテ》八卦相盪《シ》皷《スル》レ之《ニヲ》以《テシ》二雷霆《ヲ》一潤《スニ》レ之《ヲ》以《テシ》二風雨《ヲ》一日月運行《シテ》一《ハ》寒一《ハ》暑云々　實に克く謂ひ盡くしてゐます」と云つた。するど社本が

「易經に如何に紛糾を極むる絕大の混亂も之を解除するの法式があり、絕大の障碍、無量の罪惡、無限の災厄、難治の疾患等も之を解除し治療するの道ある事も申してゐます」かと問ふのであつた。

宮地は言下に

「ありますとも是《ノ》故《ニ》君子居《レハ》則《チ》觀《テ》二其《ノ》象《ヲ》一而玩《ビ》二其《ノ》辭《ヲ》一動《ケバ》則《チ》觀《テ》二其《ノ》變《ヲ》一而玩《ブ》二其《ノ》占《ヲ》一是《ヲ》以《テ》自《リ》レ天祐《タスク》レ之《ヲ》吉《ニシテ》无《シ》レ不《ナラザル》レ利と謂ひ、與《ト》二天地一相似《ダリ》故《ニ》不《ズ》レ違《ハ》知周《クシテ》二乎萬物《ニ》一而道濟《フ》二天下《ヲ》一故《ニ》不《ズ》レ過《タ》旁行《シテ》而不レ流《レ》樂《ミ》レ天《ヲ》知《ル》レ命《ヲ》故不レ憂《ヘ》安《ジテ》レ土《ニ》敦《ツシ》レ仁《ニ》故《ニ》能《ク》愛《ス》と謂ひ言《ツテ》二天之至賾《サクヲ》一而不《ズ》レ可《カラ》レ惡《ニクム》也言《ツテ》二天下之至動《ヲ》一而不《ザル》レ可《カラ》レ亂《ル》也と謂ひ、子曰知《ル》二變化之道《ヲ》一者《ハ》其知《レル》二神之所《ヲ》一レ爲《スカ》乎と謂ひ又明《カニス》二於憂患與《ト》一レ故《トヲ》无《ク》レ有《ル》二師保一如《シ》レ臨《マル、ガ》二父母《ニ》一初《メ》率《シタガツテ》二其辭《ニ》一而揆《ハカル》二其《ノ》方《ヲ》一既《ニ》有《リ》二典常一苟《モ》非《レバ》二其《ノ》人《ニ》一道不《ズ》二虛行《ムナシクハレ》一とも謂つてゐる。其他は一々申して居られません」と答へた。

社本は「實に易經は貴いですなあ」と驚く。

「易經は貴いですよ。しかし「草薙神劍」の權威の下に在つてのみ貴いのです。亂臣賊子乃至其位に非らざる國や人、邪惡の精神を抱く國や人は之を用ふる事が絕對に出來ないのですよ」と宮地は嚴乎として言ひ放つた。

第四席は神田が「廣宣流布」といふ題下に草薙劍卽ちカアマハラは萬有の圓融交流を意味し、大和の成就を意義するのであるから、單に少數のものが教を奉ずるといふのでは不充分である。どうしても億兆同心といふ事が根本です。日本書紀崇神天皇の卷の十年秋七月の御詔勅に

導《ク》レ民《ヲ》之本《ハ》　在《リ》二於教化《ニ》一也　今既禮《ニシ》二神祇《ヲ》一　災害皆耗《ナス》　然《ルニ》　遠荒人等《ノ》　猶《ホ》不《ズ》レ受《ケ》二正朔《ヲ》一是《レ》未《ダ》レ習《ハザル》二王化一耳《ノミ》　其《レ》選《ンデ》二群卿《ヲ》一　遣《シ》二于四方《ニ》一　令《シム》レ知《テ》二朕《ガ》憲《ヲ》一

とあります。これ四道將軍御差遣の詔勅でありますが、勅命を天下に傳へて、億兆に其憲《ノリ》を傳へさせ給ふのが、王化普及の第一の手段たるは申すまでもありません。併し民衆は舊來の陋習に慣れて、容易に其の舊態を脫し、淸新の氣分を興さないものであります。特に彼の「宗教」の如きは祖先傳來とか何とか謂つて其教義なぞは一向に了得して居ないのであり乍ら、容易に其の陋態を棄てません。故に此所に神劍の發動といふ事が大切な——否止むを得ない必要となつて參るのです。

若《シ》有《ラバ》二不《ザル》レ受《ク》レ教《ヲ》者一　乃《チ》擧《テ》レ兵《ヲ》伐《テ》レ之《ヲ》

と仰せられたのはこの故であります。多くの新宗教の祖師は、皆盡く非常なる迫害に遭遇したものであります。我が　皇の御征討は畏れ多くも天地初發の神約の御決行であつて、他の宗教の祖師の布教なぞとは全く趣を異にして居るのでありますが、夫でも、神武東征の如き御艱苦はあり、崇神帝景行帝の如き遠撫の御苦慮はあり、歷代の聖皇特に此の旨に御心を寄せ給ふた事は申すも畏き次第であつたのであります。明治天皇は明治三年正月詔を下して「惟神大道」の宣布を令し、

朕恭惟《シクルニ》　天神天祖　立《テ》レ極《ヲ》　垂《レ》レ統《ヲ》　列皇相承《ケ》　繼《ギ》レ之《ヲ》述《ブ》レ之《ヲ》　祭政一致　億兆同心　治教明《ニ》二于上一

風俗美《ニシテ》二于下《ニ》一　而《テ》中世以降　時有《リ》二汚隆一道有《リ》二顯晦一　治教之不《ザル》レ洽《カラヤ》也久矣　今也天運循環　百度

維《レ》新《ナリ》　宜《ク》下明《ニシ》二治教《ヲ》一以《テ》宣中揚《ス》惟神之大道《ヲ》上也　因《テ》新《ニ》　命《ジ》二宣教師《ヲ》一　以《テ》　布《ニ》教《セシム》　天下《ニ》一　汝群臣衆庶

其《レ》體《セヨ》二斯《ノ》旨《ヲ》一

と仰せ給ひしも、時機未だ到らざりしが爲か、國民の間に其の徹底的奉戴が今日に到るも行はれざるの有樣であるのは、何たる憤慨すべき事柄でありませう。併し此の御詔旨は、我々國民擧つて徹底的に服膺し奉り、以て聖慮に對へ奉らねばならぬ事と存じます。

請ふ現今の宗教の狀態を通觀し給へ、それが如何に甚しい群雄割據の狀態であるか。封建相の極度の狀態であるか。斯くてどうして思想の統一を期し、大和圓融の理想の實現を望み得るや。憤慨せざらんと欲するも能はざる次第です。

現今に於ては宗教に增して思想問題が重視されてゐます。思想問題の中心を爲す所のものは民本主義《デモクラシー》である事は疑のない所です。民本主義の勃興は舊世界の血行凝滯を醫する上に多大の功果を寧ろ認めなければなりません。舊世界の長い傳統の上に種々雜多な溝埋《ミツウメ》や串刺《クシサシ》が發現してゐたのです。資本對勞働始めの大和圓融《カアマハラ》に逆行する幾多の事情が世界を充塞して居たのに對しての清涼劑として民本主義は矢張一種の草薙劍威の露拂《ツユハラ》ひたるの任務あるが如くです。

しかし此處に深く留意せねばならぬ事は天沼矛《アマノヌボコ》の大和圓融の旋轉、自由平等の活動には必ず其中心に之を統治する所の天御柱《アメノミハシラ》のある事を忘れてはなりません。現今の民本主義が心御柱《シンノミハシラ》を度外し、忘却して、徒に自由を絶叫し、平等を絶叫してゐるのは危險至極の次第と見なければならない。

人種差別の撤廢も可である。一切に解放を宣し、自由を與へ、平等の見知に立つて相互の扶助と尊信とを絶叫するも亦可である。しかし解放も自由も平等も中心の柱を失つては、却て夫が混亂であり不自由であり、平和攪亂の因たる事を忘れてはならぬのである。草薙劒の發動の奥底には八咫鏡の照明があり、八阪瓊曲玉の攝取統一の大々的權能のある事を知るべきである。世界の思想家は大に反省せねばならぬのです。

我々は少數の團體ではあるが、幸に熱田神宮の膝下に在るものとしてカァマハラ圓融大和の實義を發揚すべき使命ありと信じ、献身的に――劒に身命を托して以て廣宣流布の事に當らねばならぬと存じます」

壯烈に最後の一節を說き終つた時、一同は異口同音に、

「然り々々――徹底的に……」

といふ聲が忽ち滿室に鳴り響くのであつた。

【七四】

第五席は八神の天照大御神を奉祀し奉る、伊勢大廟の御神庫内に空色の絹を織り掛けにしてある御《ミ》織《ハタ》機《ゴ》のある事は、諸君の御承知の通りであります」といふ前置で初まつた發表の大様は、次の如くであつた。

此の御《ミ》機《ハタ》は天地經綸の御模樣を、機糸《ハタイト》の縱、横の經緯に比したるものであつて、この御機を織り玉ふと申す意義の中に、天地經綸の神業を顯はすものと拜せられます。これ即ち大神がカァマハラの御徳を備へます事の顯示と心得べきものであります。天地の圓融大和の御經綸は即ち神劍發動の行使であらせられて、この御織の絲の縱横の一筋でもが糾《モツ》れたのが天變地夭の因、國家不祥の源と爲るのであります。

併し乍ら神劍の御發動はタカァハラ即ち皇鏡の至嚴の照明に基き且つタァマハラ至仁至愛の堅縛に基くのであるから、我等は先づ以て廣宣流布に先だつて「皇鏡」並に「皇珠」の大研究をせなければならぬと存じます。因て來る明一ケ年を以て「神鏡」の研究時期と定め、明後一ケ年を以て「神珠」の研究時代と定めて、徐に根本基礎を定める事とし、根柢確立の上、奮然として蹶起する事にしたいと思ひます。諸君の意や如何でせう」

といふのであつた。此の事は起草委員に擧げられた五名のものは豫め申合つて居た條件であるが、會員一同の承認を經べく提出したのであつたのである。

「贊成々々」と呼ぶものもあつたが、

「何にも一年と限つた譯は無いから、大車輪に研究して、一ケ月でも二ケ月でも或は半年内にでも、三種神器の研究の終つた時を以て、大々的奮起の秋と定めたらよいではないか」と叫ぶものもあつた。

「同感」と呼ぶものもある。急進派の人々は、

「研究しつゝ一方普及を計るといふ事が最も必要だ。研究が終るといふのはいつまで經つても來る時はあるまい」と論じ立てるものもあつた。この時

「緊急動議」ありと謂つて立つたのは宮地であつた。

「兎も角も一人として研究を廢せよといふものは無いのだから研究繼續は既定の事柄である。而して研究題目としては神鏡並に神玉の二つである事にも誰も意義の無い所であるから、先づ以て「神鏡」研究を來春匆々から着手する事と定め、「神鏡」研究の成就を祈る爲に、例年は熱田神宮に一月一日參拜する事になつて居るが、今回は先生の御承認を得て、會員十六名が先生を中心として來る一月一日午前一時の參拜を伊勢大廟にしたいといふ動議を出します。諸君、滿場一致で願くば贊成して呉れ給へ」と述べた。

「贊成々々」の聲が滿座に起つて、急霰の如き拍手が囂しく鳴つた。

夜は更け渉つて、四隣は寂寞に陷つて居たが、彼等の一團からは、尙ほ華々しい話聲や、高々しい笑聲が時々起つたりして、いつまでも賑合しかつた。

【七五】

十六人の皇典研究會々員は快く天爵先生の御承認を經て、一月一日午前一時伊勢大廟を參拜すべく十二月三十一日參宮列車に乘り込んだのであつた。

此の一行の人々が身命を神に捧げて、日本の國體を顯示し、惟神の大道を天下に普及して、我が必然に降されしと自信する使命に向つて奮進せんとする意氣の壯烈さは、眞に天を衝くの慨があつたのである。

「あゝ彼等が如何に神に誓ひ、

如何に緊張したる參拜を終つて、

如何に研究の歩武を進め、

如何なる劃策に則つてか、

彼等の初志の一念を貫徹する事であらう。

神も必ずや彼等の至烈なる熱誠を御嘉納あらせらるゝ事であらう。

彼等の上に願くば冥護あらせ給へ。

彼等の將來こそ眞に刮目に値すべきものがある。

汽車は轟々と音立てゝ今木曾川の鐵橋を通過する所である。

三種の神器　草薙劔篇

定価　三四〇〇円+税

昭和　二　年八月十五日　初版発行
平成十六年九月三十日　復刻版発行

著者　水谷清

発行　八幡書店
東京都品川区上大崎二―十三―三十五
ニューフジビル二階
電話　〇三（三四四二）八一二九
振替　〇〇一八〇―一―九五一七四